ANNE-SOPHIE NÉDÉLEC

Radium Girls

Tome 2. Le Scandale des Filles-Fantômes

Le Lézard Bleu

First published by Le Lézard bleu 2021

Copyright © 2021 by Anne-Sophie Nédélec

All rights reserved. No part of this publication may be reproduced, stored or transmitted in any form or by any means, electronic, mechanical, photocopying, recording, scanning, or otherwise without written permission from the publisher. It is illegal to copy this book, post it to a website, or distribute it by any other means without permission.

Anne-Sophie Nédélec / 4 allée Claude Monet 78160-Marly le Roi

Prix public : 20€

Dépôt légal : Mai 2021

Impression à la demande

Illustration : ©eternityphotography78

www.annesophienedelec.fr

First edition

ISBN: 978-2-9572521-4-5

This book was professionally typeset on Reedsy. Find out more at reedsy.com

Contents

1. 20 JUILLET 1937 – CABINET DE LEONARD GROSSMAN — CHICAGO... 1
2. SEPTEMBRE 1923 — ATELIER DE LA RADIUM DIAL COMPANY — OTTAWA... 6
3. MARS 1925 — SIÈGE DE LA RADIUM DIAL COMPANY — CHICAGO... 14
4. 14 JUIN 1925 — RADIUM DIAL COMPANY — OTTAWA (Illinois) 19
5. 16 JUIN 1925 — RADIUM DIAL COMPANY — OTTAWA (Illinois) 25
6. JUILLET 1937 – CABINET DE LEONARD GROSSMAN — CHICAGO... 31
7. MAI 1926 — CHEZ CHUCK HACKENSMITH — OTTAWA (Illinois) 34
8. AOUT 1927 — OTTAWA (Illinois) 40
9. 5 JUIN 1928 – RADIUM DIAL — OTTAWA (Illinois) 45
10. 15 JUIN 1928 – RADIUM DIAL — OTTAWA (Illinois) 50
11. 12 DÉCEMBRE 1928 — CONFÉRENCE NATIONALE SUR LE RADIUM —... 55
12. 26 FÉVRIER 1929 — TRIBUNAL D'OTTAWA (Illinois) 60
13. 27 FÉVRIER 1929 — CHICAGO (Illinois) 65
14. SEPTEMBRE 1937 — CABINET DE LEONARD GROSSMAN — CHICAGO... 70
15. AOUT 1929 — OTTAWA-PEORIA (Illinois) 75
16. 14 AOUT 1929 — HÔPITAL DE PEORIA (Illinois) 81
17. 30 AOUT 1929 — CHEZ LES LOONEY — OTTAWA (Illinois) 85
18. AOUT 1931 — ATELIER DE RADIUM DIAL — OTTAWA (Illinois) 90

19	AVRIL 1932 — BUREAUX DU OTTAWA DAILY TIMES — OTTAWA...	97
20	OCTOBRE 1933 — OTTAWA (Illinois)	103
21	17 MARS 1934 — HÔTEL MIDWEST — OTTAWA (Illinois)	107
22	AVRIL 1934 - COOK COUNTY HOSPITAL - CHICAGO (Illinois)	113
23	AVRIL 1934 — SIÈGE DE RADIUM DIAL — CHICAGO (Illinois)	118
24	MAI 1934 — ATELIER DE RADIUM DIAL — OTTAWA (Illinois)	122
25	OCTOBRE 1937 — CHEZ LEONARD GROSSMAN — CHICAGO (ILLINOIS)	128
26	OCTOBRE 1934 — SIÈGE DE RADIUM DIAL — CHICAGO (Illinois)	132
27	NOVEMBRE 1934 — RESTAURANT L'OTTAWA (Illinois)	135
28	AVRIL 1935 — CABINET DU DR LOFFLER — CHICAGO (Illinois)	139
29	28 FÉVRIER 1936 — UN PUB D'OTTAWA (Illinois)	144
30	2 MARS 1936 — CHEZ LES DONOHUE — OTTAWA (Illinois)	149
31	20 MAI 1936 — UNE RUE D'OTTAWA (ILLINOIS)	155
32	JUILLET 1936 — CHEZ LES DONOHUE — OTTAWA (Illinois)	162
33	PÂQUES 1937 — OTTAWA (Illinois)	166
34	19 JUILLET 1937 — OTTAWA-CHICAGO (Illinois)	172
35	21 JUILLET 1937 — OTTAWA (Illinois)	175
36	NOVEMBRE 1937 — CABINET DE LEONARD GROSSMAN — CHICAGO...	179
37	JANVIER 1938 — OTTAWA (ILLINOIS)	186
38	4 FÉVRIER 1938 — CABINET DU DR WEINER — CHICAGO (Illinois)	191
39	10 FÉVRIER 1938 - ANTICHAMBRE DU TRIBUNAL D'OTTAWA...	195

40	10 FÉVRIER 1938 – TRIBUNAL D'OTTAWA (Illinois)	199
41	11 FÉVRIER 1938 – DEVANT LE LOGIS DES DONOHUE — OTTAWA...	207
42	18 AVRIL 1938 – CABINET DE LEONARD GROSSMAN — CHICAGO...	212
43	20 JUILLET 1938 – CHEZ LES DONOHUE — OTTAWA (Illinois)	216
44	SEPTEMBRE-OCTOBRE 1939 – CHICAGO (Illinois) — WASHINGTON...	220
45	JANVIER 1943 — LABORATOIRE NATIONAL DE LOS ALAMOS...	225
46	MAI 1956 — LABORATOIRE ARGONNE (Illinois)	232
47	SEPTEMBRE 1969 — NEW YORK (New Jersey)	240
48	FÉVRIER 1978 — OTTAWA (Illinois)	245
49	2 SEPTEMBRE 2011 — OTTAWA (Illinois)	250
POSTFACE		255
NOTE DE L'AUTEUR		261
REMERCIEMENTS		263
DU MÊME AUTEUR		265

*À Catherine, Charlotte, Marie, Pearl
et toutes les Filles-Fantômes d'Ottawa (Illinois),
et à Leonard Grossman...*

1

20 JUILLET 1937 – CABINET DE LEONARD GROSSMAN — CHICAGO (Illinois)

Leonard J. Grossman reposa lentement le combiné du téléphone. L'appel qu'il venait de passer à maître Raymond Berry, son confrère du New Jersey, le laissait sous le choc. Il avait enfin la confirmation que l'incroyable affaire qu'il devait traiter n'était pas la première en son genre. Plus encore, maître Berry lui avait confié le flambeau d'une mission que lui-même n'avait pas réussi à mener à bien.

L'avocat redressa sa haute stature et marcha jusqu'à la fenêtre. Le vent soufflait follement dans les rues de Chicago. Il s'engouffrait en bonds désordonnés entre les interminables rangées d'immeubles, propulsant les feuilles errantes contre les vitres. Dans les étages supérieurs, il gagnait en virulence et rugissait en se frayant un passage dans les étroites ouvertures ménagées pour amener un peu de fraîcheur à la pièce. À l'intérieur de l'office régnait la même effervescence. À quarante-six ans, Leonard Grossman dirigeait un cabinet réputé dont les bureaux dominaient la ville depuis l'immense Metropolitan Building. Signe du succès, il avait embauché depuis peu une assistante pour seconder Carol Reiser, sa fidèle secrétaire depuis de nombreuses années. Anita était inexpérimentée, mais remplie de bonne volonté. Elle ne serait pas de trop pour leur prêter main-forte sur cette étrange affaire.

L'avocat se laissa tomber dans son fauteuil et alluma un de ces minces cigares qu'il affectionnait. Fumer l'aidait à réfléchir ; son regard se perdait dans les volutes de ses exhalaisons tandis que son cerveau reliait mécaniquement les idées les unes aux autres. La veille, le cabinet Grossman avait reçu la visite de cinq anciennes ouvrières venues d'Ottawa, une petite ville rurale située à cent trente-cinq kilomètres de Chicago. Malades, et avec les plus grandes difficultés pour se déplacer, elles avaient besoin d'un homme de loi pour les représenter auprès de la Commission Industrielle de l'Illinois, afin d'obtenir la reconnaissance de leur maladie et espérer toucher une indemnité.

Le dossier s'avérait complexe. Ces femmes prétendaient souffrir de maux des plus divers suite à leur travail à Radium Dial, une firme où l'on peignait des cadrans de montre avec une peinture lumineuse à base de radium. Elles assuraient être des centaines dans ce cas. Certaines étaient d'ailleurs décédées. Parfois de manière si terrible que ces souvenirs les faisaient pâlir d'angoisse à leur récit. Mais les maladies s'étaient déclarées souvent des années après leur emploi, et prenaient des formes si différentes que les médecins doutaient de leur cause. Leonard Grossman, d'abord dubitatif, avait vu son intérêt redoubler lorsque Catherine Donohue lui avait affirmé se rappeler un article du *Ottawa Daily Times* évoquant un scandale provoqué par une affaire semblable, une dizaine d'années auparavant, à Orange dans le New Jersey[1].

Intrigué, il avait accepté de les défendre. Ce n'était pas tant l'étrangeté de cette affaire somme toute plutôt morbide qui l'avait décidé, que l'état de santé de ces femmes. À trente-quatre ans, Catherine Wolfe Donohue, d'une maigreur effrayante, était incapable de se déplacer seule. Marie Becker Rossiter marchait difficilement sur ses jambes gonflées de façon à peine concevable, les sœurs Glacinski n'étaient pas en meilleure forme, et le récit

---

[1] Voir le Tome 1. *L'Affaire des Cinq Condamnées à mort*

20 JUILLET 1937 – CABINET DE LEONARD GROSSMAN — CHICAGO...

des opérations de Pearl Payne lui avait mis les larmes aux yeux. Si l'industrie était réellement responsable de leur condition physique délabrée, il était de son devoir de leur obtenir justice.

Aussitôt, il avait envoyé Carol et Anita au *Chicago Daily News*. De son petit boulot de pigiste, alors qu'il était étudiant, Leonard Grossman avait gardé quelques contacts dans la presse, bien précieux lorsqu'il s'agissait de trouver des informations. Restait une difficulté de taille : Radium Dial, la firme qui avait employé les plaignantes, avait disparu sans laisser d'adresse.

Les secrétaires s'étaient partagé le travail : Carol enquêtait sur le New Jersey, Anita sur Radium Dial. Carol avait été la plus rapide. Elle avait retrouvé l'article évoqué par Catherine Wolfe Donohue, et d'autres sur le sujet, qui leur avaient permis d'identifier les protagonistes de l'affaire. Mais en définitive, le résultat s'avérait nul : maître Berry, son alter ego d'Orange, était muselé...

Leonard Grossman essaya de faire abstraction du chuintement du vent contre les carreaux et saisit la coupure de presse qui reposait sur le coin de son immense bureau. Soigneusement découpé dans le *Ottawa Daily Times* de juin 1928, le papier titrait : « Après une longue bataille juridique, les Radium Girls d'Orange obtiennent réparation. » Les « Cinq condamnées à mort » souriaient sur la photo qui illustrait leur victoire. Amère victoire, songea Leonard Grossman en se remémorant les paroles de Raymond Berry : « Ne cédez pas au compromis, avait-il dit. J'ai fait cette erreur, mais par pitié ne tombez pas dans ce piège. En dépit des sacrifices que cela impliquera pour vos clientes, ne succombez pas au mirage de l'argent immédiat. Il faut régler le problème de fond et arrêter ce massacre. »

Dans le New Jersey, les filles avaient reçu de l'argent, mais en contrepartie, la firme avait été déclarée non coupable et l'avocat n'avait plus le droit de l'attaquer. Erreur que Berry ne se pardonnait pas. Il avait alors implicitement confié à Leonard une mission. Celle que lui-même n'était pas parvenu à achever : la reconnaissance de l'empoisonnement au radium et l'arrêt pur et simple de l'effilage à la bouche dans les ateliers.

Leonard Grossman réfléchit un moment, le menton appuyé sur ses mains croisées tandis que l'orage éclatait au-dehors. L'audition des Ghost Girls —

les Filles-Fantômes comme on les appelait à Ottawa — devant la Commission Industrielle de l'Illinois devait avoir lieu le 21 juillet, soit le lendemain. Évidemment, il ne serait jamais prêt. Le mieux était de demander un report. Leonard Grossman était désolé pour elles, mais il avait besoin de temps pour enquêter. D'autant que cette histoire comportait des zones d'ombre dès les débuts de Radium Dial…

Tout à coup, Anita déboula dans le bureau en faisant claquer ses talons. Il ne put s'empêcher de sourire en la voyant remettre précipitamment une mèche de cheveux bruns derrière son oreille, tout en déposant une liasse de feuillets :

— Maître Grossman, voilà tout ce que j'ai pu trouver sur le passif de Radium Dial !

Visiblement, la jeune femme était plutôt fière d'elle.

— On se calme Anita, tempéra Carol qui entrait à sa suite, la démarche chaloupée et le rouge à lèvres agressif.

On ne pouvait imaginer profils plus disparates. Carol affichait une maîtrise totale de ses émotions sous ses airs de vamp à la mise en plis impeccable et au maquillage légèrement trop prononcé. À l'inverse, Anita paraissait toute en sensibilité – sensiblerie aurait prétendu Carol – avec ses allures de frêle jeune fille sortie du couvent qui sursautait au moindre coup de tonnerre.

— Merci, Anita, dit l'avocat, je vais étudier tout cela.

Il saisit le dossier que la jeune femme avait commencé à constituer sur l'historique de Radium Dial et se plongea dans la lecture des notes, coupures de presse et actes officiels…

La Radium Dial Company avait été créée en 1917 à Chicago, comme filiale de la Standard Chemical Company. Cette dernière était le plus gros producteur de radium des États-Unis et avait besoin d'écouler ses stocks. La filiale s'était spécialisée dans la peinture au radium de chiffres lumineux pour les montres fabriquées par la Westclock Company, la Elgin Watch Company et la Springfield Watch Company. En 1920, elle s'était déplacée à Peru, toujours dans l'Illinois, pour se rapprocher de la Westclock. Mais, soupçonnée de débaucher les employés de la Westclock avec des salaires plus avantageux, Radium Dial avait dû déménager à une trentaine de kilomètres de là, à Ottawa.

D'emblée, la firme s'était avérée nettement moins regardante que son homologue du New Jersey sur nombre de points, à commencer par l'âge de ses ouvrières...

2

SEPTEMBRE 1923 — ATELIER DE LA RADIUM DIAL COMPANY — OTTAWA (Illinois)

Catherine Wolfe sortit de la petite maison couverte de bardage blanc du 520 East Superior Street d'Ottawa et ferma doucement la porte. Il était tôt et son oncle et sa tante dormaient encore. Elle aspira une grande bouffée d'air frais et sourit, traversée par un vent de liberté. Catherine était orpheline. Elle avait perdu sa mère à l'âge de six ans, puis son père quatre ans plus tard, en 1913. Elle avait alors été recueillie par son oncle et sa tante, des gens charmants, mais assez âgés. Désormais, à dix-neuf ans, c'est elle qui prenait soin d'eux. De nature calme et posée, Catherine ne s'en plaignait pas, mais au fond, l'atmosphère de la maison était un peu austère et travailler à Radium Dial avec ses camarades lui offrait des moments autrement plus réjouissants.

Une jeune fille l'interpella en traversant la rue pour la rejoindre. Catherine sourit. Depuis près d'un an qu'elles avaient été embauchées par Radium Dial, Charlotte Nevins était devenue sa meilleure amie. L'adolescente avait pourtant trois ans de moins qu'elle, mais Catherine adorait son caractère enjoué et discret. À seize ans, Charlotte était la cadette d'une famille de six

SEPTEMBRE 1923 — ATELIER DE LA RADIUM DIAL COMPANY — OTTAWA...

enfants et avait menti sur son âge pour intégrer l'atelier qui ne recrutait qu'à partir de dix-huit ans. Charlotte se défendait en disant :

— Je ne suis pas la plus jeune ! J'en soupçonne même certaines de n'avoir pas plus de onze ans...

De toute façon, la direction se montrait peu regardante sur ce point et s'accommodait tout à fait de ces entorses à la loi. La raison en était simple : les très jeunes filles étaient plus habiles que les femmes plus âgées. Pour autant, on leur demandait une qualité irréprochable. Le manuel édité par la compagnie ne laissait aucun doute quant à la rigueur exigée. Il était ainsi noté : « Nous attendons de vous que vous travailliez dur ; la paye est en conséquence élevée. Si vous n'avez pas l'intention d'œuvrer efficacement et soigneusement, vous n'êtes pas au bon endroit. » Mais Catherine et Charlotte s'étaient toujours montrées sérieuses et laborieuses : elles étaient au bon endroit.

Bras dessus, bras dessous, les deux amies prirent la direction du 1022 Columbus Street. La ville était calme, surtout à cette heure-ci. Catherine aimait Ottawa depuis qu'elle y avait été recueillie. Avec ses dix mille huit cents habitants, cette modeste commune rurale de l'Illinois, perdue au milieu des immenses plaines du Midwest, était le lieu rêvé pour mener la vie simple à laquelle elle aspirait. L'agglomération, remplie de verdure, était ponctuée de clochers surmontant les différentes églises où se recueillait une population composée pour sa grande majorité de fervents catholiques à l'esprit libéral et durs à la tâche. Une mentalité qui en faisait l'emplacement idéal pour y implanter une entreprise d'envergure comme Radium Dial.

Catherine et Charlotte faisaient partie des premières employées, embauchées près d'un an plus tôt. Une cinquantaine de filles avait ainsi été engagée à l'atelier. Mais la demande avait augmenté rapidement si bien que, depuis quelques semaines, la firme recrutait en masse pour tenir la cadence. Le travail était bien payé, aussi la main-d'œuvre affluait. Les candidates étaient si nombreuses qu'on soupçonnait certaines de venir en touristes, simplement pour juger de l'effet de la peinture phosphorescente dans l'obscurité. Pour épater et appâter ces demoiselles, Mrs Reed, l'instructrice, avait en effet aménagé la chambre noire qui servait au contrôle de la qualité des cadrans, en petit salon avec vases à décor lumineux et motifs sur les murs. Elle formait les postulantes par groupe de dix, puis leur donnait à chacune un modèle de cadran pour voir comment elles s'en sortaient, et sur les dix, elle en gardait cinq. À ce rythme-là, elles seraient bientôt cinq cents à travailler pour la filiale.

Catherine sourit. Elle venait de reconnaitre la crinière rousse de Peg Looney. Catherine et elle étaient allées à l'école paroissiale ensemble et continuaient à fréquenter l'église de Saint Columba. Adossée au mur en briques de l'ancien collège transformé en atelier, Peg semblait nerveuse. Dès qu'elle aperçut Catherine, elle se précipita à sa rencontre.

— Alors, c'est le grand jour ! la taquina Catherine.

— Si tu savais comme j'appréhende, répondit Peg en gémissant. Je voudrais tellement décrocher ce job !

— Ne t'inquiète pas, tu t'es bien entrainée !

Peg haussa les épaules, peu sûre d'elle. L'adolescente venait d'une famille pauvre, voire très pauvre, d'Ottawa. Ses parents, d'origine irlandaise, logeaient entassés avec leurs huit enfants dans une bicoque exigüe auprès de la voie ferrée. Les enfants se partageaient deux chambres, à plusieurs par lit, les filles séparées des garçons par des draps accrochés au plafond. Cela ne les empêchait pas d'être une famille très unie, et Catherine, si solitaire dans la petite maison silencieuse de son oncle et sa tante, enviait la joie de vivre qui rayonnait chez les Looney. L'été, ils faisaient l'économie de chaussures en circulant pieds nus, mais n'avaient jamais souffert du mépris du voisinage. Au contraire, les Looney étaient appréciés pour leur bon esprit et leurs fous rires.

L'aînée des filles, Peg, était une élève brillante dont le plus grand plaisir à l'école consistait à lire le dictionnaire. Elle rêvait de devenir institutrice. Mais elle était encore jeune et avait décidé de laisser ce projet de côté, le temps d'amasser un peu d'argent pour sa famille. Le salaire élevé de Radium Dial serait le bienvenu avec la nouvelle bouche à nourrir qui s'annonçait dans le ventre de sa mère.

Catherine lui avait expliqué d'avance comment s'y prendre afin de réussir l'examen d'embauche, mais cela n'avait pas complètement rassuré la jeune

SEPTEMBRE 1923 — ATELIER DE LA RADIUM DIAL COMPANY — OTTAWA...

fille. Percevant l'inquiétude de son amie, Catherine glissa son bras sous le sien et, avec Charlotte, elles l'entraînèrent dans le bâtiment, se frayant un passage au milieu du flot des ouvrières.

Elles la laissèrent devant Miss Murray, la surintendante, une femme d'une quarantaine d'années un peu raide, mais visiblement bienveillante, qui recevait les nouvelles recrues. Puis elles continuèrent leur chemin vers l'étage, jusqu'à la salle où les attendaient leur petite table, leur chaise, leur pinceau et leur plateau de cadrans. Les peintres étaient réparties dans les anciennes classes du collège, où Catherine et Charlotte avaient la chance d'être placées côte à côte. Mr Reed, l'assistant de Miss Murray, surveillait les ouvrières chargées de peser la quantité de poudre de radium nécessaire à chacune pour la journée, avant de la verser dans un godet situé devant elles. Charlotte prépara son mélange dans un autre récipient et y trempa son pinceau japonais puis saisit prestement le poignet de Catherine.

— Qu'est-ce que tu fabriques ? demanda celle-ci en faisant mine de la retirer.

La jeune fille traça rapidement quelques traits avec la peinture verdâtre sur le dos de la main de Catherine et bientôt apparurent les longs pétales d'une marguerite.

— Pour porter chance à ton amie ! s'exclama-t-elle en souriant.

— Dites donc, mesdemoiselles, fit avec un petit rire un homme d'une quarantaine d'années aux lunettes sombres qui venait d'approcher. Vous vous amuserez plus tard.

Les deux camarades sursautèrent et le regardèrent d'un air enjôleur :
— Pardon, Mr Reed.

Il leur adressa un clin d'œil et s'éloigna. Les filles pouffèrent :
— Je ne l'avais pas entendu arriver, s'exclama Charlotte.
— D'habitude, c'est lui qui ne nous entend pas ! renchérit Catherine.

La remarque eut pour conséquence de déclencher un fou rire chez Charlotte. En effet, Rufus Reed était quasiment sourd, mais il compensait ce handicap par une bonhommie qui le faisait apprécier de tout le personnel. Globalement, l'atmosphère était agréable et hormis la cadence soutenue, les jeunes filles avaient l'impression de passer un bon moment à l'atelier plutôt que de travailler.

N'oubliant pas qu'elles étaient payées à la montre, Catherine et Charlotte jugèrent qu'il n'était pas question de trainer plus longtemps. Elles s'installèrent, vérifièrent leur matériel, et attrapèrent chacune leur premier cadran de papier épais, monté sur un cercle de métal avec des crochets à l'arrière par lesquels il serait ensuite fixé au mécanisme de l'horloge. Avec leur expérience, Catherine et Charlotte avaient été affectées aux « Scotty », les cadrans de trois centimètres de diamètre, les plus petits. À leurs débuts, elles avaient commencé en se faisant la main sur les plus gros, les « Big Ben Alarm Clock », de dix centimètres de diamètre. Puis, quand elles avaient gagné en dextérité, on leur avait confié les « Baby Bens » de cinq centimètres, et enfin les montres de poche « Pocket Ben » et « Scotty » de trois centimètres.

Tout en effilant son pinceau à la bouche, Catherine aperçut Pearl Payne, qui entrait précipitamment et s'installait sans un mot à sa table, juste à sa gauche. Catherine resta perplexe. Pearl était la ponctualité même. Plus âgée que les autres, Pearl avait vingt-deux ans. Elle était mariée depuis peu avec Hobart Payne, un grand électricien particulièrement séduisant qui venait souvent la chercher au travail, suscitant les regards envieux des adolescentes qui s'échappaient à flots de l'atelier en fin de journée.

Le visage fermé de Pearl l'inquiéta.

— Quelque chose ne va pas ? demanda-t-elle en chuchotant.

La jeune femme sursauta, brusquement tirée de ses pensées.

— C'est ma mère, soupira-t-elle. Elle est à nouveau malade… Je vais devoir aller m'occuper d'elle.

Catherine esquissa une grimace compatissante. Pauvre Pearl. Aînée de treize enfants, elle avait dû quitter l'école à treize ans pour gagner de l'argent pour sa famille. Mais, courageuse et obstinée, elle avait continué à suivre des cours du soir en parallèle pour terminer son collège et même une année de lycée. Puis la guerre avait été déclarée et elle avait décidé de passer un diplôme d'infirmière. Elle devait commencer une carrière à l'hôpital à Chicago lorsque sa mère était tombée malade. Pearl avait tout abandonné pour s'occuper d'elle, à Utica, à une vingtaine de kilomètres d'Ottawa. Quand elle s'était rétablie, Pearl était retournée au travail. Mais cette fois, elle avait opté pour un emploi de peintre de cadran dans le tout nouvel atelier d'Ottawa. C'était mieux payé qu'infirmière...

Catherine lui lança un sourire contrit et lui tendit un sachet en papier rempli de bonbons. Gourmande, elle gardait toujours des friandises et une bouteille de Coca-Cola décapsulée sur son bureau, entre un godet de poudre de radium et un autre de peinture luminescente déjà préparée. Pearl y plongea la main et la remercia d'un hochement de tête, puis elles s'absorbèrent toutes deux dans leur tâche.

Lorsqu'arriva la pause de midi, les filles se réunirent par petits groupes autour de leurs tables pour déjeuner. Catherine, Charlotte et Pearl avaient à peine sorti leurs sandwichs que Peg déboula dans leur salle.

— Je suis prise ! claironna-t-elle à tue-tête.

Catherine se leva et la serra dans ses bras :

— J'en étais sûre !

— Vous mangez ici ? s'étonna Peg.

— C'est plus simple, expliqua Charlotte.

— Elles veulent se faire bien voir de Mr Reed, ajouta une très jeune fille brune d'un air malicieux.

— C'est surtout plus rapide que de rentrer chez soi, et plus économique que d'aller au coffee shop ! rétorqua Charlotte.

Mr Reed et son épouse Mercedes, l'instructrice de l'atelier, déjeunaient dans leur bureau du rez-de-chaussée. La surintendante faisait de même. Si bien que la plupart des ouvrières avaient suivi leur exemple.

Peg désigna la brunette qui s'était jointe à elles :

— Mais dis donc, ils embauchent des bébés chez Radium Dial !

Le « bébé » haussa les épaules et lui tira la langue d'un air espiègle, ce qui eut pour conséquence de déclencher un fou rire parmi la petite bande. Peg n'avait pas tort. May Vicini, qui venait à peine de fêter ses quatorze ans, avait été engagée un an plus tôt, en même temps que Catherine. Un vrai bébé en effet !

— Je m'en fiche, c'est moi la plus rapide ! répondit l'intéressée avec un sourire malicieux.

Puis elle colla son chewing-gum sur la table, sans se soucier le moins du monde de la poudre de radium qui la couvrait.

— Oh, ça va ! s'exclama-t-elle en voyant l'air dégoûté de Peg. On en mange tout le temps en effilant nos pinceaux, alors un peu plus, un peu moins. De toute façon, le radium n'a pas de goût ! Et puis je n'ai qu'un chewing-gum pour la journée et mâchouiller m'aide à me concentrer...

Peg restait déroutée :

— C'est bizarre tout de même... On ne sait pas trop ce qu'il y a dans cette peinture. Mais quand j'ai posé la question à Mrs Reed, elle en a lapé une pleine cuillère pour me prouver que ça n'était pas nocif, alors...

Ce disant, elle saisit une rondelle de cornichon tombée du sandwich d'une des filles sur la table et l'engloutit.

— Installe-toi, proposa Catherine en lui désignant une chaise.

Peg se tortilla. Elle n'avait rien amené à manger, et n'avait sans doute pas un sou en poche pour s'acheter quoi que ce soit à grignoter. Catherine lui tendit la moitié de son casse-croûte :

— J'en ai trop, affirma-t-elle pour couper court à la gêne de son amie. Autant partager !

— Après, on te montrera nos créations artistiques, dit Charlotte tandis que Pearl et May éclataient de rire.

Peg sourit, intriguée et soulagée d'être si facilement adoptée par le petit groupe.

Dès qu'elles eurent fini de dévorer leurs sandwichs, les anciennes entraînèrent Peg dans la chambre noire utilisée pour vérifier la perfection de leurs traits sur les cadrans. Elles avaient pris soin d'apporter leurs pinceaux et un godet de peinture fluorescente. Dans la pièce régnait un joyeux brouhaha. D'autres groupes étaient déjà occupés à colorer les boutons de leurs chemisiers, leurs boucles de ceintures ou à tracer des tatouages lumineux sur leur peau.

— Toi, je te dessine un collier de fleurs ! déclara la petite May en saisissant son pinceau.

— Je m'appelle Peg, répondit machinalement l'interpellée, émerveillée de ces tatouages phosphorescents qui bougeaient au rythme de leurs mouvements. Mais... vous avez le droit de faire ça ?

SEPTEMBRE 1923 — ATELIER DE LA RADIUM DIAL COMPANY — OTTAWA...

— Ne t'inquiète pas, la rassura Catherine, tout en se peignant des bagues extravagantes sur les doigts. Miss Murray et Mr Reed se montrent assez coulants à ce sujet. Tant qu'on travaille bien, ils nous laissent nous amuser.

— Mais... mais la peinture coûte cher et vous la gâchez, reprit Peg, pour qui l'économie était un mode de vie.

— Radium Dial fait de gros bénéfices grâce à nous, renchérit Charlotte, alors...

— Oh, je sais ! s'exclama tout à coup Peg en se frappant le front du plat de la main.

— Eh ! Ne bouge pas ! s'écria May toujours occupée à lui dessiner des marguerites autour du cou.

Tandis que ses camarades la regardaient d'un air intrigué, Peg continua :

— Je vais emporter un peu de peinture à la maison pour recouvrir les boutons de porte. Comme ça, la nuit, les petits pourront se rendre aux cabinets sans me réveiller !

La joyeuse bande de filles éclata de rire. Avec une nouvelle recrue comme Peg, nul doute qu'elles allaient bien s'amuser...

3

MARS 1925 — SIÈGE DE LA RADIUM DIAL COMPANY — CHICAGO (Illinois)

Rufus Fordyce s'arracha à la vue splendide sur les buildings de Chicago que lui offrait son bureau au siège de la Radium Dial Company et saisit le Chicago Daily News que sa secrétaire avait posé sur son bureau en même temps que le courrier. Depuis que certaines rumeurs circulaient sur une éventuelle dangerosité du radium, le Vice-Président de Radium Dial surveillait attentivement la presse. Ce qu'on racontait sur la United States Radium Corporation d'Orange, dans le New Jersey, ne sentait pas bon, mais alors pas bon du tout. Après avoir été considéré comme un remède miracle, le radium se trouvait désormais soupçonné d'effets nocifs sur la santé. La Standard Chemical Company, dont Radium Dial était une filiale, avait demandé à son Président, Joseph A. Kelly, de prendre toutes les mesures possibles pour que l'activité de la firme n'en soit pas ralentie.

Rufus Fordyce ouvrit le journal à la rubrique nationale. Depuis quelque temps, les alertes concernant le radium avaient cessé et les démarches de l'Association de Consommateurs du New Jersey semblaient au point mort. Par ailleurs, selon ses informations, la US Radium Corporation avait suffisamment subventionné le Ministère du Travail pour que celui-ci la laisse tranquille.

Mais le Vice-Président de Radium Dial dut vite déchanter. Un plein article signalait que Marguerite Carlough, une ancienne ouvrière d'US Radium portait plainte contre son employeur. Elle avait perdu plusieurs dents et une partie de sa mâchoire était tombée. Une photographie accompagnait l'article, montrant le visage démesurément gonflé de la jeune femme à l'agonie. Dégoûté, Fordyce referma vivement le journal et passa machinalement ses longs doigts effilés sur son crâne dégarni. Encore une de ces salopes dévorées par la syphilis qui essayaient de faire payer leur vice à leur employeur...

Cependant, l'affaire était peut-être plus alarmante qu'il n'y paraissait. Rufus Fordyce soupira et rouvrit le quotidien. En encart, le journaliste faisait le compte des ouvrières malades. Une bonne quinzaine, mortes ou mal en point. Le vice-président hésita un instant puis jugea que son supérieur méritait d'être informé. Pour le moment, Radium Dial était en pleine croissance. La firme produisait jusqu'à quatre mille trois cents cadrans par jour dans l'atelier d'Ottawa et était devenue le plus gros fournisseur du pays. Il n'était donc pas envisageable de perdre la course à la rentabilité d'un secteur aussi lucratif pour d'invérifiables raisons sanitaires.

Sans se soucier de la secrétaire qui montait la garde devant le bureau du PDG, il toqua à la porte de bois laqué où trônait la mention « Joseph A. Kelly — Président », gravée sur une plaque dorée. Kelly avait suffisamment confiance en son Vice-Président pour le laisser entrer comme bon lui semblait. Lorsqu'il remarqua son allure préoccupée, Joseph A. Kelly leva ses sourcils naturellement arqués au-dessus d'iris bleu acier où brillait toujours une pointe d'amusement. Son visage rond surmonté de cheveux blonds cendrés et son éternel petit sourire lui donnaient un air fort sympathique. Mais Fordyce ne s'y fiait pas. Il savait qu'une main de fer et un esprit de compétition sans limites se cachaient derrière cette apparence débonnaire. Kelly interrogea du regard son subordonné, laissant son doigt posé à un endroit précis sur la carte de l'Illinois qu'il examinait à la loupe. Fordyce lui tendit le journal, mais son supérieur se contenta de caler son corps massif dans son fauteuil avec une moue ennuyée.

— J'ai lu, commenta-t-il laconiquement. Nous allons prendre des mesures. Ma foi, c'est assez simple…

Fordyce le dévisagea, bouche bée. Kelly l'étonnait toujours par sa rapidité de réaction. Il semblait constamment avoir une longueur d'avance sur tout le monde. Bien qu'il ait été largement coopté à ce poste — il était le gendre d'un des frères Flannery, les fondateurs de la Standard Chemical Company —, Joseph Kelly n'usurpait pas sa place et faisait preuve d'un indéniable talent de management.

Devant l'air sidéré de son Vice-Président, Kelly poursuivit :

— Il n'est pas question que ces rumeurs parviennent aux oreilles de nos ouvrières. Ottawa est une toute petite ville, mais elle dispose d'un journal et d'une ligne de chemin de fer qui la rapprochent dangereusement de Chicago où les informations nationales sont accessibles dans le moindre torchon de la presse. Nous allons donc ouvrir un autre atelier un peu plus loin. Ici.

De l'index, il désignait un point minuscule sur la carte, à vingt-cinq kilomètres environ au sud d'Ottawa. Streator — tel était le nom que Fordyce lut à côté du doigt du Président — semblait complètement perdu au milieu des grandes plaines du Midwest. Il leva les yeux, abasourdi :

— On ne peut pas déménager du jour au lendemain un atelier qui emploie près de mille ouvrières…

— On ne va pas le déménager, on va en créer un autre. Il y a suffisamment de commandes pour se le permettre. Et si ça s'affole à Ottawa, on sera prêts à s'agrandir à Streator.

Fordyce hocha la tête. Le plan était parfait pour anticiper les éventuelles démissions à Ottawa en cas de rumeurs. Pourtant, Fordyce restait inquiet :

— Et si… si c'était vrai ? Depuis le début de l'année, nous avons eu quelques défections pour cause de maladies. Certes, sans lien apparent avec leur activité, des affections de l'estomac, de la hanche… mais… comme celles-ci…, conclut-il en montrant l'article sur les femmes du New Jersey.

Kelly balaya la question d'un revers de main.

— Choisissez-en quelques-unes pour leur faire passer des examens médicaux et nous serons fixés.

MARS 1925 — SIÈGE DE LA RADIUM DIAL COMPANY — CHICAGO...

— Bien...
— Prenez-les en bonne santé tant qu'à faire !
— Évidemment...

Fordyce fit demi-tour et se dirigeait vers la sortie lorsque Kelly le rappela :

— Attendez. Ce qui semble faire controverse, c'est la pratique de l'effilage du pinceau à la bouche. Peut-être pouvons-nous aussi trouver un autre procédé pour peindre ces fichus cadrans...

Le Vice-Président revint sur ses pas et s'assit dans l'un des confortables fauteuils en cuir brun qui faisaient face au bureau. Dès les premières rumeurs, ils avaient demandé au contremaître, Rufus Reed, de chercher des alternatives. Celui-ci avait essayé les pinceaux en poil de chamois, mais ils s'étaient avérés trop absorbants. Il avait ensuite eu l'idée d'utiliser des éponges en caoutchouc pour effiler les brosses, mais là encore, le procédé s'était révélé trop gourmand en matière première et peu efficace.

— Ne pourrait-on plutôt revoir la composition de la peinture ? suggéra Fordyce.

Kelly secoua la tête :

— La *Luna* est parfaite. Il n'y a, à ma connaissance, aucun élément autre que le radium et ses dérivés, comme le mésothorium, qui soient capables de briller dans le noir. Et je vous rappelle que Radium Dial a été créée pour transformer et utiliser le radium produit par la Standard Chemical Company. Je ne pense pas qu'elle apprécierait qu'on le supprime de la recette !

Fordyce réfléchit un moment. Il fallait donc trouver une autre manière d'appliquer la *Luna*, qui n'impliquerait pas l'effilage à la bouche. Il savait que des techniques différentes étaient pratiquées en Europe où la peinture sur cadran existait depuis une dizaine d'années. Des tiges de verre en Suisse, des bâtonnets avec de la ouate en France, ou encore des stylets en bois et des aiguilles en métal...

— Bien, dit-il. Je vais écrire à Mr Reed. Peut-être pourra-t-il bricoler quelque chose en s'inspirant des méthodes européennes...

Joseph Kelly hocha la tête et se pencha à nouveau sur la carte. Fordyce en conclut qu'ils avaient fait le tour de la question et se leva en laissant échapper un soupir malgré lui. Le Président de Radium Dial releva les yeux.

— Ne vous inquiétez pas, Fordyce, ce sont des broutilles. Tout ceci sera bientôt oublié.

4

14 JUIN 1925 — RADIUM DIAL COMPANY — OTTAWA (Illinois)

Lorsque Swen Kjaer se présenta à l'atelier de Radium Dial à Ottawa, il fut frappé par l'extrême jeunesse des ouvrières et plus encore par l'atmosphère joyeuse qui régnait là. Suivant le panneau « Administration », il s'orienta vers le rez-de-chaussée, fendant l'essaim des filles qui se dirigeait vers l'escalier menant à l'étage, dans un brouhaha plein d'entrain.

Miss Lottie Murray, la surintendante, l'attendait dans son bureau. Swen Kjaer avait l'habitude que les gens se crispent à son arrivée, mais Miss Murray semblait calme et détendue. Grande et particulièrement mince, elle gardait un fond de raideur tout en le fixant, un léger sourire sur le visage et les yeux dissimulés par le reflet de ses lunettes. Cette célibataire de quarante-quatre ans avait été employée pendant cinq ans dans les différents lieux de production de Radium Dial avant que l'atelier ne s'implante à Ottawa.

— Swen Kjaer, se présenta-t-il. Je suis envoyé par le Bureau des Statistiques du Travail pour l'enquête commandée par le Ministère.

Miss Murray hocha la tête. Ses patrons l'avaient prévenue. Suite à des rumeurs concernant US Radium à Orange, l'Association de Consommateurs du New Jersey dirigée par Katherine Wiley avait demandé au Ministère du

Travail de mener une étude nationale sur les produits toxiques utilisés par les firmes de peinture au radium. C'était désormais au tour de Radium Dial de se trouver sous le feu de l'enquête.

— Je vous attendais, le salua Miss Murray. Le voyage depuis Washington s'est bien passé ?

— Parfaitement. J'ai d'ailleurs fait un crochet par Chicago hier, où j'ai pu rencontrer vos patrons.

L'inspecteur dissimula une grimace. Malgré leur abord sympathique, Joseph Kelly et Rufus Fordyce lui avaient semblé légèrement agacés par sa venue. Selon eux, cette étude sur les produits industriels nocifs demandée par le gouvernement était une vaste fumisterie crapuleuse lancée par des filles avides de soutirer de l'argent à leurs anciens employeurs. Arthur Roeder, le président de US Radium, que Swen Kjaer avait rencontré à Orange, avait bien mené campagne auprès de ses petits camarades industriels à travers le pays et tous l'attendaient désormais avec un discours cousu de fil blanc.

Le Président et le Vice-président de Radium Dial avaient néanmoins accepté de répondre à ses questions. Ils avaient cependant insisté pour que l'Inspecteur aborde le sujet avec des pincettes auprès des ouvrières afin de ne pas créer un vent de panique inutile. Swen Kjaer avait acquiescé. Toutefois, lorsque, peu après, il avait constaté les lésions aux mains que présentaient tous les scientifiques qui œuvraient dans les laboratoires de Radium Dial à Chicago, il s'était dit qu'il aurait sans doute dû se montrer nettement moins conciliant.

Il sortit une feuille de son porte-document et déboucha son stylo avant d'attaquer la série de questions qu'il avait préparées pour Miss Murray.

— Avez-vous des cas d'ouvrières malades ? demanda-t-il, décidé à entrer tout de suite dans le vif du sujet.

— Pas à ma connaissance. Je dirais même que certaines se portent beaucoup mieux depuis qu'elles travaillent chez nous. Je ne sais pas si cela est dû aux effets du radium, ou aux salaires élevés qui leur permettent de se nourrir plus convenablement.

L'Inspecteur hocha la tête. Effectivement, les jeunes femmes qu'il avait

14 JUIN 1925 — RADIUM DIAL COMPANY — OTTAWA (ILLINOIS)

croisées paraissaient en parfaite santé.
— Utilisez-vous du phosphore dans la fabrication de votre peinture ? reprit-il.
— Non.
— Il s'agit bien de peinture à base de radium ? Pas de ses dérivés ?
Comme la Surintendante semblait ne pas comprendre, il précisa :
— Pas de mésothorium ? Il y a des doutes concernant la dangerosité de ce composant. C'est celui qu'emploie US Radium, par exemple.
— Non, nous utilisons le radium uniquement, aucun risque de ce côté. Je n'ai pas suivi les événements du New Jersey, mais chez nous, tout fonctionne à merveille. Les conditions de travail sont agréables, les salaires font l'attraction de toute la région et...
Ils furent brusquement interrompus. On toquait à la porte. Un homme de haute stature, chauve, aux traits un peu mous surmontés de lunettes à monture sombre passa la tête.
— Excusez-moi, commença-t-il d'une voix trop forte. Je voulais juste vous prévenir que je partais pour l'atelier de Streator.
— Parfait, répondit Miss Murray.
L'homme disparut et referma la porte en la claquant.
— Rufus Reed, mon assistant, précisa Miss Murray.
Swen Kjaer resta muet de surprise avant de balbutier :
— Streator ? Vous avez un autre atelier à Streator ?
Miss Murray tripota nerveusement un crayon qui trainait sur son bureau, mal à l'aise. Radium Dial lui avait demandé de superviser la mise en route de ce nouvel atelier en lui recommandant la discrétion. Elle en ignorait la raison, mais, toute dévouée à la firme qui lui avait fait confiance en lui offrant un poste élevé, elle ne voulait pas lui porter préjudice par des déclarations malvenues.
— Depuis quelques mois, en effet. Nous... nous avons beaucoup de commandes, il a fallu nous étendre. Mais c'est un tout petit atelier. Si vous souhaitez vous faire une idée de notre fonctionnement, je vous suggère plutôt de visiter celui-ci.
L'Inspecteur nota le léger malaise, mais accepta la proposition. Rien

ne valait l'observation directe. Ils montèrent à l'étage où les anciennes salles de classe du bâtiment accueillaient désormais les peintres. Après l'effervescence turbulente de leur arrivée, celles-ci se tenaient concentrées sur leur tâche. Quelques conversations bruissaient de-ci, de-là, entre deux cadrans. Chacune possédait son propre pupitre, contrairement aux longues tables de chez US Radium. Un support pour leur plateau se trouvait astucieusement fixé un peu plus bas, sur le côté. Avec une efficacité époustouflante, les jeunes filles effilaient rapidement leur pinceau entre leurs lèvres, puis le trempaient dans la peinture, avant d'appliquer des traits fins et précis sur les cadrans de carton, ignorant au passage le godet rempli d'eau pourtant placé en évidence devant elles.

— Cette technique d'effilage à la bouche...

— Oui, l'interrompit nerveusement Miss Murray. Nous leur recommandons de ne le faire que lorsque le pinceau est parfaitement nettoyé, mais elles ont tendance à l'oublier.

La surintendante se doutait que quelque chose clochait avec cette manière de procéder, mais en ignorait la raison. Quelques mois plus tôt, elle avait reçu du siège l'instruction de trouver un nouvel outil permettant d'éviter l'effilage entre les lèvres. Sentant son interlocuteur dubitatif, elle crut utile d'ajouter :

— Mr Reed a proposé de travailler avec des pinceaux de verre de son invention, mais les peintres n'arrivaient pas à s'y habituer alors on a repris à la bonne vieille méthode de l'effilage à la bouche. Mais voyez, elles ont devant elles un godet rempli d'eau pour le nettoyer à chaque fois...

Remarquant que très peu de jeunes femmes en faisaient usage, Miss Murray entraîna promptement l'inspecteur vers une autre salle. Elle ne mentionna pas que, suivant les instructions strictes de Kelly et Fordyce, elle avait mené la vie dure aux récalcitrantes à l'usage des pinceaux de verre. En effet, les peintres avaient vite constaté qu'elles perdaient en rapidité et en précision avec ces instruments, si bien que beaucoup avaient repris leurs anciens pinceaux d'art japonais à poils fins. Miss Murray les avait renvoyées, provoquant un choc au sein de l'atelier où une telle rudesse était peu habituelle à moins d'une faute grave. Un drame pour ces filles dont

14 JUIN 1925 — RADIUM DIAL COMPANY — OTTAWA (ILLINOIS)

l'emploi faisait souvent vivre toute la famille. Certaines étaient revenues s'excuser, en larmes, et la Surintendante les avait réembauchées avec un petit sermon bien senti. Mais la rentabilité avait chuté et les pinceaux de verre s'étaient rapidement trouvés hors d'usage. Miss Murray rougit au souvenir du manque de crédibilité qu'elle avait ressenti quand, quelques semaines plus tard, elle avait reçu l'ordre de Chicago de réintroduire les anciens pinceaux. Elle avait alors dû se composer un masque rigide pour encaisser les regards ironiques des fautives.

Soudain, une femme d'une petite quarantaine d'années au visage doux et aux cheveux crantés activa une cloche, provoquant un « Aaah » de soulagement dans les rangs des ouvrières.

— Merci, Mrs Reed, dit Miss Murray.

Puis elle reprit à l'intention de l'Inspecteur :

— Si vous souhaitez interroger quelques peintres, nous pouvons nous installer dans mon bureau.

Swen Kjaer hocha la tête, perdu dans ses pensées. C'était la pause. Les filles, des adolescentes pour beaucoup, s'interpellaient, comparaient leurs cadrans, blaguaient, et il était frappé par leur épanouissement. La veille, en quittant le domicile, il avait laissé une épouse morose, qui sombrait chaque jour un peu plus dans la mélancolie. A contrario, l'entrain de celles-ci lui sautait au visage. Pourtant, sa femme, Karen, avait tout : une maison confortable en proche banlieue de Washington, deux beaux enfants, un mari attentionné... Mais elle paraissait perpétuellement abattue.

Élève la plus brillante du lycée, Karen n'avait cependant pas poursuivi d'études. Comme toutes les filles de son milieu, son éducation servait seulement à lui conférer un vernis de culture pour accompagner son futur époux dans les dîners. Suivant le même chemin que la plupart de ses camarades, elle s'était mariée sitôt le lycée terminé et s'était consacrée à leur intérieur, puis à leurs enfants. Mais le bonheur de leurs débuts s'était rapidement émoussé. Les petites joies ressenties lors de l'aménagement de leur première demeure, puis devant les sourires des bébés, leurs progrès... toute l'allégresse des premières années s'était dissoute dans de longues attentes désœuvrées. Karen était devenue irritable. Tout l'agaçait. Préparer à manger pour que son mari n'ait qu'à se mettre les pieds sous la table lui arrachait des soupirs. Les cris des enfants l'horripilaient. Tant et si bien qu'il n'osait plus la toucher, à peine lui parler, de peur de déclencher des crises. Peu à peu, il était rentré plus tard, avait postulé pour des déplacements plus longs... et accentué encore la chute de leur couple. Un moment, il avait cru à un retour de flamme. Karen paraissait plus calme, presque câline... mais son haleine l'avait vite trahie. Et les bouteilles vides cachées sous l'escalier lui avaient donné confirmation que son épouse avait trouvé un palliatif des plus malsains à son mal-être.

Face à ces filles enjouées, la réalité lui sautait au visage. Karen s'ennuyait. Les enfants allaient maintenant à l'école, lui-même partait très souvent en déplacement. La plupart du temps solitaire à la maison, Karen avait pour unique compagnie des amies tout aussi désœuvrées qu'elle, dont le seul horizon était une paire de pantoufles masculines, et pour qui toute activité en dehors du foyer représentait une trahison à l'idéal de bonne mère bourgeoise qu'on leur avait inculqué. Son cœur se serra à l'idée qu'il préparait le même avenir à sa propre fille...

Miss Murray le rappela à la réalité.

— J'ai convoqué trois jeunes femmes afin que vous puissiez les interroger. Je fais entrer la première ?

— Oui, parfait, murmura-t-il en tentant de se concentrer.

Trois filles seulement, sélectionnées par Radium Dial. C'était loin d'être totalement déontologique... La première s'appelait Peg Looney. Une jolie rousse pleine d'énergie qui souriait tout le temps. Elle faisait partie des ouvrières testées par Radium Dial deux mois plus tôt par le médecin de la compagnie. Il l'interrogea sur ses résultats :

— Oh, je n'en sais rien, répondit-elle avec désinvolture. S'ils ne m'ont rien dit, c'est que je suis en bonne santé !

Les deux autres filles qu'il questionna ensuite lui tinrent le même discours. Quand il quitta les locaux, Swen Kjaer était particulièrement agacé. Kelly et Fordyce lui avaient affirmé que les analyses se trouvaient à Ottawa, alors que Miss Murray soutenait qu'elle les avait envoyées au siège, à Chicago. Quoi qu'il en soit, les employées n'en avaient jamais vu la couleur...

5

16 JUIN 1925 — RADIUM DIAL COMPANY — OTTAWA (Illinois)

Le surlendemain, Miss Murray ne put cacher son inquiétude en voyant l'Inspecteur du gouvernement revenir dans les locaux de Radium Dial. Swen Kjaer estimait qu'il n'en avait pas fini. La veille, il avait poursuivi son enquête en interrogeant le corps médical de la ville. Les premiers à avoir alerté de soucis de santé à Orange avaient été les médecins et les dentistes. En conséquence, s'il devait y avoir des signes d'intoxications à Ottawa, ceux-ci seraient également les premiers à pouvoir en témoigner ici.

Malheureusement, son investigation s'était avérée totalement infructueuse. Les docteurs n'avaient rien à signaler. Au contraire même, selon eux, la proportion d'ouvrières malades dans leur clientèle était dérisoire. À l'occasion de ces rencontres, l'inspecteur avait pu mesurer combien Radium Dial était appréciée dans la région. Tous estimaient que la firme avait apporté un regain d'activité dans cette région perdue du Middle West et qu'elle permettrait, à terme, un développement non négligeable des infrastructures de la ville.

Pourtant, il restait encore de nombreuses zones d'ombres autour de l'entreprise. À commencer par cet atelier délocalisé à une vingtaine de kilomètres d'Ottawa, dont Kelly et Fordyce lui avaient tu l'existence, et qui semblait bien embarrasser Miss Murray.

— Je souhaiterais visiter votre atelier de Streator et interroger quelques peintres de là-bas, commença-t-il.

Miss Murray afficha une mine contrariée :

— C'est que… il faudrait trouver quelqu'un pour vous y conduire et…

— Votre assistant ne peut-il s'en charger ? insista-t-il.

— Eh bien… il est très occupé aujourd'hui et…

À ce moment précis, Mr Reed passa devant la porte ouverte et Swen Kjaer décida de tenter sa chance :

— Mr Reed, auriez-vous l'obligeance de m'emmener à Streator afin que je puisse visiter votre nouvel atelier ?

Rufus Reed resta un moment interdit.

— Excusez-moi, pourriez-vous répéter ? demanda-t-il.

L'inspecteur reprit plus fort, tandis que le bonhomme s'approchait en tendant l'oreille. Si c'était une manœuvre pour l'empêcher de s'y rendre, elle était grossière, songea Swen Kjaer. Mais Rufus Reed avait compris :

— Oui, bien sûr ! répondit-il machinalement avant de chercher l'approbation de sa supérieure.

— Aujourd'hui, cela risque d'être compliqué, argua celle-ci. Nous emballons une livraison pour la Westclock et…

— Je ne suis pas à la minute. Mr Reed, vous pouvez vous occuper de la livraison pendant que je ferai un nouveau tour des locaux. J'ai demandé à un photographe de m'accompagner, expliqua l'Inspecteur en présentant le petit homme aux allures compassées qui le suivait, croulant sous le poids de son lourd trépied et d'un appareil dissimulé dans une grosse boite à soufflet. Je souhaiterais prendre quelques clichés pour mon dossier.

À nouveau, il nota l'air contrarié de Miss Murray, aussi il ajouta avec un sourire rassurant :

— Ne vous inquiétez pas, cela ne perturbera pas le travail de vos peintres. Votre atelier est un modèle d'organisation et d'agencement ! Il est particulièrement lumineux et aéré, il pourrait servir d'exemple !

La Surintendante sembla un peu rassurée et esquissa même un mince

16 JUIN 1925 — RADIUM DIAL COMPANY — OTTAWA (ILLINOIS)

rictus.

— Soit. Je vous accompagne, dit-elle, peu disposée pour autant à le laisser prendre librement ses quartiers à l'étage supérieur.

Ils grimpèrent au premier et le photographe installa son trépied dans une des classes. Swen voulait des vues d'ensemble et d'autres plus proches des ouvrières. Quel dommage, pensa-t-il, que cet appareil ne soit pas capable de capturer le mouvement ! Il aurait tellement souhaité pouvoir rendre compte de la dextérité et de la rapidité de ces filles. Mais les caméras étaient introuvables dans cette petite ville.

Tout à coup, il remarqua que les godets remplis d'eau qui trônaient en évidence sur les bureaux des peintres lors de sa précédente visite avaient disparu. Il leva le regard et croisa celui de Miss Murray. Aussitôt, il eut la certitude qu'elle avait saisi son étonnement, mais elle détourna les yeux et préféra s'adresser aux ouvrières :

— Mesdemoiselles, ne soyez pas perturbées par nos va-et-vient, nous allons vous photographier...

Un joyeux brouhaha salua cette annonce inattendue.

— Ça, c'est chouette ! s'exclama une jeune fille d'une quinzaine d'années. On pourra avoir une épreuve ?

— May ! gronda sa voisine, en qui Swen Kjaer reconnut Peg Looney, la jolie rousse à la tignasse flamboyante qu'il avait interrogée la veille. Ils ne vont pas faire un tirage pour chacune ! On n'est pas loin de mille, imagine le prix !

— Ça ferait une prime sympathique, tu ne crois pas ? argua une brunette au teint pâle et au regard sérieux.

Peg sursauta soudain :

— Catherine, prête-moi un peigne, s'il te plait ! Je me suis coiffée n'importe comment ce matin ! Les petits avaient piqué la brosse, j'ai dû utiliser mes doigts... Je t'en prie, gémit-elle, je ne veux pas ressembler à une souillon sur la photo !

Catherine sourit, amusée, et sortit un peigne de son sac à main. May en profita pour piocher une sucrerie dans le paquet couvert de poudre jaune qui trainait sur sa table.

— Eh, je t'ai vue ! dit Catherine.

May secoua la tête.

— J'oserais pas, répondit-elle d'un air mutin.

C'était un jeu entre elles. May piquait les bonbons de Catherine, et Catherine piquait les chewing-gums de May.

Soudain, Miss Murray frappa dans ses mains et les jeunes filles se calmèrent aussitôt. Au signal du photographe, elles se figèrent, un beau sourire aux lèvres. Le moindre mouvement serait fatal à la netteté. Il changea ensuite d'angle et les peintres reprirent la pose.

Swen Kjaer toussota :

— Merci, mesdemoiselles, mais il ne s'agit pas d'un portrait de groupe. Nous aimerions vous photographier en train de peindre. Choisissez un geste et gardez la pose.

Quelques protestations fusèrent :

— Mais ça va être laid !

— On ne verra que notre crâne…

Elles se redressèrent et levèrent le menton pour mieux laisser apparaitre leur visage, avant de se figer dans un mouvement approprié. Certaines choisirent de plonger leur pinceau dans leur godet de peinture, tandis que d'autres s'attachaient à appliquer un trait délicat sur leur cadran. Au grand regret de Swen Kjaer, aucune ne mit le pinceau dans sa bouche. Étant donné la coquetterie de ces demoiselles, cela n'avait rien d'étonnant. Placer le pinceau entre leurs lèvres les aurait obligées à avancer la bouche en cul de poule, un véritable crime de lèse-élégance !

Il s'apprêtait à demander à quelques-unes de reproduire le geste, mais le photographe avait déjà pris un cliché. L'Inspecteur n'en avait commandé que trois, il fallait impérativement qu'il fixe cette posture sur le prochain négatif. Il allait en donner la consigne lorsque Mercedes Reed, l'instructrice, entra dans la pièce. Elle se dirigea à pas rapides vers la surintendante et lui glissa quelques mots. Aussitôt, celle-ci rejoignit l'Inspecteur :

— Un appel pour vous dans mon bureau, lui dit-elle.

Puis elle l'entraina vers l'escalier, non sans avoir, au passage, chuchoté une ou deux phrases à l'oreille de Mrs Reed. Mais l'Inspecteur était trop

16 JUIN 1925 — RADIUM DIAL COMPANY — OTTAWA (ILLINOIS)

préoccupé pour s'en soucier. Qui pouvait bien chercher à le contacter au fin fond de l'Illinois ? Seul son supérieur du Bureau des Statistiques du Travail était au courant de sa destination. Lui... et Karen. Un frisson glacé lui traversa la poitrine. Pourvu qu'il ne soit rien advenu à sa famille. Arrivé devant l'appareil, il saisit nerveusement le combiné et la voix d'Ethelbert Stewart retentit à l'autre bout du fil. Son patron. Il poussa un soupir de soulagement.

— Swen, enfin ! fit la voix à laquelle la distance donnait une tonalité métallique. Pas moyen de vous joindre à votre hôtel !

— J'enquête...

— Peu importe, je vous ai retrouvé. Bon, il est temps de rentrer au bercail.

— Mais... mais je n'ai pas terminé mon investigation... Je n'ai pas encore vu l'atelier annexe de Streator, ni la Westclock, ni...

— Il n'y a plus d'enquête, continua le Directeur du Bureau des Statistiques du Travail. Ce qui nous intéresse, c'est le phosphore blanc. Or, il s'avère que les peintures au radium n'en contiennent pas.

Le phosphore, et en particulier le phosphore blanc, était l'ennemi numéro un du moment. La substance, extrêmement toxique, était utilisée dans les usines d'armement et provoquait des brûlures ainsi que des nécroses de la mâchoire chez ceux qui la manipulaient. Encore sous le choc de sa mission avortée, Swen Kjaer tenta de plaider sa cause :

— Le radium, ou les additifs dans la peinture au radium, peuvent entraîner de graves dommages, comme chez ces filles du New Jersey. Nous devons l'étudier de plus près...

— Vous avez trouvé des malades à Ottawa ? le coupa son supérieur.

— Non... avoua l'Inspecteur, mais je n'en suis qu'au début de mon investigation, et...

— Écoutez mon petit, continua Ethelbert Stewart avec le ton légèrement condescendant qui lui était habituel. Si vous voulez tout savoir, on est à court de budgets, alors on se concentre sur l'essentiel. Et l'essentiel, c'est le phosphore. Donc vous lâchez l'affaire et vous prenez le premier train en direction de Washington. Compris ?

— Compris, acquiesça l'inspecteur avant de raccrocher.

À l'air soulagé que Miss Murray arborait tout à coup, Swen Kjaer conclut qu'elle avait entendu la conversation.

— Nous vous préviendrons si nous avons du nouveau, promit-elle. Mais sincèrement, vous avez vu l'atelier et l'énergie de nos ouvrières, il n'y a aucun danger ici.

Swen Kjaer hocha la tête avec un sourire crispé. C'était exactement ce que les médecins et dentistes de la ville lui avaient promis. Mais tout le monde avait bien trop intérêt à préserver Radium Dial, si bien qu'il doutait qu'on l'avertisse de quoi que ce soit. Il haussa finalement les épaules. Après tout, il s'inquiétait peut-être pour rien…

Ils remontèrent à l'étage chercher le photographe qui avait profité du moment pour prendre son dernier cliché… sans l'effilage à la bouche. Swen Kjaer maugréa, mais il n'avait plus de budget pour payer une autre prise de vue. Et puis, sa mission était terminée. Il récupéra sa mallette avec un pincement au cœur. Le fait que son travail puisse être brusquement stoppé en plein cours lui conférait l'amer sentiment qu'il ne valait pas grand-chose. Pire, qu'il n'était qu'un pion sans aucun pouvoir de décision sur sa vie.

Avant de quitter la salle, il jeta un regard circulaire à l'ensemble de ces filles penchées consciencieusement sur leur besogne et un détail lui sauta aux yeux : les godets à eau avaient repris leur place, bien en évidence sur les tables. Mrs Reed lui adressa un charmant sourire qui n'était sans doute pas aussi innocent qu'il y paraissait, puisqu'elle l'enchaina avec un clin d'œil à sa patronne. Décidément, tout n'était pas net dans cette entreprise. Mais Swen Kjaer n'avait plus rien à y faire. Il haussa les épaules, désabusé, et partit sans un mot.

6

JUILLET 1937 – CABINET DE LEONARD GROSSMAN – CHICAGO (Illinois)

Leonard Grossman ôta ses lunettes cerclées de métal et se massa les paupières. Il faisait presque nuit ; il allait s'abîmer les yeux s'il continuait ainsi. Il alluma l'abat-jour posé sur son bureau et pianota pensivement sur les feuillets qu'il venait de parcourir. Le compte-rendu de ce Swen Kjaer était explicite. Dès 1925, les démarches entreprises par Catherine Wiley avaient eu des répercussions jusqu'en Illinois à travers cette fameuse enquête du Bureau des Statistiques du Travail. Ce qu'il ne comprenait pas, c'est que douze ans plus tard, Radium Dial niait toujours la dangerosité du radium. Alors qu'un procès était passé par là. Certes dans un autre État, mais au vu des coupures de presse ramenées par Carol, il avait été largement médiatisé.

Du côté des plaignantes, les choses n'étaient pas claires non plus. Elles avaient été incapables de lui fournir des certificats médicaux attestant de leur empoisonnement au radium. Les seuls documents dont il disposait, c'étaient les analyses sanguines de Catherine Wolfe Donohue, pour le moins hors normes.

Leonard Grossman se leva et s'accouda à la fenêtre. Dans les étages élevés du Metropolitan Building, l'air était encore lourd malgré l'heure tardive, et même les manches de chemise relevées, il avait l'impression d'étouffer. Il plongea le regard vers la rue dont l'agitation diminuait de minute en minute. Un léger vertige le prit, comme à chaque fois. Pourtant, fasciné par le ballet des piétons et des rares automobiles à cette heure, il resta devant la baie, bercé par le vent de la nuit tombante.

Une fenêtre claqua, quelques étages plus bas, le tirant de sa torpeur. Il était temps de rentrer. Son épouse allait s'inquiéter. Malgré tout, il n'arrivait pas à quitter ce dossier. Dans quels engrenages avait-il mis le doigt…?

Brillant orateur de quarante-six ans, Leonard Grossman avait déjà une jolie carrière derrière lui. Mais ce n'étaient ni l'argent, ni les honneurs ou la célébrité qui le motivaient. La justice était son carburant. Originaire d'Atlanta, il était né un 4 juillet, jour de l'Indépendance américaine. La collusion de cet anniversaire avec le sien avait eu pour effet de lui rappeler chaque année l'importance de la dignité et des principes dans la construction d'une vie. Ses parents avaient toujours prétendu que s'il était venu au monde un tel jour, c'est qu'il était prédestiné à protéger ces valeurs. Ils avaient ainsi façonné une personnalité droite et passionnée qui s'épanouissait dans la défense des injustices de ce bas monde. C'est ainsi que Leonard Grossman était devenu un fervent partisan de la première heure des suffragettes. Lors de la grande marche féministe de 1913, un article avait titré : « Deux cents femmes et un étudiant marchent sur Washington ». L'étudiant, c'était lui.

Il avait par ailleurs travaillé comme pigiste en parallèle de ses études et en avait gardé le flair pour débusquer le détail qui tue. Et bien sûr, la faculté de manier la presse à son avantage. D'ailleurs, les journalistes l'adoraient pour la bonne raison qu'il ne rechignait jamais à fournir des explications ou à poser pour un bon cliché. Leonard Grossman y avait gagné une réputation flamboyante dont il n'hésitait pas à jouer face aux tribunaux. Pour autant, il restait un homme simple et particulièrement à l'écoute. Passionné par la cause ouvrière, il donnait la priorité à ce type de clientèle et avait déjà traité nombre de cas d'indemnisations de travailleurs. Ceux-ci ne pouvaient pas toujours payer, et Leonard Grossman se contentait de cadeaux sous forme d'objets décoratifs ou de cravates pas nécessairement de très bon goût.

L'avocat ferma la fenêtre et aussitôt la rumeur grondante de la ville qui ne dormait jamais cessa. Il sourit. Voilà quelque chose que les habitants d'Ottawa ne devaient pas connaitre. Ayant toujours vécu dans un milieu extrêmement urbain, il se demanda quel pouvait bien être le rythme de ces petites villes de province qui s'enveloppaient de silence dès la nuit tombée. L'existence y était sans doute beaucoup plus calme, moins oppressante... Quoique, les rumeurs devaient y enfler plus vite et le qu'en dira-t-on ligoter le mode de vie de tout un chacun. Peut-être était-ce ce qui avait permis le lent assassinat des ouvrières de Radium Dial...

Leonard Grossman appuya son front sur la vitre fraiche et ferma les yeux. Plongeant dans ses pensées, il essaya d'imaginer le quotidien de Catherine, Charlotte, Peg et les autres, à la lumière des informations qu'elles lui avaient données...

7

MAI 1926 — CHEZ CHUCK HACKENSMITH — OTTAWA (Illinois)

Une musique de jazz résonnait jusque dans la rue par laquelle arrivaient Catherine Wolfe et May Vicini. Peg les avait invitées à une soirée chez son voisin, Chuck Hackensmith. Chuck habitait à un pâté de maisons de chez elle et la cabane au fond de son jardin lui permettait d'organiser des fêtes sans déranger ses parents.

Les deux jeunes filles contournèrent la maison et pénétrèrent dans le jardin où un air enjoué s'élevait d'un gros gramophone. Peg courut à elles. Elle rayonnait et Catherine soupçonna que Chuck était bien plus qu'un simple voisin. Tous deux avaient vécu leur enfance à deux pas l'un de l'autre sans véritablement se côtoyer. Mais à présent que Chuck étudiait à l'université à Chicago et ne rentrait que pour les week-ends, il semblait que l'éloignement ait fait éclore de nouveaux sentiments entre les deux jeunes gens. Peg repoussa une mèche rousse et présenta les nouvelles venues. Chuck, qui s'employait à dissimuler sous une vieille couverture des bières brassées maison apportées par un ami, sursauta vivement.

— Oui, je sais, avoua-t-il en redressant sa haute stature et en glissant une main embarrassée dans ses cheveux blonds ondulés. C'est interdit. Mais je ne peux pas refuser sans passer pour un goujat…

MAI 1926 — CHEZ CHUCK HACKENSMITH — OTTAWA (ILLINOIS)

Un sourire malicieux illumina son visage tandis que Peg éclatait de rire. May ne put s'empêcher de rougir. Chuck était d'une beauté renversante. Pourtant, le jeune homme ne paraissait absolument pas s'en rendre compte. Il n'avait d'yeux que pour Peg. Malgré son air béat d'admiration, il respirait l'intelligence, et Catherine songea qu'il n'en fallait pas moins pour une fille brillante comme Peg. Peut-être réveillerait-il ses rêves de devenir institutrice... Rêves qu'elle semblait avoir noyés dans la peinture au radium.

Tout à coup, une jeune femme se précipita vers les nouvelles venues, si vivement qu'elle manqua de les renverser. À dix-sept ans, Marie Becker avait rejoint la petite bande peu après Peg, dont elle était la meilleure amie. D'origine allemande, elle ressemblait pourtant à une Espagnole avec ses longs cheveux bruns et ses yeux sombres. Très gaie, la bouche toujours remplie d'opinions tranchées et de mordants sarcasmes, elle faisait l'effet d'une tornade lorsqu'elle parcourait les interminables couloirs de Radium Dial.

Marie était orpheline et ne s'entendait pas du tout avec le second mari de sa mère. Celui-ci l'avait envoyée travailler dès ses treize ans dans une boulangerie. Elle avait ensuite occupé divers emplois, comme ouvrière à l'usine ou vendeuse dans un magasin bon marché avant d'atterrir, sur les conseils de Peg, à Radium Dial. Malgré une première journée pénible à l'atelier où elle avait cru vomir à chaque effilage de pinceau entre les lèvres, elle avait fini par s'habituer au goût, trop heureuse de son salaire. Salaire qu'elle était obligée de reverser en intégralité à son beau-père. Une torture pour cette fille coquette qui voyait les autres dépenser le leur en corsets, gants, lacets et produits fantaisie chez T. Lucey & Bros, la boutique de mode du centre-ville. Un jour, elle n'y avait pas tenu et avait acheté une jolie paire de chaussures avec son chèque. La rouste qu'elle avait prise l'avait convaincue de demander son émancipation. Depuis qu'elle l'avait obtenue, elle rayonnait.

— Venez, il faut que je vous présente, s'exclama-t-elle en les entraînant vers un jeune homme qui s'avançait vers elles, les bras chargés d'une cagette semblable à celle que Chuck dissimulait peu auparavant. Voici Patrick Rossiter. Il est ouvrier. On s'est rencontrés en faisant du patin. Je me suis évidemment retrouvé les quatre fers en l'air et Pat m'a galamment ramassée.

Le jeune homme en question ébaucha un sourire ravageur et lança un clin d'œil aux nouvelles venues. Il n'était pas spécialement beau, mais respirait la malice, et Catherine songea qu'il s'accordait parfaitement avec le caractère de Marie.

— Va vite cacher ça au lieu de faire le joli cœur ! le houspilla la jeune femme avant de héler de nouvelles venues. Eh, les Glacinski, on a failli vous attendre !

Les Glacinski répondirent à son salut avec des cris de joie. Frances et sa sœur Marguerite étaient inséparables. Marie les embrassa avant de rejoindre Ella, Inez et Olive qui approchaient à leur tour.

Catherine sourit machinalement en observant tout ce petit monde dont les trois quarts travaillaient à Radium Dial. Chacun prenait place nonchalamment sur la pelouse tandis que Chuck posait précautionneusement un disque de Benny Goodman sur le phonographe. Tous commençaient à trouver chaussure à leur pied… mais pas elle. Elle haussa les épaules. Elle n'avait pas l'intention de se coller à n'importe qui sous prétexte qu'elle avait déjà vingt-deux ans. Mieux valait s'assumer seule que se mettre sous la coupe d'un homme qu'elle n'aimerait pas. Après tout, son travail lui permettait d'être financièrement autonome. Parfois, elle se trouvait trop romanesque et redoutait que le grand amour auquel elle aspirait n'existe pas. En définitive, hormis dans les livres, elle n'avait jamais rencontré de couple véritablement idéal…

Tout à coup, Marie Becker lança un cri strident, et Catherine se retourna en sursautant. Elle faillit à son tour hurler de joie, mais sa nature réservée l'en empêcha. Elle se leva néanmoins d'un bond et se précipita vers Charlotte qui arrivait. La jeune femme n'était restée que huit mois ouvrière à Radium Dial avant de se marier et devenir couturière. Elle semblait un peu perdue face aux nouveaux visages qui avaient envahi le jardin de Chuck. Suspendue au bras de son mari, elle ne le lâcha que lorsque Catherine l'eut rejointe. Charlotte avait rencontré Al Purcell au Aragon Ballroom, un dancing de Chicago. Littéralement sous le charme, le jeune homme avait quitté la grande ville pour la retrouver à Ottawa, et finalement l'épouser. Originaire

MAI 1926 — CHEZ CHUCK HACKENSMITH — OTTAWA (ILLINOIS)

du Canada, Al était ouvrier, et enchainait les petits boulots dans le bâtiment. Avec succès. Il était si apprécié qu'il se disait que d'ici quelques années, il pourrait peut-être monter sa propre affaire.

— Bonjour Al, fit Catherine après avoir embrassé Charlotte.

Elle aimait bien Al, toujours fiable, réservé et attentif aux autres. À ses côtés, un homme de petite taille aux cheveux noirs et aux moustaches épaisses essayait de se faire discret.

— Qui tu nous amènes ? s'exclama Marie, avec sa franchise habituelle.

— Voici Tom Donohue, expliqua Al. Il travaille avec moi. Mais il est beaucoup trop sérieux. Alors je me suis dit qu'une fête pourrait le dérider...

— Excellente idée, clama Marie, tandis que Chuck accueillait le nouveau venu.

L'hôte de la soirée avait l'air un peu dépassé par l'afflux de personnes ramenées par les uns et les autres, sans compter les jeunes frères et sœurs de Peg, ravis de se mêler aux « grands » ! Bien vite, des petits groupes se formèrent. Certains commencèrent même à danser des Charleston endiablés sur la pelouse. La bière maison était forte et bientôt de gros rires retentirent. Chuck gardait un œil sur tout le monde. L'interdit que la Prohibition faisait peser sur l'alcool rendait les fêtes parfois angoissantes pour leurs organisateurs, car les invités ne manquaient généralement pas d'y introduire des bouteilles de contrebande. Si la police débarquait, il était bon pour l'amende, voire l'arrestation.

Catherine aimait le calme, aussi elle ne tarda pas à s'installer à l'écart. La nuit commençait à tomber et on pouvait reconnaître les filles de Radium Dial à leurs robes lumineuses. Elles les avaient portées intentionnellement pour travailler afin de profiter de l'effet de phosphorescence du radium. Cela faisait toujours sensation. À les voir, les soirs d'hiver, traverser la ville avec leurs tenues luminescentes pour rentrer chez elles, on avait fini par les appeler les « Ghost girls », et les « Filles-Fantômes » n'étaient pas peu fières de ce surnom.

Catherine s'assit en grimaçant. Elle ressentait des élancements dans la cheville gauche qui remontaient jusque dans la hanche. Certains jours, la douleur la faisait même légèrement boiter. Elle rechignait à aller chez le médecin, son salaire était trop nécessaire pour les faire vivre, son oncle, sa tante et elle. Mais elle devrait probablement s'y résoudre. Elle avait demandé à faire partie des peintres examinées par le médecin de Radium Dial l'année précédente, mais n'avait pas été retenue. Elle n'avait pas compris que Peg et d'autres filles, qui étaient en pleine santé, soient choisies, et pas elle. Sans doute les hasards d'une liste composée à la va-vite...

— Un mini-sandwich ? proposa tout à coup une voix dans la pénombre.

La jeune fille sursauta et, se retournant, reconnut l'ami de Al Purcell à ses lunettes et son épaisse moustache. Tom, si ses souvenirs étaient bons. Il était assis non loin d'elle, au pied d'un buisson. Dans l'obscurité, elle ne l'avait pas vu.

— Pourquoi pas, finit-elle par répondre.

Le jeune homme avait l'air aussi intimidé qu'elle. Il s'approcha maladroitement et lui tendit une assiette où quelques mini-sandwichs étaient disposés de manière à former un visage avec deux yeux et un grand sourire. Catherine ne put s'empêcher d'esquisser une mimique amusée. Elle grignota son sandwich en silence, trop paralysée par la timidité pour dire quoi que ce soit. Le jeune homme se racla la gorge.

— Vous travaillez à Radium Dial ? demanda-t-il finalement.

Catherine sourit. Sa robe lumineuse venait de la trahir.

— Oui, répondit-elle. Et vous, que faites-vous ?

— Pour le moment, des petits boulots, par-ci, par-là...

— Je vous ai déjà aperçu à l'office de Saint Columba.

— Moi aussi.

Ils rougirent tous les deux. Tom semblait peu habitué aux confidences, pourtant il finit par se laisser aller à raconter sa jeunesse dans la ferme familiale, au nord d'Ottawa, dans le canton de Wallace, ses cinq frères et sœurs, ses grands-parents, immigrants irlandais venus chercher en Amérique une terre plus fertile et des champs à perte de vue... Il avait commencé à étudier dans une école catholique pour garçons afin de se destiner à la prêtrise, mais il avait finalement abandonné. On avait besoin de lui à la ferme... À l'approche de la trentaine, il s'était installé en ville pour enfin vivre sa vie. Comme Al, il enchaînait les petits boulots. Il

MAI 1926 — CHEZ CHUCK HACKENSMITH — OTTAWA (ILLINOIS)

avait été peintre, mécanicien… Sa mère ne désespérait pas de le voir reprendre le chemin du sacerdoce mais, malgré une foi inébranlable, Tom hésitait. À désormais trente-et-un ans, il souhaitait plutôt trouver un emploi stable. La manufacture de verre Libbey-Owens avait annoncé un prochain recrutement et il comptait se présenter comme ouvrier avec Al, le mari de Charlotte, et Patrick Rossiter, le grand gaillard qui ne quittait pas Marie Becker d'une semelle.

Ils sursautèrent lorsque Charlotte et Al s'approchèrent.

— Nous rentrons. Bonne soirée tous les deux, conclurent-ils avec un sourire entendu avant de s'éclipser.

Catherine et Tom se levèrent, gênés. Tout à leur discussion, ils n'avaient pas vu le temps passer. La plupart des invités étaient partis. Marie et Patrick Rossiter s'embrassaient sous les ormes tandis que Peg et Chuck, enlacés sur la piste de danse, semblaient avoir oublié le reste du monde, y compris trois des jeunes frères et sœurs de Peg, endormis dans l'herbe.

— Je vais rentrer aussi, murmura Catherine.

— Je vous raccompagne, proposa Tom. À cette heure-ci, c'est plus prudent.

Catherine sourit.

— Nous ne sommes pas à Chicago, et j'habite tout près, mais pourquoi pas…

Elle aurait refusé à n'importe qui d'autre, mais avec Tom, elle se sentait en confiance. Le jeune homme était légèrement plus petit qu'elle, qui n'était déjà pas bien grande. Elle eut envie de rire. S'ils étaient attaqués, il ne ferait sans doute pas le poids. Quoique, on disait les Irlandais coriaces…

Ils restèrent silencieux tout le trajet, comme si la complicité des moments passés s'était évanouie, remplacée par une nouvelle gêne. Après un salut maladroit, Tom la quitta sur le pas de la porte de sa petite maison bardée de bois blanc et disparut dans la nuit.

8

AOUT 1927 — OTTAWA (Illinois)

Catherine effila une seconde fois son pinceau entre ses lèvres. Elle avait du mal à se concentrer sur ses cadrans. Depuis un an qu'elle avait rencontré Tom lors d'une fête chez Chuck Hackensmith, elle ne l'avait plus croisé qu'à la messe à Saint Columba. Certes, il ne manquait pas de la saluer, mais, visiblement intimidé par son oncle et sa tante, il s'éclipsait aussitôt. Elle avait fini par se dire qu'il n'avait pas de sentiments pour elle. Ce soir de mai 1926, dans le jardin rempli de musique et de rires, elle avait pourtant cru voir naitre en lui une émotion comparable à la sienne. Sans doute avait-elle pris ses désirs pour la réalité… Mais plus elle s'efforçait de l'oublier, plus il envahissait ses pensées sans qu'elle puisse rien y faire.

L'atmosphère lugubre qui régnait ces derniers temps à Radium Dial n'était pas pour la réconforter. Miss Murray, la surintendante, était décédée le mois précédent d'un cancer. En dépit de ses airs revêches, elle était appréciée et les filles avaient été très affectées par sa disparition. Catherine voyait le monde changer autour d'elle sans que rien n'évolue de son côté. Certaines de ses amies s'étaient mariées et ne travaillaient plus qu'à mi-temps à Radium Dial, ou bien avaient quitté l'atelier pour se consacrer à leur foyer, malgré les efforts de la firme pour les retenir. L'entreprise souhaitait garder les peintres compétentes plutôt que d'en former de nouvelles. Elle faisait donc en sorte d'aménager leur temps de travail, en dépit des époux qui préféraient

AOUT 1927 — OTTAWA (ILLINOIS)

savoir leur femme à la maison, espérant par ce biais leur conférer un statut social plus enviable.

Marie Becker, qui avait épousé Patrick Rossiter, avait opté pour une solution à mi-temps, du moins tant qu'elle n'avait pas d'enfants, avait-elle précisé à Mr Reed, devenu surintendant en remplacement de Miss Murray. À grand renfort d'éclats de rire, elle avait raconté à ses amies la terreur de Patrick, son époux, les premiers temps de leur mariage. Lorsque celui-ci se réveillait la nuit, il prenait pour des fantômes les vêtements de sa femme suspendus sur la patère.

Catherine leva les yeux. Peg Looney gémissait. Elle avait dû se faire enlever une dent gâtée et la gencive avait du mal à cicatriser. Chaque fois qu'elle effilait son pinceau à la bouche, le goût de la peinture au radium venait picoter la chair à vif. Elle aurait dû s'octroyer quelques jours de repos supplémentaires, mais elle estimait son salaire trop important pour sa famille. Aussi, malgré les recommandations de ses parents, elle avait préféré retourner travailler le plus rapidement possible.

Soudain, un bruit sourd fit sursauter tout le monde. Catherine leva les yeux vers le fond de la salle, d'où provenaient des cris étouffés. Ella Cruse venait de s'évanouir. Elle avait avoué à ses camarades se sentir perpétuellement fatiguée ces derniers temps, mais nulle n'aurait imaginé qu'elle s'effondre de cette façon. Catherine se précipita, mais déjà les peintres les plus proches tentaient de la ramener à elle. Malgré la situation, la jeune femme ne put s'empêcher d'envier la peau impeccable d'Ella et les jolies mèches coupées court qui ponctuaient chacune de ses joues d'une virgule brune, comme des sourires. Mais les longs cils de la jeune fille restaient clos, contrastant avec son teint pâle. Elle était pourtant jusque-là en excellente santé. Certes, quelques semaines plus tôt, elle avait dû, tout comme Peg, se faire retirer une dent que le médecin n'arrivait pas à soigner. Ces derniers jours, les articulations de ses mains la faisaient souffrir au point que ses jointures douloureuses la gênaient pour travailler. Et voilà qu'elle s'évanouissait. Catherine n'avait jamais entendu parler d'une telle maladie…

Soudain, elle remarqua sous le menton d'Ella une bosse qu'elle n'avait jamais repérée auparavant, comme une petite crête. Elle n'eut pas le temps de s'interroger plus longuement, car la jeune fille avait repris conscience.

— J'ai envoyé quelqu'un prévenir votre maman, dit gentiment Mrs Reed tandis qu'on asseyait Ella sur une chaise.

Effectivement, vingt minutes plus tard, Nellie Cruse venait chercher sa fille. Celle-ci avait retrouvé quelques couleurs grâce aux bonbons de Catherine et au verre d'eau qu'on lui avait fait boire. Bien qu'elle ne cessât de répéter avec un sourire timide que tout allait bien, sa pâleur laissait supposer qu'elle avait vraiment besoin de repos.

Mrs Cruse était bouleversée. Catherine et Marie l'aidèrent à soutenir Ella jusque chez elle et la couchèrent tandis que sa mère allait chercher un médecin. Lorsqu'elles retournèrent à l'atelier, Marie fit remarquer à Catherine :

— Étrange, ce bouton sur la joue d'Ella…

— Tu veux parler de cette grosseur sous le menton ?

— Non, sur sa joue gauche. Tu n'as peut-être pas vu, tu étais de l'autre côté, mais elle a un abcès bizarre. Même ses mèches en virgule n'arrivent pas à le cacher complètement…

**

Le lendemain, Ella ne revint pas travailler. En sortant de l'atelier, Catherine fit un détour par chez elle pour prendre de ses nouvelles. Lorsque Nellie Cruse lui ouvrit, la jeune femme remarqua tout de suite ses yeux cernés et rougis d'inquiétude.

— Ella souffre horriblement d'une grosseur à la joue, expliqua Mrs Cruse. Le médecin pensait que c'était un bouton infecté, alors il a voulu l'inciser pour la soulager, mais il n'y avait rien dedans, pas de pus, rien. Juste la chair enflée. Depuis une heure, j'ai l'impression que sa fièvre monte et… c'est tout le visage qui commence à gonfler.

Catherine demeura sans voix. Quelle étrange maladie pouvait provoquer de tels symptômes en si peu de temps ? Mais la brave femme continuait :

AOUT 1927 — OTTAWA (ILLINOIS)

— Je suis sûre que c'est à cause de son métier. Je lui ai toujours dit que je n'étais pas favorable à ce qu'elle travaille à Radium Dial, qu'elle ruinait sa santé ainsi penchée sur ses cadrans... Mais j'ai laissé faire. C'est vrai, l'emploi est respectable et l'environnement épanouissant pour Ella. Elle s'est fait beaucoup d'amies là-bas. Mais tous ces produits chimiques, ce n'est pas très sain... Vous aussi, vous devriez faire attention, ajouta-t-elle à l'intention Catherine avant de retourner auprès de sa fille dont les gémissements de douleur parvenaient jusqu'à la porte.

Catherine resta un instant figée d'effroi avant de se résoudre à rentrer chez elle. Son oncle et sa tante, très diminués, l'attendaient pour qu'elle s'occupe d'eux. Décidément, la maladie rôdait en permanence autour d'elle. Elle préféra chasser ces lugubres pensées en convoquant l'image rassurante de Tom.

* * *

Nellie Cruse posa ses affaires sur le lit qu'elle avait demandé pour pouvoir s'installer dans la chambre de sa fille. La veille, la fièvre était montée si violemment qu'il avait fallu conduire Ella à l'hôpital. Malgré les soins, elle n'allait toujours pas mieux et sa mère avait préféré venir auprès d'elle, laissant son mari s'occuper de leur fils.

D'un gémissement, il lui sembla qu'Ella l'appelait. Elle s'approcha et s'assit au bord du lit en lui saisissant la main, cherchant dans son regard ce qu'elle voulait lui dire. Les larmes lui montèrent aux yeux. Sa si jolie petite fille était méconnaissable. Son visage entier avait doublé de volume. Il était gonflé au-delà de l'entendement, au point qu'elle ne pouvait plus parler, et sa peau avait pris ces dernières heures une teinte noirâtre. « Intoxication streptococcique » avait dit le médecin en secouant la tête d'un air pessimiste. Le regard des infirmières n'était pas plus rassurant. Mais Nellie Cruse se refusait à croire que sa fille ne puisse pas guérir. C'était impossible, inconcevable... Jamais elle n'avait entendu parler auparavant d'une maladie capable d'attaquer un visage de la sorte en quelques jours et lui infliger les pires douleurs qu'on eut pu imaginer. Intoxication, oui, sans doute. Mais à quoi ?

Nellie Cruse remit machinalement en place les mèches en virgule sur les joues de sa fille, dont l'épiderme lui parut davantage noirci par endroits. Ella avait fermé les yeux et sa respiration s'était faite imperceptible. Plus inquiète encore, s'il était possible, la brave femme appela une infirmière.

Une matrone se présenta et prit le pouls de la malade.

— Votre fille est inconsciente, déclara-t-elle. Cela vaut peut-être mieux au vu de ce qu'elle endure... Restez auprès d'elle. Même dans le coma, elle en a besoin.

L'infirmière soupira avant de murmurer pensivement :

— Tout cela est beaucoup trop rapide...

Nellie Cruse sentit l'angoisse la saisir à la gorge :

— Elle va se réveiller ?

— Demeurez auprès d'elle, se contenta de répondre l'infirmière avant de sortir.

Nellie Cruse obéit consciencieusement. Elle aurait fait n'importe quoi pour soulager sa fille. Mais la fatigue aidant, elle finit par s'assoupir, à demi couchée contre elle. Lorsqu'elle s'éveilla quelques heures plus tard, Ella avait les yeux entrouverts, comme deux points humides au milieu de son visage prodigieusement boursouflé. Elle paraissait plus calme. Dans la pénombre de la nuit tombée, Nellie Cruse crut que sa fille allait mieux. Elle alluma la petite lampe de chevet et faillit hurler. La figure d'Ella était entièrement noire. Nellie s'approcha plus près, mais aucun son ne sortit de la bouche mi-close, pas le moindre souffle. Ella avait quitté ce monde.

Nellie eut l'impression que son cœur allait éclater. Elle n'avait même pas eu le temps de dire au revoir à sa fille...

9

5 JUIN 1928 – RADIUM DIAL – OTTAWA (Illinois)

Mr Reed s'arrêta à l'épicerie pour prendre le journal tandis que son épouse continuait son chemin vers les locaux de Radium Dial. Mercedes aimait arriver en avance pour s'assurer que tout était en place avant la venue des ouvrières. Extrêmement scrupuleuse, elle redoutait de ne pas être à la hauteur des attentes de l'entreprise. La promotion de son mari au poste de surintendant l'année précédente — en remplacement de Miss Murray — l'avait à la fois ravie, et effrayée. Elle vouait une dévotion sans borne à la firme qui avait donné sa chance à son époux des années plus tôt, en l'employant malgré sa surdité. Consciente de cette chance, elle souhaitait s'en montrer digne. Rufus Reed partageait son point de vue. En outre, il savait pertinemment ce qu'il devait à sa femme qui le secondait pour tout et lui évitait nombre de malentendus. Ce couple discret gérait dorénavant l'atelier d'Ottawa avec bienveillance et efficacité, obéissant rigoureusement aux consignes des lointains directeurs de Chicago.

Rufus Reed se rendit ensuite directement à la plateforme de chargement où un camion devait arriver dans la matinée pour livrer des palettes de cadrans vierges. En retour, Radium Dial le remplirait de boites de cadrans peints à destination de la Westclock. Désormais, la Westclock produisait un million et demi de montres par an et Radium Dial peignait tous leurs cadrans. Le surintendant dirigea la manœuvre de préparation des cartons auprès des manutentionnaires avant de rejoindre son bureau. Mercedes l'attendait, visiblement nerveuse. Elle lui mit sous le nez une feuille où elle avait griffonné quelques mots. Rufus Reed grimaça. Lorsque Mercedes procédait ainsi, c'est qu'elle avait besoin de lui transmettre une information confidentielle. La lui communiquer de vive voix l'aurait obligée à élever le ton pour se faire entendre. Il prit le papier et déchiffra : « Un article du *Ottawa Daily Times* a provoqué un mouvement de panique là-haut. Les filles sont dans tous leurs états. Certaines veulent des explications et refusent de travailler. »

Rufus Reed haussa les sourcils et ouvrit le journal qu'il avait acheté une heure auparavant. Il n'eut pas à chercher loin. En première page, le quotidien titrait : « Le nombre de décès causés par le radium à Orange est monté à dix-sept ». Son sang ne fit qu'un tour. Les ragots arrivaient donc jusqu'ici. Pourtant, après une première alerte en 1925 qui avait obligé Radium Dial à créer un nouvel atelier dans un village perdu à quelques kilomètres, rien n'était venu troubler l'activité de la firme. L'atelier de Streator n'avait fonctionné que neuf mois. Constatant que les rumeurs qui embrasaient le New Jersey n'étaient pas parvenues à Ottawa, Joseph Kelly l'avait finalement fermé.

Parmi les quelques ouvrières auxquelles on avait fait passer des tests médicaux, certaines présentaient des résultats anormaux. Cependant, pour les Reed, étant donné le milieu d'où elles venaient, il n'y avait rien d'étonnant à ce qu'elles aient des carences. Certaines avaient quitté leur emploi lorsqu'elles s'étaient mises à souffrir des hanches, du dos, ou de fatigue chronique, et on n'avait plus entendu parler d'elles. Les autres paraissaient en pleine santé. Hormis la petite Peg Looney, qui s'acharnait encore à travailler malgré l'épuisement et les douleurs à la mâchoire…

Rufus Reed se pencha sur l'article. On y décrivait les effets du radium tels qu'ils avaient pu être observés à Orange. Notamment, les martyres de Mollie Maggia, de Marguerite Carlough, le chemin de croix des Cinq Condamnées à mort et leur retentissant procès.

5 JUIN 1928 – RADIUM DIAL – OTTAWA (ILLINOIS)

Il releva les yeux et échangea un long regard avec son épouse. Celle-ci secoua lentement la tête. Elle ne parvenait pas à y croire. Ce n'était pas possible. Ces filles du New Jersey étaient des menteuses qui cherchaient simplement à escroquer leur employeur. De son côté, elle était intimement persuadée que Radium Dial ne laisserait jamais ses ouvrières s'empoisonner. Les patrons s'étaient toujours montrés prévenants et attentifs au bien-être des travailleurs à leur service. D'ailleurs, s'ils avaient été malfaisants, ils ne les auraient pas si bien payés.

— Je vais rassurer les filles, dit Rufus Reed en se levant de son fauteuil.

Il grimpa l'escalier d'un pas pesant. L'agitation à l'étage parvenait jusqu'à lui. L'article était convaincant, il avait dû terroriser les jeunes femmes. Le surintendant s'approcha de la première classe où les voix aiguës des Glacinski dominaient le brouhaha. « On va mourir », gémissait Marguerite, tandis que sa sœur répétait à grands cris : « Ce n'est pas possible ! Ce n'est pas possible ! ». Les filles étaient rassemblées autour d'une table où s'étalait un exemplaire du *Ottawa Daily Times*. La panique paraissait s'être propagée comme une trainée de poudre depuis ce point névralgique.

Soudain, la voix posée de Catherine Wolfe sembla apaiser le groupe :

— Calmez-vous. Tout cela vaut pour le New Jersey. Regardez : pas un mot qui nous concerne, ici, dans l'Illinois.

— Mais chez nous, Ella Cruse est morte l'été dernier, plaida Frances Glacinski.

— Ça n'avait rien à voir, rétorqua la petite May Vicini. Elle a fait une infection.

— Qu'est-ce que tu en sais ? Lis l'article, ils décrivent des cas très divers. Tous, pourtant, avec une même cause : le radium.

— Pas le radium, le mésothorium, intervint Rufus Reed qui s'était enfin décidé à entrer. La US Radium Corporation utilisait un composant différent du nôtre pour leur peinture. Nous, nous employons du radium pur. Et chacun sait que le radium est bon pour la santé !

Plusieurs filles hochèrent la tête. Mais d'autres restèrent dubitatives.

— Maggie Robinson et Inez Vallat ne vont pas bien du tout… ajouta Marguerite Glacinski d'une voix forte pour se faire entendre du surintendant.

— On peut être malade de beaucoup de choses, répondit Rufus Reed avec un petit rire rassurant.

— Le journal précise que les premiers signes d'empoisonnement au radium sont la pourriture des mâchoires et des dents. Et Ella s'était fait enlever une dent...

Soudain, le silence se fit parmi les filles. Il n'y avait pas qu'Ella qui s'était fait retirer une dent. Tous les regards convergèrent brusquement vers Peg Looney, restée à l'écart, crispée et incapable de prononcer la moindre parole. Elle avait la sensation confuse que l'article s'adressait directement à elle, pour lui révéler son destin. Depuis maintenant un an qu'elle s'était fait ôter sa dent gâtée, la gencive n'avait toujours pas cicatrisé. Et ces derniers temps, elle avait du mal à marcher. Elle tenait le coup la semaine, mais le dimanche, elle se sentait si fatiguée qu'elle peinait à profiter des joyeux pique-niques organisés par Chuck pour son retour hebdomadaire de l'université.

Marguerite rompit le silence et s'effondra sur sa chaise :

— On va toutes mourir... on va toutes mourir... répéta-t-elle en pressant ses mains l'une contre l'autre de manière compulsive.

— Calmez-vous, dit Rufus Reed. Ce ne sont que des ragots. Ici, à Ottawa, la Radium Dial Company s'est toujours préoccupée de la santé de ses ouvrières, vous le savez bien. Néanmoins, je comprends vos inquiétudes et je vais en référer à Mr Kelly. En attendant, remettez-vous au travail. Il est inutile de se faire du mauvais sang sur de simples rumeurs.

Il redescendit dans son bureau et décrocha son téléphone tout en faisant signe à son épouse de le rejoindre. Mercedes était son alter ego, son bras droit, sa femme, et son soutien lorsque sa surdité l'handicapait, et il la sollicitait systématiquement dès qu'il devait se servir de l'appareil. Elle lui retranscrivait la conversation en simultané pour lui éviter les erreurs de compréhension. Il demanda le président au siège de Chicago et par chance, la secrétaire lui passa rapidement son patron.

— Mr Kelly, les rumeurs du New Jersey sont parvenues jusqu'à l'atelier, commença-t-il.

— Je m'en doutais, répondit le président de Radium Dial. À Chicago aussi, le procès des Cinq Condamnées à mort a fait les gros titres...

5 JUIN 1928 – RADIUM DIAL — OTTAWA (ILLINOIS)

— C'est l'affolement. Les filles sont terrorisées. Elles n'arrivent pas à travailler. J'ai peur que le rendement s'en ressente. Rien qu'aujourd'hui, il est dix heures et elles n'ont toujours pas commencé...

Les choses risquaient de ne pas s'améliorer si la firme ne proposait pas de mesures rassurantes. En quittant l'atelier, il avait entendu les filles suggérer d'organiser des réunions et de mener des enquêtes...

— Écoutez, dit Kelly, vous allez programmer des tests médicaux. Nous allons procéder à des analyses de sang et des examens aux Rayons-X comme ils l'ont fait à l'hôpital de Newark. Mr Fordyce va s'occuper d'expédier des médecins et des machines. Dans quelques jours, nous serons fixés.

— Bien, répondit Reed en souriant.

La réactivité de son patron le rassérénait, lui aussi.

— Ah, et une chose importante : envoyez-nous aussitôt les résultats. Plus vite ils nous parviendront, plus vite nous pourrons prendre des mesures adéquates.

Reed approuva et raccrocha avec un soupir de soulagement avant d'échanger un regard entendu avec son épouse :

— Allons rassurer les filles.

10

15 JUIN 1928 – RADIUM DIAL — OTTAWA (Illinois)

Cette fois, Rufus Reed pressa le pas après avoir acheté le *Ottawa Daily Times* à la petite épicerie de Columbus Street et se dirigea directement à l'étage de l'atelier. Pénétrant dans la première salle où il savait trouver les plus dubitatives, il brandit le *Ottawa Daily Times* en clamant :

— Radium Dial a publié un compte-rendu de vos tests !

Toutes les filles se précipitèrent autour de lui comme une volée de moineaux, rapidement rejointes par les ouvrières des autres pièces, attirées par la voix forte du surintendant. Celui-ci ouvrit le journal à la page trois et commença à lire :

— « Des examens médicaux ont été pratiqués sur nos peintres de cadrans par des experts techniques familiers avec les circonstances et les symptômes de l'empoisonnement au radium. Il en découle qu'aucun signe approchant — même de loin — ces effets n'a été trouvé par ces médecins. »

Des exclamations joyeuses accueillirent la déclaration. Rufus Reed poursuivit :

— « Il va sans dire que si les analyses avaient été mauvaises, ou si nous avions eu le moindre doute quant aux conditions de travail susceptibles

15 JUIN 1928 – RADIUM DIAL — OTTAWA (ILLINOIS)

de mettre en danger nos ouvrières, nous aurions aussitôt suspendu notre activité. La santé de nos employées est primordiale. »

Des applaudissements conclurent la lecture.

— Alors, mesdemoiselles, vous voilà rassurées ?

Catherine s'approcha, mal à l'aise à l'idée de faire une réclamation, mais une question la tarabustait :

— Aurons-nous connaissance des résultats précis des examens médicaux ? demanda-t-elle.

— Oui, oui... répondit Mr Reed. Et puis, le problème à US Radium, c'était la présence d'un additif dans la peinture, le mésothorium. C'est lui qui a tué les filles de là-bas, pas le radium.

Mr Reed n'avait pas compris la question... ou n'avait pas voulu la comprendre... Catherine insista. Elle avait espéré que ces examens l'éclaireraient sur ses douleurs à la hanche et le léger boitillement qu'il lui provoquait. Aucun des médecins consultés à Ottawa n'avait été capable de lui fournir d'explication. Marie Becker Rossiter finit par lui donner un coup de coude.

— Te fatigue pas, il est sourd comme un pot ! assena-t-elle avec sa franchise habituelle.

Effectivement, Reed poursuivait son idée, imperturbable :

— D'ailleurs, le procès a tourné en eau de boudin et US Radium a été reconnue non coupable !

La plupart des filles approuvèrent. Le surintendant avait du mal à suivre la conversation dans ce brouhaha, mais il sentait que certaines restaient sceptiques.

— Écoutez, expliqua-t-il avec un petit rire, je travaille ici depuis plus longtemps que vous et je n'ai jamais été malade. Si le radium était dangereux, je m'en serais rendu compte !

À son tour, Peg tenta sa chance. Elle aussi voulait savoir pourquoi elle était perpétuellement fatiguée et sa mâchoire si douloureuse :

— Mais nos examens ? demanda-t-elle en surarticulant.

Reed tendit l'oreille :

— Vos... ?

Catherine vint en renfort et c'est à deux qu'elles s'écrièrent, tandis que les autres filles pouffaient :

— Nos examens médicaux !

— Vos examens médicaux ? Mais si on vous les fournissait, il y aurait une émeute !

Rufus Reed gloussa dans le silence glacial qui s'était fait. Les filles se regardèrent sans comprendre. Quelques-unes rirent un peu jaune. C'était une plaisanterie, forcément, ça ne pouvait qu'être une plaisanterie, mais elle était mauvaise.

— Allons, mesdames, reprit le surintendant, pas d'inquiétudes, vous êtes des chanceuses : croyez-moi, le radium va vous donner les joues roses et vous rendre encore plus jolies ! Et tenez, voyez, ajouta-t-il en montrant la première page du journal, le *Ottawa Daily Times* a également écrit un article qui corrobore ces résultats.

Il laissa échapper une petite grimace au rappel de ce que ce papier lui avait coûté. Il avait dû argumenter et, pour finir, menacer la région de ruine économique. Mais il était parvenu à convaincre le rédacteur en chef de faire paraître, en supplément à la déclaration de Joseph Kelly, un éditorial en faveur de la firme. Rufus Reed, qui détestait les débats et les confrontations où il se trouvait en infériorité du fait de son handicap, se sentait particulièrement fier de sa victoire.

— Allons, mesdemoiselles, vous êtes magnifiques. Que pourrait-il vous arriver ?

Sur un dernier sourire plein de bonhommie, il quitta l'atelier en laissant l'article bien en évidence. Au passage, il pinça familièrement la joue de la jolie Marguerite, qui devint pivoine sous le compliment, et en oublia aussitôt ses inquiétudes.

Les filles se jetèrent sur le journal, mais Marie fut la plus rapide :

— « La Radium Dial Company a toujours été soucieuse de la santé de ses ouvrières. L'entreprise est la filiale de la Standard Chemical Company, une firme à la pointe de la recherche technologique sur le radium. Elle est donc en position privilégiée en ce qui concerne les connaissances sur cet élément miracle et la manière de l'utiliser… »

Quelques remarques approbatives fusèrent. Les plus méfiantes se sen-

15 JUIN 1928 – RADIUM DIAL — OTTAWA (ILLINOIS)

tirent un peu bêtes. Effectivement, si des personnes étaient au courant des dernières découvertes concernant le radium, c'était bien les cadres de Radium Dial. Marie continua :

— « N'oublions pas que Radium Dial est le principal employeur d'Ottawa. C'est aussi l'une des entreprises les plus prospères de la ville. Ce serait un drame pour bien des familles que la société quitte la région. Méfions-nous des rumeurs qui pourraient froisser une firme qui s'est toujours montrée bienveillante envers ses employés. Si elle décidait d'en prendre ombrage, ce serait un désastre pour Ottawa, et même la région tout entière. »

Les filles approuvèrent. Pour la plupart d'entre elles, perdre leur travail serait catastrophique. Peg fut la première à se rasseoir à sa table : sa famille comptait sur son salaire.

Lorsqu'il eut regagné son bureau, Rufus Reed se laissa tomber dans son fauteuil avec un soupir de soulagement. « Alors ? » demanda Mercedes d'un regard.

— Elles sont rassurées, répondit son époux. Il n'y a pas d'inquiétudes à avoir. Ce sont de bonnes filles catholiques, élevées de manière à ne pas contester l'autorité. Si on leur dit que tout va bien, c'est que tout va bien...

* * *

Pourtant, une personne dans la ville n'avait pas été convaincue. Elle était même franchement révoltée par l'article paru dans le *Ottawa Daily Times*. Lorsque, le soir, Catherine Wolfe quitta l'atelier pour rentrer chez elle, elle croisa Nellie Cruse. La mère d'Ella ne s'était toujours pas remise du décès de sa fille, près d'un an plus tôt. Catherine eut du mal à la reconnaître. Elle avait beaucoup maigri, et un pli amer barrait le coin de sa bouche.

— Mrs Cruse, vous allez bien ? demanda-t-elle poliment.

Mais tout dans l'attitude de la brave femme indiquait le contraire.

— Je suis en colère. Et vous devriez l'être, vous aussi.

Catherine resta interloquée.

— Ces ordures de Radium Dial mentent ! poursuivit-elle en brandissant le *Ottawa Daily Times* du jour. C'est le radium ou l'un des composés chimiques de leur maudite peinture qui a tué ma fille. Et qui vous tuera si vous continuez à travailler pour eux...

— Madame Cruse, je suis employée depuis cinq ans chez Radium Dial et je vais bien. Votre fille n'y est restée que deux ans. Elle a forcément contracté une autre maladie, sinon j'aurais disparu depuis longtemps moi aussi. Et toutes les anciennes de l'atelier...

Nellie Cruse haussa les épaules.

— Peut-être le mal a-t-il été plus rapide à se déclarer chez ma fille... En tout cas, j'ai déposé plainte contre eux auprès de mon avocat. Croyez-moi, ils ne s'en tireront pas comme ça !

Elles furent interrompues par un jeune homme qui approchait. Le cœur de Catherine fit un bond. Tom était venu la rejoindre à la sortie du travail. Cela lui arrivait de temps en temps, dès que ses horaires à la verrerie Libbey-Owens le lui permettaient... et qu'il l'osait. Chaque fois, il faisait mine d'un hasard, mais la jeune femme préférait croire qu'il l'avait prémédité. Depuis près de deux ans qu'ils s'étaient rencontrés chez Chuck, Catherine espérait toujours qu'il se déclare. Peut-être devrait-elle prendre les devants, songeait-elle parfois. Mais elle était une femme, cela ne se faisait pas. Qu'en penserait Tom ? En réalité, tous deux étaient bien trop timides pour s'avouer leurs sentiments. Alors ils se contentaient de ces quelques pas entre l'atelier et le domicile de Catherine.

Comprenant qu'elle avait perdu l'attention de la jeune femme, Nellie Cruse haussa les épaules, agacée, et s'éloigna rapidement. Catherine rougit de sa distraction, mais, trop heureuse d'avoir retrouvé Tom, elle oublia dans la minute qui suivit les étranges propos de la mère d'Ella.

11

12 DÉCEMBRE 1928 — CONFÉRENCE NATIONALE SUR LE RADIUM — WASHINGTON DC

Rufus Fordyce sortit du véhicule et suivit son supérieur hiérarchique dans le froid glacial de ce mois de décembre qui lui coupait le souffle et gelait les trottoirs de Washington. Le Vice-Président et le Président de Radium Dial se rendaient à la Conférence Nationale sur le Radium où seraient présentes les sommités de la recherche sur le sujet. Cette conférence avait été organisée à l'initiative des industriels du radium qui souhaitaient reprendre la main sur les rumeurs gênantes concernant leur business.

Bien que l'affaire US Radium appartienne désormais au passé, le scandale qui l'avait entourée avait fait des dégâts dans les esprits. Les grands patrons de la Radium Corporation voyaient avec inquiétude les soupçons peser sur la dangerosité de leur activité. Il fallait, pour tous les exploitants du radium, quelle que soit sa forme, trouver le moyen de rassurer le Ministère du Travail sur leurs pratiques et leur bonne volonté.

Rufus Fordyce suivit Joseph Kelly dans la belle salle de conférence surchauffée, louée pour l'occasion en plein centre de Washington. Ils prirent place sur les fauteuils de velours rouge qui leur avaient été attribués et Fordyce put constater que la plupart des acteurs clés de l'Affaire des Cinq Condamnées à mort étaient présents. Côté scientifique, le Dr Martland, bien évidemment, dont l'allocution était attendue avec impatience, et Alice Hamilton, pionnière de la toxicologie industrielle. À leurs côtés se tenait Katherine Wiley, la fameuse secrétaire générale de l'Association de Consommateurs du New Jersey, aussi redoutée que méprisée. Malgré les pressions, elle continuait à militer pour l'arrêt pur et simple de l'utilisation du radium. John Roach, officier de santé pour les Services de Santé Publique du New Jersey, était également présent. Après avoir subi le blâme du Ministère, il avait finalement été félicité de manière officieuse pour son engagement. Depuis, il suivait de près tout ce qui touchait au radium, qui lui avait valu les actions les plus palpitantes de sa courte carrière. Seul manquait l'homme à l'origine de tout ceci, le Dr Sabin von Sochocky, l'inventeur de la peinture lumineuse au radium. Il était décédé le mois précédent, dans d'horribles souffrances, le corps anémié au-delà de l'imaginable. Aucun traitement, aucune des multiples transfusions qu'il s'était infligées, n'étaient parvenus à sauver sa moelle épinière épuisée, incapable désormais de produire des globules rouges.

Dans le camp des industriels, Fordyce identifia le Dr Flinn, dont il avait vu la photo dans la presse. Le fameux médecin d'entreprise d'US Radium et de la Waterbury observait impassiblement la salle de ses yeux bleu glacier. Fordyce le considéra avec une certaine admiration. Le Dr Flinn avait réussi le tour de force de museler toutes les ouvrières de la Waterbury en achetant leur silence contre une indemnisation. Une manœuvre de génie puisqu'il était parvenu à leur faire croire que la Waterbury leur faisait une fleur en payant des frais médicaux pour des maladies qui ne la concernaient pas. Enfin, il reconnut Ethelbert Stewart, le directeur du Bureau des Statistiques, flanqué de Swen Kjaer. Il se méfiait d'eux et les avait à l'œil. L'inspecteur aimait la précision et il avait eu du mal à éluder ses questions lors de leur rencontre. Quant à son patron, Ethelbert Stewart, malgré son allure tout à fait quelconque, il s'avérait être un homme passionné et impulsif. À l'issue du procès du New Jersey, effaré des résultats de l'étude menée par le Dr Martland, il avait lancé

12 DÉCEMBRE 1928 — CONFÉRENCE NATIONALE SUR LE RADIUM —...

une nouvelle enquête nationale et lâché son Inspecteur en chef sur les traces des industries du radium dans tout le pays. Par chance pour eux, Swen Kjaer était ligoté par le manque de budget du Bureau des Statistiques du Travail. Fordyce se rassura en se persuadant qu'on en savait trop peu sur le radium pour prêter totalement foi aux conclusions du Dr Martland. Un coup d'œil à l'air serein et au sourire en coin de son supérieur acheva de l'apaiser : Joseph Kelly veillait au grain.

La conférence commença avec le rappel de l'étude du Dr Martland sur les malades de la US Radium Corporation. Le célèbre médecin, qui avait pris place au pupitre installé sur la scène, se montrait convaincant, mais la salle faisait bloc, affichant des moues dubitatives, voire amusées, à chacun de ses arguments. Le Dr Alice Hamilton poursuivit avec les résultats de ses propres recherches et celles menées conjointement par les époux Drinker. Contrairement à son homologue masculin, elle n'était pas particulièrement charismatique et son exposé ne suscita que quelques sourires condescendants. Enfin, Katherine Wiley présenta le souhait de l'Association des Consommateurs d'obtenir des normes de protection efficaces pour les travailleurs du radium. John Roach appuya cette aspiration pour le compte des Services de Santé Publique du New Jersey.

Des rumeurs agacées parcoururent la salle. Le patron de la Standard Chemical Company, qui présidait la séance, en profita pour préciser :

— La conférence est organisée pour définir des mesures de sécurité. Mais bien entendu, tout ce qui sera rédigé sera de l'ordre de la suggestion et non de l'obligation, tant que les dangers du radium ne seront pas prouvés. N'oublions pas, conclut-il, qu'US Radium a été reconnue non coupable. C'est bien le signe que les conclusions de l'étude du Dr Martland ne sont pas validées.

— Heureusement que Maître Berry n'est pas là pour entendre cela ! lança Katherine Wiley.

Un brouhaha réprobateur répondit à la remarque, tandis que le Dr Martland, Alice Hamilton et John Roach soutenaient la Secrétaire générale de l'Association des Consommateurs d'un sourire crispé.

— Je suis bien content que Radium Dial soit installée dans l'Illinois, murmura Joseph Kelly en mordillant sa lèvre inférieure.

Fordyce hocha la tête. Effectivement, dans l'Illinois, on ignorait tout de ces études et de ces revendications. Néanmoins, le zèle de Kjaer et Stewart, qui œuvraient à l'échelle fédérale, pouvait changer la donne. En effet, Stewart venait de prendre la parole et se lançait dans un discours virulent adressé aux industriels.

— Les montres lumineuses sont purement et simplement une mode, commença-t-il. La guerre est terminée et leur usage militaire s'est réduit à une infime portion de la production. Voulez-vous véritablement continuer une fabrication si futile qui comporte, quoi que vous mettiez en place, un élément aussi dangereux pour la santé ? Je pense que vous serez d'accord avec moi pour dire que cela ne mérite pas un tel coût humain...

Il fut interrompu par un petit homme sec et grisonnant qui lança d'un ton agressif :

— Je crois que vous ne vous rendez pas bien compte de ce que vous affirmez, monsieur. C'est facile, pour vous, de proférer de grandes vérités depuis vos bureaux de Washington, mais sachez que vous vous attaquez à des milliers d'emplois. À la Waterbury, nous réalisons 85 % de notre chiffre d'affaires avec les montres phosphorescentes. Comment voulez-vous que nous nous en sortions si nous en arrêtons la production ?

De vigoureux applaudissements venus du clan des industriels ponctuèrent cette déclaration. Un autre représentant se leva et enchaîna :

— Nous ne pouvons pas prendre de résolutions aussi drastiques alors que seul le New Jersey a mis en lumière des maladies. Partout ailleurs, les ouvrières se portent à merveille !

— Nous avons eu connaissance d'un cas particulièrement atroce dans l'Illinois, répliqua Stewart, le visage rougi par l'indignation.

Kelly et Fordyce se raidirent. Ça, c'était pour Radium Dial. Cette maudite plainte de la famille Cruse pour le décès de leur fille... Quelques regards se tournèrent vers eux, mais Kelly ignora l'insinuation d'un bref ricanement accompagné d'un geste badin. Le président de séance reprit la parole, leur évitant de répondre :

— Ce n'est qu'un cas suspect et non prouvé.

12 DÉCEMBRE 1928 — CONFÉRENCE NATIONALE SUR LE RADIUM —...

Un nouveau brouhaha s'ensuivit, chacun voulant donner son point de vue. Fordyce se sentait particulièrement mal à l'aise, comme s'il se trouvait personnellement mis en accusation. Il sortit son mouchoir immaculé et s'épongea le front discrètement. De son côté, Kelly gardait un air pensif qui lui conférait une allure parfaitement innocente. Fordyce finit par se détendre et imita l'attitude de son supérieur. Enfin, les débats se terminèrent et chacun fut invité à participer au dîner qui devait conclure la journée.

Les patrons de Radium Dial suivirent les autres représentants de l'industrie du radium vers la luxueuse salle de réception. De leur côté, les intervenants semblaient avoir décidé de quitter les lieux. Fordyce songea qu'ils n'avaient sans doute même pas été conviés au repas. Au passage, il saisit des bribes de conversation où Katherine Wiley déclarait que « tout ceci était un meurtre de sang-froid », tandis que le Dr Martland dénonçait « une véritable mascarade ».

— Allons, détendez-vous, fit Kelly à l'oreille de Fordyce. Le spectacle n'était pas très bon, mais plutôt intéressant.

Fordyce le dévisagea, stupéfait de tant de désinvolture.

— Enfin, Rufus, qu'avons-nous à craindre ? Cette conférence n'a pas confirmé que l'empoisonnement au radium existe, ni même que le radium est dangereux ! Elle approuve simplement le fait que les études se poursuivent et propose de vagues recommandations. Et soyons sérieux : maintenant que l'affaire du New Jersey est du domaine du passé, qui va encore s'intéresser aux peintres de cadrans ?

— Mais le Bureau des Statistiques du Travail...

Kelly rit doucement :

— Ethelbert Stewart a beau s'exciter, il a d'autres chats à fouetter. Quant à son sbire, ce Swen Kjaer a l'air bien trop préoccupé pour être véritablement dangereux. Je vous rappelle qu'ils sont basés à Washington, leurs actions sont considérablement ralenties par la distance. L'affaire Cruse n'est qu'une piqure de moustique. Croyez-moi, nous sommes tranquilles pour pas mal d'années encore...

12

26 FÉVRIER 1929 — TRIBUNAL D'OTTAWA (Illinois)

Swen Kjaer s'orienta facilement dans les rues rectilignes d'Ottawa qu'il reconnaissait pour les avoir traversées quelques années auparavant. Il parvint rapidement à un grand bâtiment en pierre jaune. Il s'attendait à des attroupements, mais le trottoir était vide devant le Tribunal d'Ottawa. Il pensait que l'audience sur le cas d'Ella Cruse aurait rameuté curieux et militants, comme l'Affaire des Cinq Condamnées à mort l'avait fait dans le New Jersey. Pourtant, hormis quelques passants pressés, la rue était parfaitement déserte. Il crut un moment s'être trompé de jour ou d'endroit, mais le secrétaire du tribunal lui confirma que la séance avait bien lieu ce jour.

À l'intérieur, un profond silence régnait, ponctué de temps à autre de bruits de pas ou de légers claquements de porte. L'effervescence qui agitait habituellement les couloirs les journées d'audience était inexistante. Intrigué, il se fit conduire jusqu'à la petite salle. N'étaient présents que Mr et Mrs Cruse et leur avocat. Ils discutaient à voix basse et Swen Kjaer n'osa pas les déranger. Les Cruse avaient l'air abattus et l'homme de loi plutôt mal à l'aise. Soudain, l'Inspecteur National remarqua un jeune homme à l'allure décontractée dans un coin de la pièce. Il avait gardé sa casquette et son

26 FÉVRIER 1929 – TRIBUNAL D'OTTAWA (ILLINOIS)

écharpe, comme s'il devinait d'avance qu'il n'aurait pas à patienter longtemps. Les mains enfoncées dans les poches et les jambes étendues nonchalamment, il observait les protagonistes d'un œil perçant. Swen Kjaer le salua d'un signe de tête et le jeune homme en profita pour s'approcher de lui.

— Bruce Craven, se présenta-t-il. Journaliste pour le *Ottawa Daily Times*.

— Swen Kjaer, Inspecteur National pour le Bureau des Statistiques de Washington. Je mène une nouvelle enquête sur les maladies industrielles.

Le reporter leva des sourcils étonnés et laissa échapper un sifflement admiratif.

— Un Inspecteur National pour une petite affaire comme celle-ci !?

Swen Kjaer se méfiait un peu des journalistes, mais il avait envie d'en savoir plus, alors il engagea la conversation :

— Une petite affaire ou les prémices d'une grosse, répondit-il. Dites-moi, avez-vous entendu parler d'autres cas de peintres de cadrans malades à Ottawa ?

Bruce Craven haussa les épaules.

— Pas à ma connaissance. Mais je débute. En juin dernier, le *Ottawa Daily Times* a fait paraître un article sur le procès des ouvrières du radium du New Jersey qui a pas mal échauffé les esprits. Mais Radium Dial a procédé à des tests qui se sont avérés concluants. Ils ont publié un communiqué dans le journal et le rédac' chef en a rajouté une couche avec un éditorial qui a rassuré tout le monde. Vous savez, c'est une petite ville ici. Le départ d'un gros employeur comme Radium Dial pourrait provoquer des faillites en cascade.

Swen Kjaer ne répliqua pas et le reporter enchaina :

— Mais si vous êtes là, ça veut dire que c'est sérieux ? Le radium serait *vraiment* dangereux ?

L'inspecteur n'eut pas besoin de répondre, le juge venait de faire son entrée. Swen Kjaer et Bruce Craven cessèrent aussitôt leur conversation.

Le journaliste avait vu juste : l'audience ne dura pas. L'avocat des Cruse se contenta de solliciter un report, qui lui fut accordé, et le juge repartit aussi vite qu'il était arrivé. Les Cruse s'éclipsèrent dans la foulée, après avoir salué leur avocat. Bruce Craven s'avança alors vers celui-ci :

— Maître Weeks, pourquoi un nouveau report ?
— Mais parce que je suis incapable de défendre une affaire que je ne comprends pas. Je ne connais rien à l'empoisonnement au radium et je n'ai trouvé aucun médecin à Ottawa susceptible de me renseigner. J'ai également envoyé des courriers à des pontes de Chicago. La seule réponse que j'ai pu obtenir, c'est que pour présenter des preuves d'intoxication au radium, il faudrait exhumer le corps d'Ella et pratiquer une autopsie. Mais mes clients n'en ont, pour le moment, pas les moyens… Pauvres gens, ils ne réclament pas grand-chose à Radium Dial, mais je crains qu'ils ne voient jamais un centime. Leur dossier est mal embarqué… soupira-t-il.

Puis, pressé de ne pas perdre son temps pour une affaire qui n'en valait pas la peine, il salua de la tête et s'éclipsa.

— Eh ben, je vais avoir des difficultés à pondre un papier avec ça ! maugréa le journaliste en ôtant sa casquette pour passer une main agacée dans sa tignasse brune. Et vous, reprit-il à l'attention de Swen, vous êtes venu pour rien !

— Je dois faire la tournée des médecins et dentistes d'Ottawa. Je les ai déjà rencontrés lors d'une première enquête, il y a quatre ans. Ils devaient m'avertir s'ils découvraient des cas suspects, mais aucun ne l'a fait.

— C'est qu'il n'y a sans doute pas de cas suspects et que les Cruse affabulent. En tout cas, c'est la théorie de mon rédac' chef. Après… vous savez, les gens d'ici n'aiment pas le scandale. Ils ne souhaitent qu'une chose : que la vie s'écoule sans heurts. Pas de vagues, pas de bruit…

Il éclata de rire avant de conclure :

— Pas facile d'être journaliste dans ces conditions !
— J'imagine, répondit Swen Kjaer avec un sourire amusé.
— J'y songe, si vous avez des infos, prévenez-moi, reprit Bruce Craven en tendant sa carte. Franchement, si vous aviez deux ou trois tuyaux pour une bonne chronique, vous me sauveriez de l'ennui où je végète ici.

L'inspecteur tourna et retourna le petit carton entre ses doigts :

— Je préférerais que vous ne parliez pas de moi, dit-il finalement. J'aime autant pouvoir mener mon enquête en toute discrétion. Mais c'est promis, si je débusque quelque chose, je vous tiendrai au courant… Et vous de même,

26 FÉVRIER 1929 — TRIBUNAL D'OTTAWA (ILLINOIS)

ajouta-t-il avec un clin d'œil.

Tout en devisant, ils étaient parvenus sur le perron du tribunal. Ils se séparèrent rapidement, saisis par le froid glacial, et Swen Kjaer commença sa tournée des docteurs.

Quelques heures plus tard, il devait se rendre à l'évidence : il n'avait pas avancé d'un pouce. Aucun médecin ou dentiste dans tout Ottawa n'avait relevé quoi que ce soit de particulier concernant la santé de leurs patientes. Rien d'inexplicable, rien d'étrange. Uniquement la routine. L'Inspecteur prit la peine de décrire à chaque médecin ou dentiste les symptômes de l'empoisonnement au radium, détaillant les problèmes de dents, de mâchoire, les sarcomes... Tous promirent de l'avertir s'ils remarquaient quelque chose.

Swen Kjaer ressentait un manque de chaleur certain de la part de ses interlocuteurs. Chacun semblait sur ses gardes. Était-ce un stéréotype des petites villes de province ou le fait qu'il débarque à l'improviste en milieu d'après-midi ? Toujours est-il que l'atmosphère globale le mit mal à l'aise. Malgré l'allure presque campagnarde de l'agglomération, ses jolies maisons toutes simples et son ciel dégagé, il se surprit à préférer la pollution visuelle, sonore et olfactive de Chicago. Au moins, les gens s'y montraient plus accueillants.

Au final, l'inspecteur commençait à penser que les craintes de son patron étaient infondées. Ethelbert Stewart s'était affolé suite au procès du New Jersey, mais peut-être les cas étaient-ils circonscrits à US Radium, où les dégâts sur la santé des ouvrières étaient dus à l'usage du mésothorium. Ce composant, bien que très proche du radium, réagissait sans doute différemment...

Il se rendit néanmoins à Radium Dial où il souhaitait consulter les résultats des examens médicaux auxquels la firme procédait désormais régulièrement sur un panel de peintres. Lorsqu'il se présenta au rez-de-chaussée de l'ancienne école de briques rouges, le bruit d'une conversation l'arrêta. Elle provenait d'une petite pièce dont la porte entrouverte portait la mention « Infirmerie ».

— Comment vous sentez-vous Catherine ? demandait une voix forte que l'Inspecteur reconnut pour être celle de Mr Reed.

— Mieux...

— Ça vous arrive souvent ces évanouissements ?

— De temps en temps. Les médecins ne comprennent pas ce que j'ai et...

— Le décès de votre tante vous a un peu chamboulée, voilà tout !

— Mr Reed, insista celle qui se nommait Catherine, la prochaine fois que vous ferez passer des examens médicaux, mettez-moi avec les filles à tester. Peut-être en apprendrais-je plus sur ce qui m'arrive. Le radium...

— Voyons, Catherine, vous vous faites des idées. Croyez-vous qu'on vous laisserait manipuler un produit dangereux pour votre santé ? Rentrez chez vous si vous vous sentez trop faible. Vous reviendrez en meilleure forme demain.

— Merci, Mr Reed.

— Miss Looney, pouvez-vous la raccompagner ?

— Bien sûr.

— Je peux rentrer seule, Peg... Je ne veux pas te faire perdre une heure de travail.

— Non, il est tard, je ne suis plus bonne à rien, autant rentrer...

Une jolie rousse sortit de l'infirmerie en soutenant une petite brune, sans doute la fameuse Catherine. La première lui disait quelque chose. Des cheveux flamboyants comme ceux-ci ne s'oubliaient pas facilement. Lorsqu'elle le salua, il se souvint : elle faisait partie des trois ouvrières qu'il avait interrogées au cours de sa première enquête. Il fut frappé par son air fatigué. Il avait gardé en mémoire une fille pétillante et drôle, et celle-ci paraissait... éteinte. Il n'eut pas le temps de poursuivre ses réflexions, car Rufus Reed l'entraina tout de suite dans son bureau. Mais là encore, l'Inspecteur était destiné à faire chou blanc. Les résultats des examens médicaux n'étaient pas à Ottawa. Ils avaient été envoyés à Chicago où ils étaient conservés...

13

27 FÉVRIER 1929 — CHICAGO (Illinois)

Bercé par le roulement du train, Swen Kjaer laissa errer son regard sur le paysage. Il avait passé une nuit agitée dans un motel vieillot d'Ottawa et, au matin, sauté dans le premier wagon pour Chicago. Comme d'habitude, ses pensées revinrent à son épouse. Dire qu'il avait osé, quelques années plus tôt, lui suggérer de prendre un emploi pour s'occuper, dans l'espoir que cela lui change les idées et donne un sens à sa vie. Karen avait aussitôt fondu en larmes, arguant le qu'en-dira-t-on du quartier. Qu'allait-on penser? Qu'ils étaient pauvres? Que Swen était incapable de faire vivre sa famille? Sans compter que, n'ayant pas fait d'études, que pouvait-elle escompter? En voulant bien agir, Swen n'avait fait qu'augmenter le sentiment d'impuissance de son épouse… Et la lente déchéance de Karen avait continué sans qu'il n'y puisse rien. Mais aujourd'hui, il se félicitait de son refus de prendre un emploi. Chaque métier comportait sa part de destruction latente, il en était désormais persuadé. Depuis la Conférence Nationale sur le Radium, il avait radicalement changé d'opinion sur l'épanouissement au travail des peintres de cadrans. À l'évidence, elles finiraient toutes démolies. Il fallait mieux que Karen reste à la maison puisqu'ils en avaient les moyens.

Il méditait toujours sur la place des femmes dans la société américaine et l'absurdité de la situation dans laquelle la sienne s'était mise, prisonnière volontaire de codes qui ne lui convenaient pas, quand le train entra en gare de Chicago. Il se rendit ensuite au Marshall Field Annex Building où était installé le siège de Radium Dial et demanda à voir son Président. Joseph A. Kelly le reçut avec bienveillance. Malgré son air aimable et souriant, Swen Kjaer le trouvait glaçant. Il avait le sentiment que le personnage lui échappait. Son regard à l'éclat métallique semblait étrangement contredire la sollicitude qui émanait de son visage. Pourtant, aux petits soins pour l'inspecteur, Kelly exigea qu'on lui prépare sur-le-champ les résultats des tests médicaux pratiqués sur les ouvrières. S'il lui refusa la possibilité de les emmener avec lui, il mit cependant à sa disposition un bureau inoccupé pour les consulter à loisir.

Swen Kjaer se plongea immédiatement dans les feuillets à l'écriture illisible, typique des médecins. Tout de suite, il fut troublé par les analyses de sang de deux préparateurs. Entre juin 1925, date du premier examen médical, et juin 1928, date du second, leur sang présentait des changements notables. La voix du Dr Martland résonna dans sa tête : « L'impact du radium est d'abord invisible à l'œil nu, mais dès qu'on étudie le sang des patients, on mesure une chute du taux de globules rouges qui, peu à peu, mène à l'anémie », avait-il dit lors de la Conférence nationale sur le radium. Il était évident que ces deux hommes étaient atteints, faiblement sans doute, mais les analyses étaient révélatrices.

Parmi les noms, il chercha celui d'Ella Cruse, mais la jeune fille n'avait pas été testée en 1925. À moins qu'on ait fait disparaitre sa fiche... Au vu de ce qu'US Radium avait été capable de faire dans le New Jersey, Swen Kjaer n'avait plus aucune illusion sur les industriels du radium. Les profits étaient trop importants pour qu'on se soucie de quelques vies. Et bien que Joseph Kelly lui ait assuré qu'il ferait tout pour l'assister au mieux, il n'avait qu'une confiance limitée dans le sourire de limier du président de Radium Dial.

Il continua son enquête, craignant de ne rien trouver de probant. Beaucoup d'ouvrières avaient été testées en 1925, mais bizarrement, il y en avait peu en commun avec celles de 1928, comme si Radium Dial avait

27 FÉVRIER 1929 — CHICAGO (ILLINOIS)

préféré se concentrer sur les nouvelles têtes. Tout à coup, une fiche de 1925 attira son attention : elle était marquée d'une croix rouge. Le nom de la peintre lui sauta aux yeux : Peg Looney. Miss Looney, c'était la jolie rousse qu'il avait croisée la veille sortant de l'infirmerie avec la fille brune prénommée Catherine. Le verdict noté sur la feuille était sans appel, encore plus net qu'avec les deux laborantins : « Positive à la radioactivité par test électroscopique ». L'inspecteur fouilla les fiches de 1928. Il trouva rapidement celle de Peg Looney : par chance, elle avait également participé à ce second test. Il parcourut le compte-rendu du médecin et son sang se glaça. Il se laissa tomber sur le dossier de sa chaise et passa ses doigts nerveux dans sa chevelure brune : trois ans après le premier examen, Peg Looney était évidemment toujours radioactive, et son taux de radioactivité avait beaucoup augmenté. La jeune fille était condamnée.

Swen Kjaer posa ses coudes sur le bureau et mit sa tête dans ses mains. Les noms dansaient devant ses yeux. Tout à coup, il remarqua qu'à côté de chacun, il y avait des numéros, de 1 à 5. En les rapprochant des résultats des analyses, il put constater que ces chiffres correspondaient à un indice de radioactivité, le 1 étant le plus élevé. Peg Looney était notée 1.

Soudain, on frappa à la porte et le Vice-Président Fordyce passa la tête.

— Vous vous en sortez ? demanda-t-il, l'air vaguement inquiet.

— Cette Peg Looney, testée positive à la radioactivité dès 1925, répondit l'Inspecteur de but en blanc en tendant sa fiche, vous l'avez avertie de ses résultats ?

— Ma foi, je ne sais pas. Je... je crois qu'elle ne travaille plus chez nous.

— Je l'ai vue hier.

Fordyce resta muet et passa nerveusement sa main sur son crâne lisse avant de balbutier :

— Je ne sais pas, je n'y connais rien... Je ne sais même pas ce que cela signifie !

— Cela signifie qu'elle est victime d'un empoisonnement au radium !

C'est le moment que choisit Joseph Kelly pour entrer dans le bureau, sans doute alerté par le ton sec de Swen Kjaer.

— Excusez-moi, Inspecteur, mais vous ne pouvez pas parler d'« empoison nement » au radium.

— Je ne vois pas comment l'appeler autrement !

— Elle est peut-être positive à la radioactivité, mais de là à le qualifier d'« empoisonnement », vous y allez un peu fort, répondit le Président avec un sourire amusé. D'ailleurs, le radium ne fait pas partie des substances reconnues comme poison sur la liste des maladies par empoisonnement industriel.

Swen Kjaer resta estomaqué par tant d'aplomb. Fordyce, qui semblait si mal à l'aise quelques secondes auparavant, calqua son attitude sur celle de son supérieur et se recomposa un masque d'assurance mielleuse.

— Les mesures de protection des ouvrières sont insuffisantes, reprit l'Inspecteur. Elles mangent directement sur leur bureau sans se laver les mains au préalable, une poussière jaune de radium flotte dans l'air en permanence, sans parler évidemment de cette technique d'effilage à la bouche !

Joseph Kelly hocha la tête.

— Je vois, répondit-il d'un ton concerné. Effectivement, vous avez raison, nous manquons sans doute d'un peu de rigueur dans l'encadrement du travail. Si vous avez des suggestions à nous proposer, nous sommes tout à fait disposés à les appliquer. Dans la mesure de nos moyens, bien évidemment.

L'Inspecteur considéra Joseph Kelly d'un air indécis. Il ne savait pas comment il devait prendre une telle déclaration. Mais le Président de Radium Dial paraissait sincère…

— Je ne suis pas médecin, finit par répondre Swen Kjaer, mais il me semble que le minimum serait de donner des blouses à tous ceux qui manipulent le radium, et des charlottes pour leurs cheveux…

— Hum… tout cela a un coût. Mais soit, nous allons étudier la faisabilité de la chose.

— Il faudrait trouver une manière différente de peindre. L'effilage à la bouche est un archaïsme indigne de notre époque.

— Les autres techniques que nous avons expérimentées se sont avérées des échecs…

— Dans ce cas, vous devez accepter de diminuer la rentabilité.

27 FÉVRIER 1929 — CHICAGO (ILLINOIS)

Le Président de Radium Dial se contenta d'une moue amusée. Agacé, Swen ajouta :

— Et avertissez les peintres infectées. Elles ne doivent pas continuer à travailler...

— Nous ne pouvons pas affoler les gens, le coupa Kelly, ce serait un remède pire que le mal. Mais je vous promets que nous allons prendre soin de nos employés. Je préviendrai notre surintendant, Mr Reed, de garder un œil sur les cas suspects. Ah, et envoyez-moi un exemplaire de votre rapport, il nous aidera à prendre des mesures efficaces, conclut-il avant de quitter le bureau.

Swen Kjaer ne sut quoi répondre. Tout cela était trop facile. Pourtant, le bon sens parlait et il voulait y croire...

14

SEPTEMBRE 1937 — CABINET DE LEONARD GROSSMAN — CHICAGO (Illinois)

Régulièrement distrait par le chuintement de la pluie de septembre qui zébrait finement les carreaux, et le claquement des fontes de la machine à écrire de sa petite secrétaire, Leonard Grossman parcourait pour la seconde fois le rapport de 1929 de l'Inspecteur du Bureau des Statistiques du Travail. Ce qu'il avait découvert lui semblait tellement fou qu'il lui avait fallu deux lectures pour parvenir à y croire. Non seulement les dirigeants de Radium Dial étaient parfaitement au courant des effets néfastes du radium, puisqu'ils avaient assisté à la Conférence Nationale sur le Radium, mais en plus, ils avaient dissimulé les maladies de leurs ouvrières.

L'avocat soupira. Il manquait si cruellement d'informations que c'en était désespérant. En deux mois, le cabinet Grossman était parvenu à établir avec précision l'historique de Radium Dial, jusqu'à sa mystérieuse disparition d'Ottawa en décembre 1936. Mais l'avocat bloquait toujours sur les aspects scientifiques de l'affaire.

Soudain, Carol passa la tête.

— Maître Grossman, votre épouse est là, annonça-t-elle d'un air contrarié

SEPTEMBRE 1937 — CABINET DE LEONARD GROSSMAN — CHICAGO...

avant de s'avancer, la démarche plus chaloupée que jamais, pour poser une grosse chemise à soufflet sur le bureau. Et voilà tous les documents concernant les Radium Girls d'Orange.

Elle fit demi-tour prestement en accompagnant son mouvement d'un coup de reins ostensible et, comme Anita la regardait béatement, elle claqua la langue en lui indiquant la sortie d'un geste péremptoire. De son côté, Trudel Grossman n'attendit pas qu'on l'y invite pour entrer, bousculant Carol au passage. Celle-ci la toisa d'un air mauvais avant de refermer la porte.

— Décidément ! Vivement qu'elle se trouve quelqu'un, celle-ci ! maugréa la nouvelle venue en ôtant son fichu trempé par la pluie.

L'avocat ne put s'empêcher de rire. Lorsque sa femme se mettait en colère, son accent allemand donnait à ses phrases un rythme plus saccadé que jamais. Trudel avait quitté l'Allemagne en 1934, après que la prise de pouvoir par Hitler ait rendu la situation de plus en plus complexe pour les juifs. Elle s'était embarquée à Hambourg sur le SS Manhattan jusqu'à New York, puis avait rejoint son oncle et sa tante à Chicago. Plus jeune que Leonard, elle était immédiatement tombée sous le charme de son énergie et de ses convictions humanistes, et ils n'avaient pas tardé à convoler.

Il la serra dans ses bras tandis qu'elle continuait :

— Elle a une façon de te regarder... et de me regarder ! On dirait qu'elle va me dévorer. Et toi aussi, d'ailleurs... mais pas de la même manière ! poursuivit-elle, abandonnant son air contrarié pour un sourire plein de sous-entendus. Leonard rit de plus belle :

— Tu n'as rien à craindre.

— Mais j'espère bien ! Après le mal que je me suis donné pour toi !

Petite et un peu ronde, Trudel regorgeait d'énergie. Ses yeux bleus pétillèrent et elle l'embrassa malicieusement avant de remettre de l'ordre dans ses cheveux brun foncé malmenés par l'averse. Depuis leur mariage deux ans auparavant, elle était la meilleure complice de Leonard. Avec son franc-parler et son caractère déterminé, elle fourrait son nez dans ses affaires dès qu'il le lui demandait, et ses conseils s'avéraient toujours judicieux. Cette fois, elle avait fait plus... Elle le prouva en sortant une liasse de documents de la sacoche qu'elle avait amenée.

— Voilà, j'ai tout traduit, tous les traités scientifiques allemands sur le radium jusqu'au plus obscur, et même les travaux en français de Pierre et Marie Curie !... Je peux te dire que j'ai souffert ! J'espère que tu arriveras à me relire.

Leonard hocha la tête. Son épouse était formidable ! Mais quand elle était lancée, rien ne pouvait l'arrêter :

— Dis donc, c'est une saloperie ce truc-là ! Le radium. Les scientifiques en sont fous ! Je ne sais plus quel physicien l'appelle « le Dieu inconnu », et Marie Curie affirme être fascinée par ses « lueurs féériques enchanteresses suspendues dans la pénombre ». En 1921, un certain Sabin von Sochocky, inventeur de la peinture lumineuse au radium écrit dans un article paru dans « American » magazine : « aujourd'hui nous vivons une romance avec le radium. Mais comment cela se passera dans le futur, nul ne peut le prédire ». D'ailleurs, Pierre Curie déclarait dès 1900 que pour rien au monde il ne voudrait se retrouver dans une pièce avec un kilo de radium, au risque d'en ressortir intégralement brûlé, aveugle et sans doute mort !

— Ah oui, quand même... réalisa l'avocat. C'est violent !

— Plus que tu ne peux l'imaginer. On l'utilise pour soigner les cancers en ciblant son action sur les cellules malades qu'il détruit. Mais, a contrario, en surdose sur un organisme sain, il stimule à l'excès la moelle osseuse qui n'arrive plus à produire de globules rouges. Le corps est anémié, et je t'épargne les cancers, sarcomes, infections et autres nécroses provoqués par cette m...

Elle s'arrêta brusquement et fronça les sourcils. Dehors, l'orage redoublait. Elle considéra un moment les gouttes qui rayaient les carreaux. Elle devinait son mari sur le point de plonger dans une affaire pour le moins inquiétante où les conflits d'intérêts se jouaient sur la santé des plaignantes. Si elle avait toute confiance en lui, elle n'en avait que peu envers la justice. Sans nul doute, Leonard devrait-il se battre encore et encore contre l'indifférence, les abus, les mensonges et autres iniquités... Elle le fixa, intriguée. Comment pouvait-il toujours rester aussi fort et serein face à l'égoïsme général et au marasme des raisonnements fallacieux ? Une sonnerie retentit dans le bureau voisin et la tira de ses pensées :

SEPTEMBRE 1937 — CABINET DE LEONARD GROSSMAN — CHICAGO...

— Je te laisse, il faut que j'aille préparer la fête.

— La fête ? demanda Leonard, vaguement conscient que quelque chose d'essentiel lui échappait.

Trudel soupira. Évidemment, Leonard avait oublié le plus important, comme toujours lorsqu'il était plongé dans son travail.

— C'est l'anniversaire de Len, ce soir, rappela-t-elle, saisissant son fichu trempé avant de le regarder dans les yeux. Ne me dis pas que tu as oublié l'anniversaire de ton fils !

Leonard balbutia des excuses, mais il savait que c'était peine perdue : Trudel le connaissait par cœur. Il n'eut pas besoin d'ajouter autre chose, car Carol passa la tête, le sauvant d'une explication épineuse :

— Maître Grossman, commença-t-elle, visiblement ravie d'interrompre la conversation, Maître Darrow au téléphone.

Au regard que lui lança sa femme, Leonard se racla la gorge et répondit :

— Demandez-lui de rappeler plus tard.

Carol sourit plus qu'ostensiblement à Trudel :

— Ça a l'air urgent.

— Tu avais promis de rentrer tôt... soupira Trudel.

Leonard hésita une seconde — mais pas plus — trop heureux d'échapper aux reproches de son épouse, qui, s'ils ne duraient jamais longtemps, le mettaient tout de même terriblement mal à l'aise parce qu'ils étaient justifiés.

— Passez-le-moi, dit-il à Carol en se rasseyant à son bureau. Je suis désolé, c'est important, ajouta-t-il à l'attention de Trudel.

Celle-ci le considéra d'un air amusé : Leonard ne changerait donc jamais. Toujours passionné et intégralement dévoué aux causes qu'il défendait ! C'est pour cette raison qu'elle l'aimait. Elle insista néanmoins.

— Leonard, ton fils n'aura deux ans qu'une fois dans sa vie... et dans la tienne !

— Promis, je rentrerai tôt, affirma-t-il en décrochant le combiné sur son bureau.

Trudel soupira et attacha son fichu. Penaud, Leonard, boucha le microphone pour murmurer d'une voix à peine audible, articulant quasi silencieusement : « C'est promis... Merci, Trudie, je t'aime... » avant de reprendre plus fort à l'intention de la personne au bout du fil : « Darrow, comment allez-vous ?... »

Amusée, Trudel haussa les épaules en souriant, embrassa furtivement son mari sur le front et disparut. Leonard expédia son interlocuteur, mais le temps d'achever sa conversation, son épouse s'était déjà engouffrée dans un taxi qui tourna à l'angle de la rue et s'évanouit sous la pluie battante.

Leonard se frotta les yeux et feuilleta les notes laissées par Trudel. Tout était clair. Elle avait même souligné les citations les plus importantes, devinant qu'il pourrait s'en servir dans une éventuelle plaidoirie. C'était parfait. Il referma le dossier, il s'y replongerait plus tard.

Il y avait plus urgent pour le moment : comprendre jusqu'où Radium Dial avait été capable d'aller pour dissimuler la dégradation de l'état de santé de ses ouvrières afin de continuer son business en toute impunité...

— J'ai bien avancé de mon côté, maître Grossman, dit Carol qui était réapparue. Voici le règlement intérieur de Radium Dial, les décès d'anciennes employées, les rapports d'autopsie, les articles de presse... J'ai même rédigé une petite biographie de chacune des peintres...

— Merci, Carol, vous êtes formidable... murmura Leonard, déjà absorbé par sa lecture.

Carol balaya une poussière imaginaire sur le bureau dans l'espoir de recueillir un regard de son patron — en vain — et sortit en fermant délicatement la porte. Leonard Grossman était totalement plongé dans les rebondissements effarants de l'affaire d'Ottawa...

15

AOUT 1929 — OTTAWA-PEORIA (Illinois)

Il faisait particulièrement étouffant dans l'atelier de Radium Dial ce mardi 6 aout 1929. Cependant, les fenêtres restaient closes afin d'empêcher le vent chaud qui soufflait depuis plusieurs jours sur la ville de faire voler la poudre de radium un peu partout et gêner le travail des peintres. Rufus Reed s'était contenté de jeter un œil aux ouvrières en arrivant puis s'était réfugié dans son bureau.

Soudain, la porte s'ouvrit à la volée et son épouse se précipita vers lui :
— Elle s'est évanouie, cria-t-elle presque. Je ne parviens pas à la réveiller !
— Catherine Wolfe ?
— Non, Peg ! Peg Looney.

Rufus Reed se décomposa. Peg Looney. Le moment qu'il redoutait était arrivé. Il grimpa quatre à quatre les escaliers, Mercedes sur ses talons, et trouva rapidement la jeune femme autour de laquelle un attroupement s'était formé.

— Écartez-vous mesdemoiselles, s'il vous plait. Laissez-la respirer.

La petite May Vicini sanglotait en répétant :
— Elle m'a dit l'autre jour « Mon temps est presque écoulé... »
— Je l'emmène à l'hôpital, déclara Rufus Reed pour couper court à

l'affolement.

Et ce disant, il se baissa pour prendre la jeune fille évanouie dans ses bras et l'emporter. Il pouvait compter sur Mercedes pour remettre tout le monde au travail. Quelques heures lui seraient en effet nécessaires pour conduire Peg à l'hôpital de Peoria, comme le lui avait recommandé Joseph Kelly. Cet établissement était dirigé par le médecin de Radium Dial, qui faisait passer les tests aux ouvrières. Il saurait comment gérer les choses.

Il installa Peg sur la banquette arrière et lui cala la tête avec les coussins du chien. Puis il démarra et, le plus rapidement possible, rejoignit la route de la campagne. La régularité du paysage et le vent qui lui balayait le visage par la fenêtre ouverte l'apaisèrent un peu. Un coup d'œil à l'arrière lui assura que Peg était toujours évanouie. Pauvre gamine. Dire qu'elle devait se marier d'ici quelques mois... Avec Chuck Hackensmith, un gentil garçon, très intelligent, le gendre idéal. Un vrai prince charmant qui la courtisait depuis des années. Génialement inventif, il lui avait même aménagé un petit chariot en métal rouge pour l'emmener pique-niquer le dimanche sans qu'elle ait besoin de marcher... Et voilà que le conte de fées virait au cauchemar...

Il appuya sur l'accélérateur. Peut-être les médecins pourraient-ils faire quelque chose pour cette pauvre fille.

Trois heures plus tard, le surintendant se gara devant l'hôpital de Peoria. Peg gémit. Elle reprenait enfin conscience. Reed se pencha vers elle :

— Peg, mon petit, vous vous êtes évanouie. Je vous ai emmenée à l'hôpital. On va prendre soin de vous...

— Maman...? murmura Peg avec une voix de petite fille.

— Je vais la prévenir, ne vous inquiétez pas.

Il l'aida à descendre de voiture et la porta jusqu'au hall d'accueil. Il savait que depuis plusieurs mois, Peg peinait à marcher. Elle parvenait à aller à l'atelier et à en revenir, mais dès rentrée chez elle, elle devait se coucher, incapable de tenir debout. Rufus Reed ne pouvait s'empêcher d'admirer sa persévérance. Employée modèle, Peg venait travailler chaque jour en dépit des douleurs qui la transperçaient.

— Rufus Reed, Surintendant de la Radium Dial Company à Ottawa, se

AOUT 1929 — OTTAWA-PEORIA (ILLINOIS)

présenta-t-il. Je souhaiterais voir le directeur. Il est aussi notre médecin d'entreprise.

Ils n'eurent pas à attendre longtemps pour que celui-ci vienne à leur rencontre. Il échangea un regard entendu avec Reed et demanda à ce qu'on installe Peg dans une chambre.

— Où suis-je ? interrogea celle-ci lorsqu'on l'eut couchée.
— Vous êtes à l'hôpital, répondit le surintendant. Tout va bien.

Épuisée, Peg retomba dans un semi-coma. Rassuré, Rufus Reed retourna à sa voiture et se laissa aller sur son siège. Il poussa un profond soupir de soulagement. Il avait rondement mené les choses. La situation était sous contrôle et Peg Looney isolée. La Radium Dial Company serait contente.

**

Georgia était infirmière depuis seulement trois mois à l'hôpital de Peoria. Elle avait embrassé la profession par vocation et commençait à prendre ses repères dans l'établissement. Pourtant, c'était la première fois qu'on mettait une patiente à l'isolement complet. Seul le directeur pouvait l'examiner, et Dorothy, l'infirmière en chef, s'occupait de sa toilette et de ses repas. Ces mesures drastiques s'expliquaient par le fait que Peg Looney avait été diagnostiquée malade de la diphtérie, une affection particulièrement contagieuse. Toujours désireuse d'en apprendre plus, Georgia s'était portée volontaire pour seconder Dorothy, mais cela lui avait été refusé.

Quatre jours après l'admission de la mystérieuse malade, elle croisa la secrétaire d'accueil quelque peu affolée, claquant des talons de manière précipitée dans les couloirs.

— Georgia, demanda-t-elle, le directeur est-il dans son bureau ?
— Oui, je crois…

Prenant à peine le temps de toquer à la porte, la secrétaire se rua dans la pièce :

— La famille Looney est ici, au grand complet, annonça-t-elle. Qu'est-ce que je fais ?

— Vous les renvoyez. Il ne faut pas qu'ils la voient.

— Je sais bien, mais ils insistent...

Le directeur laissa échapper une moue ennuyée. C'est alors qu'il aperçut Georgia qui, curieuse, était restée à la porte.

— Mademoiselle, allez-y en renfort, dit-il. Ils ne doivent pas entrer.

Le ton ne souffrait aucune discussion. La secrétaire fit demi-tour précipitamment, Georgia sur ses talons.

— Pourquoi les mesures sont-elles si strictes avec cette patiente ?

La secrétaire haussa les épaules.

— Je ne sais pas. Elle est très contagieuse, je crois.

Elle s'arrêta brusquement, mal à l'aise :

— Pauvres gens, ils ont fait le voyage depuis Ottawa avec tous leurs gamins... Pour rien !

— Mais, puisqu'elle est si mal, il faudrait tout de même qu'ils puissent lui dire au revoir, insista Georgia.

— Je suppose qu'il y a un espoir de guérison...

Dans le hall, les parents Looney attendaient, inquiets, entourés de leurs enfants. Georgia aurait souri de voir toutes ces tignasses rousses sagement attentives si la situation ne lui avait pas semblé aussi cruelle.

— Je suis désolée, mais c'est totalement impossible, martela la secrétaire en appuyant sur chaque syllabe.

— Mais enfin, balbutia Mrs Looney, nous n'avons pas fait tout ce trajet pour rien. Les billets de train... j'ai dû emprunter pour les payer et... Nous n'avons pas les moyens de revenir... Mon Dieu, pourquoi l'ont-ils emmenée si loin ?

Sa voix se brisa et les larmes lui montèrent aux yeux. La secrétaire lança un regard affolé à Georgia. Elle supportait mal le malheur des autres. La jeune infirmière vola à son secours en enchainant précipitamment :

— Votre fille a tous les symptômes de la diphtérie. C'est une maladie extrêmement contagieuse, elle a été mise en quarantaine.

— La diphtérie ? répéta Mr Looney, incrédule.

C'est alors que Dorothy, l'infirmière attachée à Peg, les rejoignit.

— Elle a un œdème au cou tout à fait caractéristique, assena-t-elle d'un ton définitif.

Georgia soupira de soulagement. La situation était devenue trop inconfortable à gérer. D'autant que les deux plus jeunes enfants s'étaient brusquement mis à pleurer.

— Edith, Theresa, calmez-vous, dit Mr Looney en les serrant contre lui.

— Je veux la voir, insista Mrs Looney. Juste la voir. Elle ne peut pas rester là, toute seule, sans personne de sa famille.

— Elle est toute seule ? répéta Theresa en ouvrant de grands yeux. Dans une chambre toute seule ? C'est pas possible...

Pour la petite fille, qui partageait son lit avec Peg et Edith et ne connaissait que la vie en communauté, il était tout à fait inimaginable que sa grande sœur se retrouve totalement isolée dans cet endroit glacial aux murs blancverdâtre sinistres et qui sentait le médicament. Elle se mit à redoubler de sanglots si bien que, devant le regard réprobateur de Dorothy, ses deux frères aînés préférèrent l'emmener dehors. Mais la petite fille ne l'entendait pas de cette façon et commença à se débattre. Elle voulait absolument parler à Peg.

Le désespoir de Theresa intensifia le désarroi des autres frères et sœurs qui se mirent à pleurer à leur tour.

— Je suis désolée, déclara l'infirmière en chef d'un ton sec, mais vous ne la verrez pas. C'est pour votre santé.

— On veut juste lui dire qu'on l'aime et qu'on pense à elle, même de loin, supplia Mrs Looney qui peinait à retenir ses larmes.

— C'est impossible. La diphtérie est une maladie beaucoup trop dangereuse pour que nous puissions prendre le moindre risque. Vous feriez mieux de rentrer chez vous. Ce n'est pas la place pour des enfants.

Et elle les poussa dehors. Trop abasourdis pour réagir, les Looney se retrouvèrent brusquement sur le trottoir où le soleil mêlé aux larmes acheva de les éblouir. Désemparé, Mr Looney restait figé, tandis que son épouse serrait les plus jeunes dans ses bras, sans parvenir à cacher son chagrin. Georgia n'y tint plus et les rejoignit.

— Ne vous inquiétez pas, c'est un bon hôpital, dit-elle en s'approchant.

Nous prenons soin de votre fille.

Mr Looney hocha la tête.

— Je n'en doute pas, merci... balbutia-t-il en étouffant un sanglot. Ma petite Peg doit se marier dans quelques mois. Vous pensez qu'elle sera rétablie ?

Georgia resta désemparée. De ce qu'elle avait compris, Peg Looney avait déjà un pied dans la tombe. Elle jeta un œil vers l'hôpital. À travers les portes vitrées, Dorothy et la secrétaire demeuraient là, à les observer. Un médecin et d'autres infirmières s'étaient greffés au groupe, comme pour faire bloc.

— La diphtérie est très contagieuse, insista Georgia, mal à l'aise. Ce serait une folie d'y exposer vos enfants...

Tout à coup, la petite Theresa se jeta sur Mr Looney et lui agrippa les jambes, bientôt rejointe par tous les autres. Il la prit dans ses bras et, tâchant de paraître rassurant, leur déclara :

— Nous n'avons pas vu votre sœur, mais nous avons pu constater qu'elle se trouve entre de bonnes mains. Laissons faire les médecins et d'ici quelques jours, nous retrouverons notre Peg guérie.

Il s'efforça de sourire à son épouse et salua Georgia avant d'entraîner sa famille vers la gare.

La jeune infirmière rentra dans le bâtiment d'un pas lent, toujours sous le feu des regards de ses collègues.

— Inutile d'en faire tout un plat, lâcha Dorothy d'un ton sec.

— Mais enfin, pourquoi ne... ?

— Allons, que chacun retourne à son poste, coupa l'infirmière en chef. C'est un hôpital ici, pas la charité publique !

Georgia rougit sous le regard tranchant de Dorothy, comme une enfant prise en faute sans savoir pourquoi. Pour la première fois, elle se demanda si elle avait bien choisi sa vocation...

16

14 AOUT 1929 — HÔPITAL DE PEORIA (Illinois)

Chuck Hackensmith avait passé la majeure partie de son été à enchaîner les petits boulots à Chicago. Lorsqu'il était rentré la veille chez ses parents, il avait appris que sa fiancée était hospitalisée à Peoria. En dépit des avertissements des Looney qui lui avaient assuré n'avoir pas vu Peg, ni même pu la contacter par téléphone, il sauta aussitôt dans un train. Quoi qu'on lui oppose, il parlerait à Peg, dût-il se battre pour forcer les barrages.

À sa grande surprise, c'est d'un ton presque indifférent que la secrétaire de l'hôpital lui déclara :

— Chambre 145. On ne l'a pas encore déplacée.

Chuck s'élança aussitôt vers l'étage. Il put sans encombre parcourir les longs couloirs tristes où flottait une odeur tenace de maladie. Parvenu devant le numéro 145, il toqua doucement à la porte. Mais nulle voix ne répondit. Son cœur se serra. Peg était sans doute trop faible pour l'inviter à entrer. Il poussa le battant. À l'intérieur, la chaude lumière de cette fin d'après-midi d'août balayait les draps blancs, révélant dans son sillage de minuscules particules de poussière voltigeant mystérieusement dans l'espace confiné.

Peg ne bougeait pas. Le tissu, remonté jusqu'au menton, dissimulait intégralement ses formes. Son visage, d'une pâleur cadavérique, ressemblait à un masque mortuaire. Chuck resta tétanisé, comme si son cerveau refusait d'admettre ce que ses yeux voyaient. Puis, brusquement, ce fut comme un relâchement complet de tout son être. Incapable d'avancer plus, il s'effondra le long du mur où il se recroquevilla sur lui-même, le corps secoué de spasmes qui finirent par s'épancher en longs sanglots.

Tout à coup, des éclats de voix s'approchèrent, ponctués par les claquements précipités de talons féminins. La porte s'ouvrit à la volée sous la poussée de Cat Looney White et de son mari, Jack. Derrière eux, l'infirmière en chef lançait de grandes exclamations, vociférant qu'on n'avait pas à lui parler de cette façon. Mais Cat s'était subitement figée à la vue du gisant dans son linceul blanc. Après l'incompréhension, la réalité lui sautait au visage : sa sœur était morte.

— Malgré nos précautions, elle a contracté une pneumonie foudroyante, expliqua une jeune infirmière, qui semblait touchée par l'émotion des nouveaux venus. Son corps était déjà très atteint par la diphtérie, elle a succombé en quelques jours.

— Vous auriez pu nous prévenir, répliqua Jack White d'une voix tremblante d'indignation.

— Nous avons averti Radium Dial ! glapit l'infirmière en chef.

Le beau-frère de Peg resta coi. Puis, il reprit, abasourdi :

— Qu'est-ce que Radium Dial vient faire là-dedans ?

— Ce sont eux qui paient, expliqua son épouse d'un ton amer.

L'infirmière en chef haussa les épaules et s'éclipsa en marmonnant :

— Après tout, maintenant... Georgia, laissez-les, furent les quelques mots qu'ils parvinrent à comprendre, tandis que la porte se fermait doucement.

C'est alors que les White découvrirent le fiancé de Peg en sanglots dans un coin de la pièce, la tête entre les genoux. Seules les ondulations souples de ses cheveux dorés émergeaient au-dessus de ses bras repliés nerveusement contre ses jambes. Émue au-delà du possible par ce garçon beau comme un dieu complètement anéanti par le chagrin, Cat le prit dans ses bras et se mit à le bercer lentement. Ils restèrent là, enlacés, assis à même le sol, le cœur

14 AOUT 1929 — HÔPITAL DE PEORIA (ILLINOIS)

brisé par cette mauvaise surprise.

Une heure plus tard, deux brancardiers vinrent enlever le corps pour l'emmener à la morgue. Cat murmura doucement :

— Chuck, il est temps de rentrer. Il n'y aura bientôt plus de trains...

Mais le jeune homme secoua la tête avec énergie et de nouveaux sanglots l'étouffèrent. Il lui était impossible de quitter Peg à jamais. Cat échangea un regard avec son mari qui approuva d'un signe. Ils aidèrent Chuck à se relever et suivirent le lit à roulettes sur lequel on avait déposé le corps de la défunte. À la morgue, on les laissa prendre trois chaises pour veiller. La nuit serait longue...

Chuck, glacé par le froid de la pièce et l'odeur de mort, se calma peu à peu. Bientôt, son regard se fixa sur le visage de Peg sans pouvoir s'en détacher, comme s'il voulait le graver à jamais dans sa mémoire. La jeune femme semblait enfin apaisée, sans cette crispation de douleur qui tirait ses traits ces derniers mois. Dans le silence assourdissant de cette pièce trop lumineuse où les murs blancs se reflétaient sur le sol noir brillant, quelques sanglots irrépressibles de Chuck faisaient parfois vibrer l'air immobile.

Il devait être trois heures du matin lorsque deux hommes entrèrent en discutant nonchalamment, sans se soucier aucunement des individus présents. Ils se placèrent chacun à un bout du brancard où reposait Peg et commencèrent à ôter les taquets des roulettes. Cat et son mari se regardèrent, inquiets. Jack se leva et interpella les deux personnages :

— Excusez-moi, mais vous faites quoi, là ?

— On emmène le corps. Pour l'enterrer, expliqua l'un des employés.

— Pour l'enterrer ? En pleine nuit ? Mais qui êtes-vous ?

— C'est Radium Dial qui nous envoie, répondit l'autre.

Jack White échangea un regard avec son épouse, tout aussi abasourdie que lui. Dans ce moment suspendu, les deux hommes reprirent leur mouvement. Revenu de sa stupéfaction, Jack s'écria :

— Mais enfin, nous n'avons rien demandé ! Pourquoi cette précipitation ?

Les deux personnages haussèrent les épaules avec une moue agacée :

— Vous devriez être contents, Radium Dial prend tous les frais à sa charge.

— Non, non, non... Pas question, s'insurgea Jack.

Le beau-frère de Peg était un colosse qui travaillait comme graisseur de voitures de chemins de fer et il n'était pas du genre à se laisser faire.

— Ma belle-sœur mérite mieux qu'un enterrement à la sauvette ! poursuivit-il en croisant les bras sur sa poitrine. Peg était une bonne catholique ; elle aura une messe et de belles funérailles.

Chuck avait levé la tête. Il n'y comprenait rien si ce n'était qu'il fallait défendre Peg. Il se redressa en chancelant et fit front avec celui qui aurait dû devenir son beau-frère.

— Écoutez, reprit l'un des employés, d'un ton à peine plus conciliant, vous devriez profiter de l'opportunité... Ça coûte cher un enterrement.

Sans attendre de réponse, les deux inconnus achevèrent de débloquer les roues du brancard et se dirigèrent vers la sortie. Chuck bondit :

— Non ! Vous n'y touchez pas !

Malgré leur assurance, les deux hommes semblèrent déstabilisés. La situation était en train de leur échapper. L'un d'eux se mordilla la moustache :

— Il faut pourtant bien qu'on l'emmène...

Jack ne savait plus comment se débarrasser des importuns. Il ne pouvait décemment pas leur décocher le coup de poing qui lui démangeait les mains. D'autant qu'il sentait son épouse bouleversée. Soudain, une idée lui traversa l'esprit :

— Nous... nous souhaitons faire pratiquer une autopsie !

Les deux hommes haussèrent les épaules, visiblement soulagés d'avoir un argument à donner pour l'abandon de leur mission :

— Une autopsie ? Cela ne devrait pas poser de problème. Vous n'avez qu'à demander à Radium Dial, ils s'en chargeront...

Jack ne leur laissa pas le possibilité d'ergoter plus longtemps. Il les attrapa chacun par un bras et les fit sortir de force.

— C'est cela, nous verrons demain ! conclut-il en claquant la porte derrière eux.

Soulagé, mais le cœur serré, il considéra son épouse par-dessus les épaules de Chuck qui s'était à nouveau effondré, le visage caché entre les mains. Cat secoua la tête. Elle n'y comprenait rien non plus.

17

30 AOUT 1929 — CHEZ LES LOONEY — OTTAWA (Illinois)

Depuis le décès de Peg, Cat Looney White essayait de rendre visite à ses parents aussi souvent qu'elle le pouvait. Enceinte, elle peinait de plus en plus à faire le trajet. Lorsqu'elle arriva à la maison, ses jeunes frères et sœurs étaient encore à l'école et elle se réjouit de pouvoir passer un moment avec ses parents avant le retour de la tornade. Mais seul son père se trouvait là ; il bricolait pour occuper son temps entre deux petits boulots. La famille n'avait jamais roulé sur l'or, et ça ne s'arrangeait décidément pas. Jusque-là, la pauvreté avait largement été compensée par l'amour qu'ils se portaient et la joie avait toujours régné dans leur foyer. Mais la mort de Peg avait rompu l'harmonie. Mrs Looney ne souriait plus et son mari restait la plupart du temps silencieux. Il serra sa fille dans ses bras et se laissa tomber sur une chaise, sans penser à lui offrir un verre d'eau.

— Maman n'est pas là ? demanda Cat, bien qu'elle connaisse pertinemment la réponse.

Sans surprise, son père rétorqua en passant la main sur son visage fatigué :
— Non, elle est à... tu sais...

Cat hocha la tête. Mrs Looney se rendait chaque jour à pied au cimetière, pourtant situé loin de la maison. Depuis la mort de Peg, quelque chose s'était brisé en elle. Comme son mari, et comme le médecin spécialiste de Chicago qu'ils avaient consulté, elle était persuadée que le métier de Peg y était pour quelque chose, et elle ne se pardonnait pas de ne pas l'avoir empêchée d'aller travailler à Radium Dial. Pire encore, elle faisait chaque nuit des cauchemars où sa fille, enfermée seule dans sa chambre d'hôpital, l'appelait à l'aide. En vain. Et elle s'accablait de reproches que rien ni personne ne pouvait soulager.

La vie des Looney et de leurs proches avait basculé du jour au lendemain dans une tristesse écrasante à laquelle même les plus jeunes ne pouvaient échapper. Les rires et les histoires au moment du coucher avaient cédé la place à des larmes silencieuses et des sanglots étouffés. Chuck lui-même avait disparu, réfugié dans sa chambre d'étudiant à Chicago, déterminé à poursuivre seul, pour Peg, le rêve qu'ils avaient formulé ensemble de devenir enseignants.

Cat observa son père. Les yeux dans le vague, il ne songeait même pas à faire la conversation. La jeune femme devinait parfaitement ce qui lui trottait dans la tête : Peg, sa petite Peg, était morte seule, loin des siens, sans qu'il ait pu lui apporter le moindre réconfort et il se demandait comment ils avaient pu en arriver là. Avait-il réagi trop tard ?

Mr Looney avait bien vu que Peg était épuisée depuis des mois. Elle qui jusque-là secondait efficacement sa mère à la maison — et Dieu savait combien elle en avait besoin pour gérer ses dix enfants —, n'était plus capable d'assumer aucune des tâches qu'elle prenait en main habituellement. Elle rentrait du travail et se couchait aussitôt. En un an, elle avait perdu trois dents et des morceaux de mâchoire. Le médecin de famille, le regard fuyant, les avait renvoyés en leur disant qu'il ne pouvait rien pour eux, que sa carrière serait finie s'il procédait à des examens plus poussés. Il avait simplement proposé de la soigner à coups de blocs de glace sur la poitrine, à défaut d'une autre idée. Mr Looney n'avait pas bien saisi les raisons d'un tel discours noyé de raclements de gorge et de phrases incompréhensibles. Comme d'habitude, il avait mis cela sur le compte de sa propre ignorance et maudit son manque d'éducation.

Dès qu'il avait réussi à réunir assez d'argent, il avait emmené sa fille

30 AOUT 1929 — CHEZ LES LOONEY — OTTAWA (ILLINOIS)

consulter un spécialiste à Chicago. Mais celui-ci s'était contenté de lui dire de changer de métier. Les Looney étaient désemparés et Peg obstinée. Même malade, même avec la secrète conviction que ses jours étaient comptés, en aînée responsable et habituée à soulager les inquiétudes parentales, elle continuait à travailler, persuadée que son salaire était indispensable à sa famille.

Cat tendit le *Ottawa Daily Times* à son père, non sans appréhension. Ce qu'il allait y lire n'allait pas lui plaire. Mr Looney se saisit du journal, plié de manière à mettre en avant un article dont le titre lui sauta aux yeux : « Rubrique nécrologique : Peg Looney. Les résultats de l'autopsie. ». Il serra les poings. Suite à la demande de Jack, Radium Dial avait proposé de pratiquer une autopsie, à ses frais. Devenus méfiants depuis le récit de leur beau-fils sur la tentative d'enlèvement du corps de Peg, les Looney avaient exigé que leur médecin de famille soit également présent. Un rendez-vous avait été pris, mais le jour dit, lorsque leur docteur s'était présenté, l'autopsie avait déjà été effectuée une heure auparavant, par les médecins de Radium Dial. Les Looney n'avaient jamais reçu le rapport, et Radium Dial était restée muette à chacune de leur relance.

Troublé d'apprendre les résultats de l'autopsie par voie de presse, Mr Looney se plongea dans la lecture de l'article qui commençait par ces mots : « L'état de santé de la jeune femme était déroutant. Elle était employée à l'atelier de Radium Dial et des rumeurs circulaient selon lesquelles sa maladie serait due à un empoisonnement au radium. Afin de lever tout soupçon, une autopsie a été pratiquée par le Dr Aaron Arkin qui a conclu que sa mort a été causée par la diphtérie et n'a trouvé aucun signe d'intoxication au radium… » Peu à peu, les mots se mélangèrent devant ses yeux au détail de l'examen. Il ne lisait plus que la mention « dents en parfait état » et « aucun symptôme de changement osseux dans la mâchoire »…

Il frappa brutalement du plat de la main sur la table, faisant sursauter Cat. Tout cela était faux, totalement faux ! Il avait vu de ses propres yeux la bouche de sa fille suppurer et tomber en morceaux pendant près d'un an, et le spécialiste de Chicago lui avait diagnostiqué une mâchoire alvéolée ! Découragé et en colère, il s'obligea néanmoins à finir l'article. Ce fut le coup de grâce : « Les parents de Peg Looney sont très satisfaits du rapport d'autopsie et de la manière dont Radium Dial a pris en charge les soins ».

Mr Looney se leva brusquement et, malgré lui, ses joues se couvrirent de larmes. Il se détourna aussitôt, honteux de cette faiblesse devant sa fille. Il avait toujours protégé tant bien que mal sa famille et refusait de s'effondrer, mais la colère et le désespoir face à son impuissance le démolissaient.

Cat n'avait jamais vu son père dans cet état.

— Papa, osa-t-elle d'une voix tremblante, nous devrions consulter un avocat. Comme les Cruse.

— Tu as vu où ça les a menés ? Nulle part !

— C'est le début de l'hécatombe. La petite May Vicini a une sciatique, puis une étrange bosse lui a poussé dans le dos, Marie Rossiter enchaine les fausses couches, Charlotte Purcell a accouché prématurément de deux mois. Certes, le bébé a survécu et elle vient de le récupérer après six mois de couveuse, mais tout cela n'est pas normal. Et je ne te parle pas d'Inez Vallat avec son bandage sur sa mâchoire qui suinte, ni de la claudication de Catherine Wolfe et des sœurs Glacinski ! Ce n'est pas anodin. Le radium est en train de toutes les tuer. Mais comme la plupart ne travaillent plus pour Radium Dial, tout le monde semble avoir oublié la cause de leurs maux...

Mr Looney se laissa retomber lourdement sur sa chaise. Cat avait raison. Il fallait les voir, les Filles-Fantômes, à l'enterrement de Peg ! Elles n'étaient pas en grande forme, ces demoiselles pourtant si brillantes quelques années auparavant ! Mais que pouvait-il faire ? Les avocats, il s'en méfiait comme de la peste. Et Radium Dial semblait si puissante... Mr Looney avait toujours été un homme concret, qui aimait les choses simples et droites. Il se sentait rapidement perdu face aux gens retors et c'était l'effet que lui faisait la firme avec ses hiérarchies, ses patrons qui dirigeaient à distance, et sa communication par presse interposée. Il soupira et prit la main que sa fille lui tendait :

— Cat, les avocats d'Ottawa feront pareil que les médecins. Ils nous diront qu'ils ne peuvent rien faire pour nous et... nous n'avons pas les moyens de chercher des hommes de loi plus compétents. Je suis désolé, mais Peg est morte et nous ne pouvons rien y changer. Crois-moi, c'est assez difficile

30 AOÛT 1929 — CHEZ LES LOONEY — OTTAWA (ILLINOIS)

comme cela. Cela ne vaut pas la peine de s'infliger ce genre de désagrément. Cat hocha la tête sans parvenir à le fixer dans les yeux. Elle n'aimait pas voir son père si désemparé. Elle laissa errer son regard par la fenêtre au carreau fendu depuis que Jean y avait lancé un caillou. Au loin, elle reconnut sa mère qui revenait du cimetière, longue silhouette noire cassée en deux par la brisure du verre, si seule et si frêle qu'il lui sembla qu'une rafale eut pu la balayer aussi facilement qu'un fétu de paille...

18

AOUT 1931 — ATELIER DE RADIUM DIAL — OTTAWA (Illinois)

Rufus Reed resserra nerveusement le nœud de sa cravate. Ce jour-là, Joseph A. Kelly venait visiter l'atelier. Ce n'était pas un patron très encombrant ; les trois quarts du temps, il se contentait de diriger la filiale depuis Chicago. Mais lorsqu'il se déplaçait, c'était pour prendre des décisions rapides, efficaces et souvent radicales. Rufus Reed sursauta au moment où on frappa à la porte, et soupira de soulagement quand son épouse apparut. Ils n'avaient pas besoin de parler pour communiquer. D'un regard, il comprit que le président de Radium Dial venait d'arriver et qu'elle lui envoyait tout son soutien.

Après les salutations d'usage, le surintendant précéda Joseph Kelly et Rufus Fordyce dans l'atelier. À leur entrée, les ouvrières se levèrent aussitôt. Rufus Reed repéra Catherine Wolfe qui recoiffait vivement ses cheveux noirs couverts de poussière jaune. Elle semblait nerveuse. Depuis qu'il l'avait changée d'emploi au sein de Radium Dial un an auparavant, elle se savait l'objet de rumeurs et voulait faire bonne impression.

En aout 1930, Catherine avait montré de nouveaux signes de faiblesse, sans pour autant que son travail s'en ressente, le surintendant devait bien en convenir. Puis, elle était tombée franchement malade. Déjà confronté

AOUT 1931 — ATELIER DE RADIUM DIAL — OTTAWA (ILLINOIS)

au cas de Peg Looney un an plus tôt, Rufus Reed ne se sentait pas très à l'aise. Dès qu'il avait constaté que Catherine Wolfe boitait légèrement, des années auparavant, il l'avait systématiquement écartée des examens médicaux. Lorsque sa claudication s'était accentuée, il l'avait signalé à sa hiérarchie. Mais Joseph Kelly avait haussé les épaules. Catherine Wolfe ferait comme les autres : quand elle se sentirait trop mal, elle finirait par démissionner. En attendant, qu'elle prenne des vacances pour se requinquer. Rufus Reed lui avait accordé six semaines de congés. Mais cela n'avait pas vraiment changé les choses. Alors il l'avait mise à un poste moins fatigant. C'est ainsi que Catherine était devenue préparatrice.

Son travail consistait à peser la poudre nécessaire à composer la peinture pour chaque ouvrière, puis nettoyer les récipients utilisés, ce qu'elle faisait généralement avec les ongles, qui s'avéraient l'outil le plus efficace. La jeune femme était de plus en plus taciturne. Elle s'ennuyait. Et puis, à ce nouveau poste, elle avait l'impression d'être encore plus couverte de poussière jaune, de la tête aux pieds, du matin au soir. Elle se doutait que ce changement partait d'une bonne intention, mais elle préférait son ancien métier. Au demeurant, le surintendant devait bien reconnaitre qu'au bout de neuf ans, elle était l'une des ouvrières les plus expérimentées de l'atelier. D'ailleurs, dès qu'il y avait urgence, elle reprenait ses pinceaux pour donner un coup de main. Rufus Reed ne critiquait jamais son travail, mais il ne pouvait empêcher les nouvelles employées de répandre la rumeur selon laquelle elle avait été mutée parce qu'elle était mauvaise peintre.

Malgré ces aménagements, Catherine se sentait toujours aussi faible. Ses finances ne lui permettaient pas de multiplier les examens en ville, c'est pourquoi elle insistait pour participer aux visites médicales organisées régulièrement par Radium Dial. Rufus Reed s'y opposait chaque fois, expliquant que c'était inutile, et qu'elle était en parfaite santé. Pour le moment, elle semblait s'en tenir au diagnostic de son médecin : sa claudication était due aux rhumatismes. Mais Reed voyait bien qu'en son for intérieur, la jeune femme conservait de sérieux doutes.

Le surintendant sentait l'étau se resserrer autour de l'atelier. Six mois plus tôt, c'est la petite May Vicini qui était décédée. Reed se souvenait bien d'elle. Elle avait à peine treize ans lorsqu'elle avait été embauchée. Toujours collée à Catherine Wolfe, elle s'amusait à lui chiper des bonbons sur sa table. Et Catherine ne se privait pas pour lui subtiliser des chewing-gums ! May s'était mariée à dix-neuf ans à Joseph Tonielli mais avait continué à travailler pour Radium Dial. Jusqu'en septembre 1930, où elle avait quitté l'atelier à cause d'une sciatique qui lui faisait atrocement mal. Peu après, elle s'était découvert une bosse sur la colonne vertébrale. Le médecin avait diagnostiqué un sarcome dont elle s'était fait opérer. Quatre mois plus tard, elle souffrait toujours, d'une douleur à devenir folle. Et puis elle était morte. À seulement vingt-et-un ans.

Rufus Reed avait fait mine de trouver la nouvelle étonnante. Si toutes les anciennes ouvrières comprenaient que le radium était la véritable cause de leurs maux, c'en était fini de Radium Dial, et par contrecoup, de son emploi. Et cela, il ne pouvait l'admettre. L'idée de perdre son travail, et la respectabilité qu'il avait gagnée grâce à lui, lui faisait froid dans le dos. Il avait toujours été considéré comme un handicapé, voire un incapable, à cause de sa surdité. Radium Dial lui avait donné sa chance et il lui en serait éternellement reconnaissant.

Or, depuis la crise de 1929, le pays était en pleine récession. En octobre 29, la bourse avait connu son jeudi noir et Wall Street s'était effondré. Dans une réaction en chaine catastrophique, nombre d'entreprises s'étaient écroulées, licenciant à tour de bras. Deux ans après le krach, six millions d'Américains se trouvaient au chômage. Catherine pouvait donc s'estimer heureuse d'avoir un emploi, en particulier un emploi bien payé. Célibataire et orpheline, elle avait nécessairement besoin d'un travail pour survivre. Les Reed ne se ménageaient pas pour répéter combien les peintres de Radium Dial étaient privilégiées. Et jusque-là, garder la jeune femme au sein de l'atelier pour l'avoir constamment sous les yeux et instiller ce discours dans son esprit leur avait semblé la meilleure solution pour préserver le fragile équilibre du mensonge institutionnalisé.

Rufus Reed ne la quittait pas du coin de l'œil tandis qu'avec Mercedes, ils faisaient les honneurs de l'atelier au grand patron venu spécifiquement de Chicago. Lorsqu'ils furent un peu éloignés des rangées de tables, à l'abri des

AOUT 1931 — ATELIER DE RADIUM DIAL — OTTAWA (ILLINOIS)

oreilles indiscrètes, Joseph Kelly demanda à voix basse :

— Laquelle de vos préparatrices fait donc jaser ?

D'un hochement de tête, Mercedes Reed désigna Catherine Wolfe. Celle-ci avait repris sa pesée, mais visiblement, elle avait compris qu'on parlait d'elle. Lorsqu'elle se dirigea vers les récipients situés à quelques pas, Joseph Kelly put constater qu'elle boitait fortement.

— Je vois, murmura-t-il. Vous avez raison, il faut faire quelque chose.

Rufus Reed capta le regard de Catherine et lui fit signe de les suivre dans son bureau. La jeune femme essuya ses mains vigoureusement, sans pour autant parvenir à ôter la peinture jaune collée à sa peau. Gênée, elle les cacha dans son dos en pénétrant dans la pièce.

— Je suis désolé, Catherine, commença Rufus Reed en fermant la porte derrière elle, mais nous allons devoir nous séparer de vous.

Il vit le rouge monter aux joues de la jeune femme et sentit un terrible sentiment de culpabilité s'emparer d'elle. Il en eut un petit pincement au cœur — la pauvre fille n'avait rien fait de mal — mais le regard dur que lui adressa son épouse balaya rapidement ses scrupules.

— Votre travail n'est pas en cause, reprit Reed. Simplement, votre… claudication alimente des rumeurs. Cela ne… cela donne une mauvaise image de Radium Dial.

Catherine devint franchement écarlate, et le surintendant ne sut si c'était de honte ou de colère. Elle ? Donner une mauvaise image ? Après neuf années de bons et loyaux services ?! C'était un peu gros, mais il n'avait pas le choix.

— Vous êtes une fille intelligente, ajouta Joseph Kelly avec un sourire affable que Catherine trouva bien cruel. Vous devez comprendre qu'il est de notre devoir de vous laisser partir. Pour vous, et pour Radium Dial.

Incapable de réagir, Catherine restait figée. Mercedes Reed la prit doucement par les épaules et l'entraina vers la sortie. Puis elle referma vivement la porte du bureau. Rufus Reed poussa un soupir de soulagement. La rapidité d'exécution de sa femme leur avait évité les discours larmoyants. Radium Dial était tirée d'affaire pour un moment.

Lorsque la porte du bureau eut claqué dans son dos, Catherine s'efforça de rassembler ses esprits. Elle était virée. Tout simplement. Machinalement, elle remonta à l'étage, dans l'atelier. Le bourdonnement des conversations la tira de sa torpeur. Ainsi donc, elle devait partir. Peut-être était-il temps, effectivement. Elle n'avait plus sa place ici. Depuis son changement de poste, elle ne s'y plaisait plus. Elle alla chercher ses affaires au vestiaire sans qu'aucune fille ne remarque son trouble, ni même lui adresse un regard. Toutes avaient le nez rivé à leurs cadrans. L'époque de la camaraderie d'atelier était terminée depuis longtemps… Lorsqu'elle passa la porte vitrée, elle sut qu'une page de sa vie était en train de se tourner.

Bizarrement, elle en ressentit un certain soulagement. Mais bien vite, la douleur dans ses hanches la rattrapa. Et puis ses angoisses. Certes, elle avait un toit, la petite maison héritée de son oncle et sa tante, mais elle n'avait plus d'emploi, et dans le contexte actuel, cela pouvait rapidement virer à la catastrophe… À mesure que ses pas la rapprochaient de chez elle, les idées noires l'envahissaient. Sans travail, sa vie lui semblait d'un vide abyssal. D'autant que sa relation avec Tom Donohue restait compromise. Depuis quatre ans qu'ils se fréquentaient, leurs rapports avaient finalement évolué. Elle ne savait comment les choses s'étaient passées, si c'était de son initiative à elle ou bien à lui. Mais ils avaient fini par s'avouer, non leur amour — ils étaient bien incapables l'un et l'autre d'exprimer leurs sentiments à cœur ouvert —, mais leur souhait de se marier. Ce qui revenait au même. Depuis leur première rencontre, au fond d'eux-mêmes, il n'y avait pas d'alternative. Leur amour n'avait pas besoin de mots, il était l'évidence même.

Mais si tout était simple pour eux, il n'en était pas de même pour la famille de Tom. Au moment où il avait fait la connaissance de Catherine, il hésitait encore à retourner à sa vocation première, la prêtrise, pour la plus grande fierté de ses parents, Irlandais immigrés et fervents catholiques. D'ailleurs, Catherine, profondément croyante, avait été un peu perturbée à l'idée de détourner un homme de sa mission. Mais elle ne s'imaginait pas vivre sans Tom, et elle avait bien compris que lui non plus ne concevait pas l'existence sans elle. De leur côté, les Donohue voyaient d'un mauvais œil leur garçon s'amouracher d'une créature qui l'éloignait de la voie des cieux et, qui plus est, semblait malade. Tom leur avait expliqué que ses douleurs à la hanche

AOUT 1931 — ATELIER DE RADIUM DIAL — OTTAWA (ILLINOIS)

étaient dues, selon son médecin, à des rhumatismes. Mais, appliqué à une fille de vingt-sept ans, ce diagnostic leur paraissait pour le moins suspect, et les Donohue soupçonnaient une affection beaucoup plus grave. Jusque-là, Catherine avait toujours haussé les épaules à cette idée. Les rumeurs d'empoisonnement au radium lui semblaient complètement insensées. Mr et Mrs Reed s'étaient constamment montrés bienveillants et soucieux des ouvrières. Comment auraient-ils pu être complices d'un meurtre organisé ? Mais ce qui venait de se passer faisait ressurgir ses doutes.

Catherine soupira. Tom n'était pas prêt à renoncer à elle. Toutefois, il ne voulait pas agir sans l'aval de ses parents. Et ils en étaient là. La jeune femme ne souhaitait pas brusquer son fiancé, mais le temps s'écoulait et elle s'affligeait de voir les jours s'égrener sans pouvoir partager son foyer. Et voilà qu'un obstacle supplémentaire s'était ajouté à la liste de ses défauts. Malade, orpheline de surcroit, et désormais au chômage ! Elle n'avait définitivement rien pour plaire... Son cœur se serra : et si Tom se détournait d'elle... ?

Bouleversée par les événements, Catherine marchait plus lentement que d'habitude, secouée de hoquets qu'elle tentait de réfréner avant qu'ils n'éclatent en sanglots. Soudain, son fiancé apparut au croisement des routes. Elle se sentit fondre à la vue de son épaisse chevelure noire, sa moustache bien taillée et ses lunettes en fil de fer. Petit, mais vif, il se précipita vers elle, un grand sourire étonné aux lèvres :

— Je voulais te faire une surprise en allant te chercher à l'atelier, mais tu as été plus rapide !

Et pour cause, pensa Catherine. Mais elle ne put articuler un mot et s'effondra en larmes. Instinctivement, il la prit dans ses bras et, aussitôt, elle ressentit comme une décharge électrique au contact de sa peau sur la sienne. Lorsqu'il la serra un peu plus fort contre sa poitrine, elle comprit qu'elle pourrait toujours compter sur lui. Alors une joie profonde, irrépressible, l'envahit. Tout à coup, plus rien n'était impossible.

Tom la raccompagna lentement chez elle tandis qu'elle lui expliquait la situation. Arrivée devant sa petite maison impeccable, mais désespérément vide, elle fut incapable de le laisser repartir. Tom n'avait jamais embrassé une femme de sa vie, mais pour la première fois, il osa et trouva naturellement le chemin de ses lèvres. Peu importait sa famille, il aimait cette femme. Il l'épouserait, ils auraient plein d'enfants, vivraient longtemps, et rien ne pourrait jamais les séparer…

19

AVRIL 1932 — BUREAUX DU OTTAWA DAILY TIMES — OTTAWA (Illinois)

C omme souvent, les locaux du *Ottawa Daily Times* étaient plongés dans un profond silence. Bruce Craven soupira de dépit. Il avait choisi ce métier dans l'espoir de vibrer au rythme de salles de rédaction bruyantes et bondées, à l'affût d'infos tumultueuses et détonantes, pourtant, trois ans après son arrivée, il végétait toujours dans le bureau miteux du journal local de la petite ville d'Ottawa. Il avait été heureux d'y faire ses débuts, de se confronter à un terrain relativement bienveillant, mais au bout d'un an à peine, il avait commencé à s'ennuyer ferme. Au moment où, fort de sa modeste expérience, il avait envisagé de postuler pour un quotidien à gros tirage d'une ville importante de l'Illinois comme Peoria, Springfield ou même Chicago, le krach de Wall Street était venu réduire ses efforts à néant. La presse avait désormais tendance à licencier plutôt qu'embaucher, et il avait tout intérêt à s'accrocher à sa place...

Il soupira en considérant son patron qui ronflait paisiblement, endormi dans son fauteuil, les pieds négligemment posés sur son bureau, et se plongea dans la lecture du *Chicago Daily Herald*. Il ne se passait pas grand-chose à Ottawa, alors les deux hommes remplissaient leurs rubriques avec des resucées d'articles de journaux prestigieux traitant de la situation nationale et internationale. Tout à coup, un gros titre attira son attention : « Eben Byers, le célèbre milliardaire, est décédé d'une intoxication au radium ». Tout ce qui avait trait au mystérieux élément interpellait Bruce Craven. Trop de faits l'intriguaient, depuis les maladies des peintres jusqu'à l'insistance de la firme pour publier des communiqués rassurants dans la presse, en passant par les enquêtes fédérales.

Il se replongea dans sa lecture : « Riche industriel, héritier d'une très importante entreprise de métallurgie, Eben Byers était avant tout un irrésistible dandy, propriétaire de plusieurs résidences aux États-Unis. Grand sportif, champion de golf et de ball-trap, cet athlète pesait à peine quarante kilos lorsqu'il est mort, après dix-huit mois d'atroces souffrances et plusieurs opérations de la mâchoire, suite à une trop forte exposition au radium. »

Bruce Craven posa le quotidien. Comment un tel personnage avait-il pu être mis en contact avec du radium ? Certainement pas en peignant des cadrans de montres. L'article n'en disait pas plus. Il fouilla dans la pile de journaux que la rédaction recevait d'un peu partout dans le pays et saisit le *New York Times*. Le New Jersey était plus concerné par le radium depuis l'Affaire des Cinq Condamnées à mort. Il serait sans doute plus chanceux de ce côté-là… Effectivement, le journal détaillait plus précisément la biographie du milliardaire et les circonstances de son décès :

« … Après une blessure au bras en tombant d'une couchette de train au retour d'une compétition sportive, Eben Byers se voit prescrire une cure de Radithor. Cette boisson à base de radium et d'eau distillée est censée soigner plus de cent cinquante maladies, dont les troubles digestifs, l'hypertension artérielle ou l'impuissance. Aussitôt, il en ressent les effets. Le traitement est cher, mais Eben Byers a les moyens. Alors, il double puis triple les doses. Entre 1927 et 1931, il consomme entre mille et mille cinq cents bouteilles. Mais en 1930, il se trouve amaigri, se plaint de céphalées et de douleurs à la mâchoire. On lui diagnostique d'abord une sinusite, mais quand ses dents tombent, une radiographie révèle des lésions semblables à celles observées sur les peintres de cadrans d'US Radium. Le Dr Flinn, médecin d'entreprise et expert médical en radium, est alors appelé en consultation. Il confirme que les os de Byers se décomposent lentement : il souffre d'une ostéonécrose du maxillaire due à une intoxication massive au Radithor. Le milliardaire est décédé le 31 mars 1932, des suites de cette maladie qui a détruit les cellules osseuses de sa mâchoire, lui faisant perdre toutes ses dents et une partie du maxillaire inférieur, et d'un abcès cérébral. Le corps d'Eben Byers est considéré comme hautement radioactif. Il a été enterré dans un cercueil de plomb pour éviter toute contamination. »

Fébrilement, Bruce s'empara de toute la presse du New Jersey. Le *Wall Street Journal* se montrait caustique dans son titre : « L'eau au radium lui faisait du bien jusqu'à ce qu'il en perde la mâchoire ! ». Par chance, l'article était fort détaillé sur les aspects juridiques que ce scandale avait déclenchés. De son vivant, la maladie d'Eben Byers avait relancé les enquêtes sur le radium, et en particulier le Radithor. En septembre 1931, le milliardaire avait été appelé à témoigner, mais, trop faible pour se déplacer, c'est un avocat qui était venu prendre sa déposition. Le journal la retranscrivait en détail : « Il est difficile d'imaginer une expérience plus horrible dans un cadre plus magnifique. Dans sa splendide résidence, entouré des plus belles œuvres d'art, mais le corps décharné, il pouvait à peine parler. Sa tête était recouverte de bandages. Le pauvre homme avait subi deux opérations de la mâchoire : il ne lui restait que deux incisives supérieures et la plus grande partie du maxillaire inférieur avait été enlevée. » L'article continuait en décrivant plusieurs cas semblables signalés par des médecins. Il concluait néanmoins en s'étonnant que nombre de consommateurs de Radithor et autres produits rajeunissants à base de radium demeurent en bonne santé, comme le maire de New York, qui refusait tout bonnement d'arrêter sa cure.

Bruce alluma une cigarette et réfléchit. Le radium était donc potentiellement bel et bien dangereux, mais il semblait qu'il agisse différemment selon les personnes. Son impact était-il dû à l'action du temps — le mal mettant une durée plus ou moins grande à se déclarer chez certains plutôt que d'autres —, ou à une question d'organisme — certains corps étant capables d'éliminer ses effets nocifs et d'autres, non ? Ce qui était certain, c'est qu'il y avait un vrai danger à le manipuler…

Bruce saisit le *New Yorker*. Cette fois, on y parlait de mesures contre les dérives du radium. Il y était dit que dès la fin 1931, Eben Byer avait alerté l'Agence américaine de la Consommation, affirmant que le Radithor était cause de son prochain trépas. La conséquence avait été rapide : quelques semaines plus tard, l'Agence avait promulgué une ordonnance contre le Radithor. Ceci avait été le début d'une réaction en chaine : dans la foulée, l'Agence américaine du Médicament avait déclaré les préparations pharmaceutiques au radium interdites. Puis l'Association Médicale américaine avait retiré le radium de sa liste des « Remèdes nouveaux et non officiels », où il était resté malgré la découverte des décès des peintres de cadrans du New Jersey.

— Bon sang ! s'exclama Bruce malgré lui.

Cette histoire paraissait complètement dingue ! Il était donc bien avéré et reconnu que le radium était dangereux. Son patron, assoupi les pieds sur son bureau, faillit tomber de sa chaise :

— Oh ! Ça va pas de me donner des émotions comme ça !

— Ralph, écoutez ça ! Eben Byers, le milliardaire… Il est décédé d'un empoisonnement au radium.

Il lui tendit le *New York Times* où était imprimée une photo du cadavre.

— Merde ! Comment il s'y est pris, ce con ? s'étonna le réacteur en chef en repoussant l'image avec une grimace dégoûtée.

— Une cure de Radithor. Un remède radioactif, un genre de mélange d'eau minérale et de radium.

— Ah, la radiothérapie douce. Je vois… Une médecine qui part du principe que les radiations stimulent le métabolisme et agissent sur le système endocrinien. Tu parles ! Une grosse escroquerie surtout ! Ça coûte une fortune ce truc…

Bruce soupçonna son patron d'avoir étudié la question pour lui-même. Il songea qu'à si peu bouger tout en s'empiffrant de saucisson envoyé par son frère agriculteur, Ralph finirait par ne plus pouvoir se lever de son fauteuil. Un remède miracle contre les kilos en trop avait dû le tenter.

— L'inventeur, William Bailey, est un truand, reprit le rédacteur en chef.

AVRIL 1932 — BUREAUX DU OTTAWA DAILY TIMES — OTTAWA...

Il multipliait le prix de revient du Radithor par 500. Il a empoché une belle fortune de cette manière.

— Je vois... Mais Eben Byers avait les moyens de se procurer autant de médicaments qu'il en voulait, alors il en a *abusé légèrement*, continua Bruce avec ironie, tout en parcourant un nouvel article. Écoutez ça : « D'abord enthousiaste sur ses effets, il en offre des caisses à ses relations d'affaires, à ses maîtresses et en fait boire à ses chevaux de course ! »

— La vache ! Le massacre... rigola Ralph. Comme quoi, c'est pas toujours bon d'avoir du fric...

Bruce considéra son patron avec étonnement. Celui-ci s'était jusque-là contenté de hausser les épaules lorsqu'il lui avait fait part de ses doutes concernant la dangerosité du radium. Il lui avait même soutenu récemment qu'avec quatre des Cinq Condamnées à mort du New Jersey encore en vie, la preuve était faite qu'elles avaient manœuvré avec leur avocat pour extorquer de l'argent à leur ancien employeur. En réalité, dans le fond, lui aussi était convaincu qu'il était nocif.

— Le laboratoire Bailey a été sommé de cesser ses activités en décembre dernier, continua Bruce. Depuis, les Associations médicales réclament une législation plus sévère sur la commercialisation de produits contenant des substances radioactives.

Il jeta le journal et se leva en passant nerveusement ses mains dans ses cheveux. Il avait donc fallu qu'un grand de ce monde en meure pour qu'on prenne enfin au sérieux la menace du radium !

— C'est bien la preuve que le radium est dangereux, conclut-il, et que ces filles de Radium Dial ont été contaminées. Tous ces décès bizarres, c'est...

— C'est rien du tout, coupa son supérieur en tapant du plat de la main sur son bureau.

— Mais enfin, il y a ce médecin, le Dr Martland, il a publié plusieurs articles et...

— Fake news ! répliqua Ralph d'un ton tranchant qui lui était tout à fait inhabituel.

Bruce resta sans voix.

— Radium Dial est le plus gros employeur de la région, reprit le rédacteur en chef plus calmement. Au vu de la situation économique actuelle, ce n'est pas le moment de le faire couler. D'ailleurs, il nous coulerait avant ! s'exclama-t-il en massant son visage fatigué. Comment crois-tu que le *Ottawa Daily News* tienne encore debout ? ajouta-t-il d'un ton désabusé. Radium Dial est notre principal annonceur...

Bruce secoua la tête :

— Mais enfin, c'est une hécatombe qui se prépare...

— On n'est pas au courant. On n'est pas scientifiques. Ce n'est pas à nous d'intervenir, martela Ralph en le fixant droit dans les yeux. Et pas la peine de mentionner Eben Byers dans le prochain numéro. Ça n'intéresse pas les gens. Compris ?

Le rédacteur en chef avait le doigt fermement pointé sur lui et un air qu'il ne lui connaissait pas. Bruce soupira et se laissa tomber sur sa chaise. Après un moment d'hésitation, il reprit sa prospection et choisit un magazine californien qui ne parlait surtout pas de radium...

20

OCTOBRE 1933 — OTTAWA (Illinois)

Catherine Wolfe Donohue posa délicatement le petit Tommy dans son landau et remonta la couverture sous son menton. Au vu des tenues des personnes qui passaient dans la rue, il devait faire plutôt doux en cette journée d'octobre. Mais Catherine était toujours frigorifiée. Cette mauvaise évaluation des températures l'inquiétait. Elle ne savait jamais si elle avait trop ou pas assez emmitouflé son bébé. Elle rabattit finalement la capote et commença sa promenade en boitant sous le pâle soleil d'octobre, remerciant intérieurement le landau qui lui servait aussi de soutien.

Catherine avait fini par épouser Tom Donohue en janvier 1932, avec — oh victoire ! — le consentement de sa famille. Le frère de Tom avait même accepté d'être témoin. Le nouveau couple s'était ensuite installé dans la petite maison au bardage blanc de Catherine. Un peu plus d'un an plus tard, en avril 1933, naissait Tommy. La grossesse et l'accouchement avaient laissé Catherine épuisée, et six mois après, elle se remettait à peine.

Arrivée au domicile des Purcell, elle vit Charlotte sortir de chez elle et la rejoindre. La sœur de Charlotte était venue garder ses trois petits et elle en profitait pour respirer. Après la naissance compliquée de Buddy quatre ans auparavant, Charlotte et Al avaient eu une fille, Patricia, puis un petit dernier d'un an et demi désormais. C'était une famille heureuse, mais Charlotte se sentait perpétuellement fatiguée. Récemment, ses douleurs récurrentes à l'épaule s'étaient intensifiées au point qu'elle était comme enrayée. Ce qui la gênait beaucoup pour s'occuper des enfants. Les trois bouts de chou avaient moins de cinq ans et réclamaient toute son attention. Même l'aîné qui, né très prématuré, l'inquiétait toujours.

Les deux femmes prirent la direction du centre-ville. Instinctivement, elles évitèrent de passer devant les locaux de Radium Dial. Catherine ressentait systématiquement un pincement au cœur en pensant à la façon dont elle avait été mise à la porte. Comme une honte pour une faute qu'elle n'avait pas commise…

Les deux amies s'arrêtèrent à l'épicerie pour faire quelques courses. Catherine déposa les siennes dans le landau aux pieds de Tommy et offrit la place qui restait à celles de Charlotte. Celle-ci éclata de rire :

— Le pauvre Tommy va être écrasé sous les pommes de terre ! Ne t'inquiète pas, je les transporterai à la main.

Et elles reprirent leur chemin en sens inverse. Elles discutaient avec animation lorsque tout à coup Charlotte lâcha ses paquets. Catherine se précipita pour empêcher une boite de corned-beef de rouler sur la chaussée. Elle réussit à bloquer la conserve avec son pied et, brusquement, laissa échapper un cri de douleur. Sa hanche n'avait pas apprécié le mouvement. De son côté, Charlotte était restée figée et une expression catastrophée s'étalait sur son visage. Catherine esquissa un petit rire :

— Eh bien, Charlotte, tu as bu ? s'exclama-t-elle.

La jeune femme parvint tout juste à balbutier :

— Je ne sais pas ce qui m'arrive… C'est la troisième fois… d'abord une sensation de coup de couteau dans le coude, et puis… plus rien…

Ce disant, elle tenait son bras gauche avec sa main droite en essayant de le faire bouger.

— Mon bras est comme… mort.

Catherine lui saisit la main gauche. Celle-ci était parfaitement inerte. Elle frotta pour la réchauffer, souffla dessus… et au bout de plusieurs minutes, le membre reprit vie.

— Eh bien ! Tu m'as fait peur, s'exclama Catherine.

— À moi aussi. Les médecins n'ont pas su m'expliquer ce que j'avais.

OCTOBRE 1933 — OTTAWA (ILLINOIS)

Et évidemment, tout fonctionne pendant les consultations, alors ils me prennent un peu pour une folle…!

Elles considérèrent la boite de corned-beef dans le caniveau, les patates répandues sur le trottoir et échangèrent un regard. D'un même mouvement, elles secouèrent la tête et partirent toutes deux dans un fou rire irrépressible. Elles avaient l'air fines dans cette posture ! Tant bien que mal avec ses hanches bloquées, Catherine se baissa pour ramasser les tubercules, tandis que Charlotte récupérait la conserve avec son bras valide.

— Eh bien, les filles, vous voilà drôlement joyeuses ! s'exclama une voix bien connue.

Catherine et Charlotte levèrent la tête. Marie Rossiter se tenait devant elles. Elle leur tendit la dernière patate qu'elle venait d'attraper, avec difficulté, car sa jambe raide la gênait pour accomplir un geste aussi simple que celui de s'accroupir. Chose qui l'horripilait, Marie étant de nature très active.

— En fait, ce n'est pas drôle, expliqua Charlotte lorsqu'elle se fut calmée. Mais ça fait du bien quand même.

— C'est encore ton bras ? demanda Marie.

La jeune femme hocha la tête.

— Non, mais regardez-nous ! s'exclama Marie. On dirait des handicapées !

— Que veux-tu y faire ? répondit Catherine. Les médecins n'y comprennent rien… J'ai interrogé tous ceux de la ville, aucun n'a su me donner un remède.

— Moi, on m'a prescrit des serviettes chaudes sur le bras, renchérit Charlotte. Autant dire que ça n'a eu strictement aucun effet…

Marie bougonna. Depuis la naissance de Bill, elle aussi avait consulté pour sa jambe raide. On lui avait affirmé que c'était certainement dû à une mauvaise posture lors de l'accouchement. Et que, ben oui, c'était comme ça, les femmes ne ressortaient jamais indemnes d'une grossesse !

Marie prit la boite des mains de Charlotte et elles continuèrent leur route, le sac de patates formant une étonnante couverture sur le petit Tommy. Marie les quitta en chemin et Catherine raccompagna Charlotte chez elle. Al était rentré plus tôt, et discutait avec Tom sur le perron de la porte d'entrée. La verrerie Libbey-Owens connaissait des difficultés dues à la crise et les journées se trouvaient parfois raccourcies. Pour les distraire de leurs préoccupations, leurs épouses firent le récit de leur mésaventure. Mais cela ne les fit pas rire du tout.

— Ça ne peut pas continuer comme ça, explosa Al, c'est trop dangereux, et pour toi, et pour les enfants ! Imagine, tu les aurais eus dans les bras ?

Charlotte se laissa tomber sur une marche du perron, les larmes aux yeux subitement.

— Je sais bien, répondit-elle, mais que veux-tu que j'y fasse ?

— Nous devons consulter un spécialiste à Chicago !

— Ça coûte cher… soupira Charlotte. Et puis un spécialiste de quoi ?? Des os, du sang, des muscles… ?

Ils se regardèrent tous les quatre. Charlotte avait raison. Ils ne savaient même pas par quel bout prendre le problème…

21

17 MARS 1934 — HÔTEL MIDWEST — OTTAWA (Illinois)

La semaine précédente, le Dr Charles Loffler s'était rendu à contrecœur à Ottawa. Il avait alors fait tout le trajet depuis Chicago en s'abreuvant de reproches. Il se blâmait d'avoir stupidement accepté la demande de ce Tom Donohue pour venir examiner son épouse au fin fond de l'Illinois. Il s'en voulait de s'être laissé attendrir : non seulement il perdait une demi-journée de travail à son cabinet, mais en plus, il devrait facturer son déplacement à un pauvre homme qui visiblement ne roulait pas sur l'or. Les médecins des petites villes étaient-ils donc si incompétents pour qu'on vienne le chercher jusqu'à Chicago ? Une semaine plus tard, Le Dr Loffler affichait un tout autre état d'esprit.

Arrivé en gare d'Ottawa, il descendit du train et chercha Tom Donohue d'un regard inquiet. Il n'eut pas à patienter longtemps. Celui-ci l'attendait et se précipita à sa rencontre. Il avait reconnu le visage sérieux, mais empreint de bienveillance, et les oreilles décollées du spécialiste qui dissimulait ses cheveux clairsemés sous un chapeau de feutre mou. Évidemment, pensa le médecin, on ne faisait pas venir un médecin réputé de Chicago pour le laisser en plan sur un quai de gare. Et celui-ci songea tristement que l'état de son épouse justifiait qu'il se donne tant de peine. Catherine Donohue souffrait tellement qu'elle avait dû démissionner de l'emploi de bureau qu'elle avait trouvé quelques mois plus tôt. Elle, qui était profondément croyante, ne pouvait plus s'agenouiller à l'église, tant ses hanches étaient douloureuses. Quant à sa mâchoire, elle partait en lambeaux. Elle avait fini par consulter la totalité des médecins et dentistes de la ville. En vain. Ils ne comprenaient pas son état de faiblesse et allaient même, pour certains, jusqu'à prétendre qu'elle affabulait. Catherine se souvenait avoir lu un article sur des peintres de cadrans empoisonnées au radium dans le New Jersey, mais les docteurs lui avaient ri au nez lorsqu'elle avait émis l'idée qu'elle puisse être atteinte d'un mal semblable.

Ne supportant plus de voir son épouse souffrir, Tom avait hypothéqué la maison et s'était payé un aller-retour pour Chicago dans la ferme intention d'en ramener un expert digne de ce nom. Il avait lu que l'intoxication au radium était visible en tout premier lieu dans les analyses de sang, et il lui avait semblé que cette piste était à privilégier. C'est ainsi qu'il avait trouvé le Dr Charles Loffler.

Le Dr Loffler était un médecin réputé et spécialiste du sang, mais il devait bien avouer qu'il connaissait peu de choses concernant le radium. Il avait examiné la jeune femme, écouté attentivement le détail des autres affections dont étaient atteintes ses anciennes collègues... et tout cela l'avait laissé perplexe. Il avait relu ses notes dans le train, mais rien de cohérent ne se dégageait. Il y avait d'abord eu Ella Cruse, puis Peg Looney, décédées de façon foudroyante, puis la petite May Vicini. Sadie Pray avait ensuite rejoint le cortège des maladies bizarres. Une impressionnante bosse noire lui était poussée sur le front puis elle était morte de pneumonie. Dernièrement, une certaine Ruth Thompson était à l'agonie, supposément de la tuberculose. Charlotte Purcell avait toujours mal au bras et une grosseur était apparue sur son coude. Quant à Marie Rossiter, la raideur dans ses jambes l'handicapait de plus en plus.

Le Dr Loffler avait pratiqué une prise de sang sur Catherine Donohue, et lui avait prescrit des sédatifs contre la douleur. Puis, décontenancé, mais souhaitant comprendre ce qui se passait avec cette étrange patiente et ses camarades, il avait promis de revenir la semaine suivante.

17 MARS 1934 — HÔTEL MIDWEST — OTTAWA (ILLINOIS)

Tom guida le médecin hors de la gare.

— J'espère que vous n'y verrez pas d'inconvénient, dit-il, un peu mal à l'aise, mais mon épouse a parlé de vous à ses amies et... elles sont plusieurs à solliciter une consultation. Alors, elles se sont cotisées pour louer une chambre dans un petit hôtel d'Ottawa afin que vous puissiez les examiner au calme. Si cela ne vous ennuie pas... Au moins, vous ne serez pas venu pour rien ! conclut-il avec un sourire timide.

Le Dr Loffler acquiesça. De toute façon, il n'était pas venu pour rien, songea-t-il.

Un quart d'heure plus tard, ils arrivaient à l'hôtel. Le médecin installa ses affaires sur la petite tablette qui faisait office de bureau puis examina à nouveau Catherine. Tom rongeait son frein de connaitre les résultats des analyses de la semaine précédente. En attendant, il ne savait comment se tenir ni où se mettre et faisait crisser nerveusement ses chaussures éculées sur la moquette moutarde vieillissante qu'éclairait à peine la lumière froide et grise de cette triste journée d'hiver. Enfin, le Dr Loffler sortit le bilan des analyses de sang.

— Je n'ai pas de bonnes nouvelles, commença-t-il. Vous avez quelque chose de toxique dans le sang, qui est à l'origine de votre extrême fatigue et sans doute des élancements que vous ressentez dans les os.

— Le radium... souffla Catherine.

— C'est bien possible. Malheureusement, je ne connais pas grand-chose sur le sujet. En attendant, je vais vous donner un traitement contre l'anémie et la douleur. Avec ça, vous devriez vous sentir mieux.

Catherine sourit timidement, trop émue pour ajouter quoi que ce soit. Ce diagnostic — qui n'en était pas vraiment un — confirmait leurs soupçons sans pour autant les valider. Ce fut Tom qui répondit :

— Merci, Docteur. Pensez-vous trouver un remède adapté rapidement ?

— Honnêtement, je n'en sais rien. Le radium me semble effectivement la piste la plus probante, étant donné votre ancien métier. Mais il y a peu d'études sur le sujet, et aucune en Illinois. Il faut que je fasse des recherches...

Il les gratifia d'un sourire, prenant sur lui pour se montrer rassurant. Son instinct lui soufflait cependant que la pauvre femme avançait sur une pente dangereusement irréversible.

— Nous sommes sur la bonne voie alors, dit-elle en serrant tendrement le bras de son mari.

Le Dr Loffler n'osa la contredire. Se perdant dans ses pensées, il songea que sa position était bien étrange. Parce qu'il détenait un titre de spécialiste, ces gens mettaient leur vie entre ses mains avec une confiance aveugle. Et pourtant, lui-même se trouvait totalement dépassé par leur requête.

Pendant l'examen, d'autres malades s'étaient installées pour patienter dans le petit salon un peu miteux de l'hôtel. Tom fit les présentations et le Dr Loffler sentit son cœur se serrer à la vue de ces femmes qui attendaient avec anxiété un verdict, quel qu'il fût, pour enfin comprendre ce qui leur arrivait.

Il fit d'abord entrer Charlotte et son mari. Celle-ci découvrit son bras gauche et le médecin resta estomaqué. Tom Donohue n'avait pas exagéré. Une grosseur de la taille d'une balle de golf déformait hideusement son coude.

— Vous pensez pouvoir faire quelque chose ? demanda Al Purcell.

Charlotte sourit d'une manière qu'elle voulait rassurante, sans parvenir à dissimuler totalement son inquiétude.

— Mon époux s'affole, mais je ne crois pas que ce soit très grave. Je n'ai pas mal. Simplement, par moments, je ne sens plus mon bras.

— C'est grave ! gronda Al.

Charlotte se mordilla les lèvres. Au fond d'elle-même, elle priait pour que le Dr Loffler pose enfin un diagnostic afin qu'Al s'apaise.

— Je ne peux pas vous fournir d'explications tout de suite, répondit le médecin. Je suis juste spécialiste du sang. Cependant, ce que vous avez là ressemble fort à une tumeur ou un sarcome. Je vais vous faire une prise de sang. Cela nous donnera des indications sur votre état, mais vous devriez vous adresser à des experts de la peau ou des os...

— Nous avons déjà consulté une dizaine de docteurs sur Chicago, s'agaça Al, et aucun n'a pu nous renseigner.

— Écoutez, je vais interroger des confrères et je vous tiendrai au courant...

Al était déçu et peinait à le cacher. Pour cette famille aux ressources limitées, c'était encore de l'argent dépensé pour rien. Le Dr Loffler en

17 MARS 1934 — HÔTEL MIDWEST — OTTAWA (ILLINOIS)

avait conscience et se trouvait toujours mal à l'aise avec ces questions-là. Il compatissait, mais il devait gagner sa vie lui aussi. Il promit de faire au mieux et surtout rapidement. La grosseur au bras de Charlotte ne présageait rien de bon.

Il examina ensuite Olive Witt. Ses magnifiques cheveux noirs, son visage doux, son corps lui-même étaient bien ceux d'une femme de trente-six ans. Cependant, elle se mouvait avec les plus grandes difficultés, telle une grand-mère de quatre-vingts ans. Tout comme Helen Munch. En apparence, celle-ci semblait la moins atteinte de toutes. Pourtant, son corps ne lui obéissait plus comme avant, et cela la désespérait.

— J'ai l'impression que ma jambe gauche est creuse, expliqua-t-elle au médecin. On dirait... que l'air circule dedans. Je ne saurais décrire les choses autrement. C'est la sensation la plus étrange et la plus désagréable que je connaisse. Évidemment, je souffre trop pour m'activer autant que je le voudrais.

— Votre époux vous aide ? s'enquit-il.

— Il a divorcé, répondit la jeune femme avec amertume. Il était exaspéré — et même franchement dégoûté — de cohabiter avec une impotente. Et puis... il est persuadé que la maladie m'empêchera d'avoir des enfants. Bien sûr, ce n'est pas pour cette vie-là qu'il avait signé le jour de notre mariage. Ni moi non plus... Moi qui supporte mal l'inactivité, je dois en plus la vivre dans une maison vide...

Mais tout cela n'était rien à côté d'Inez Vallat. Assise dans le coin le plus sombre du petit salon qui sentait la poussière et le tabac froid, le médecin ne l'avait d'abord pas remarquée. Depuis un mois, la jeune femme avait acquis ce réflexe de chercher d'emblée, lorsqu'elle arrivait quelque part, l'endroit le plus obscur où se réfugier. Elle tenait devant son visage un mouchoir pour cacher le pus qui suintait d'une de ses joues. Son mari l'avait accompagnée pour la soutenir, ou plutôt la porter, car elle avait les hanches si bloquées qu'elle se trouvait incapable d'avancer correctement.

À mesure qu'il examinait ces femmes, l'une après l'autre, le Dr Loffler sentait monter en lui l'impression d'avoir ouvert une boite de Pandore. Rapidement, il réalisa qu'elles étaient bien plus nombreuses à souffrir que les quelques-unes venues le consulter. Il découvrait de nouveaux symptômes, des similitudes ou des contradictions selon les cas. Marguerite Glacinski, en particulier, lui en apprit beaucoup. Elle avait travaillé plus longtemps que les autres à Radium Dial et avait vu nombre de camarades malades contraintes de démissionner. Mais elles étaient trop déprimées pour chercher à comprendre et se battre. Le médecin ressentit un pincement au cœur en observant la jolie jeune femme. Malgré un physique avantageux, elle était sans doute désormais trop handicapée par sa claudication pour escompter trouver un mari.

En dépit de ses efforts pour paraître détaché, il sentait l'atmosphère devenir de plus en plus pesante à mesure qu'il examinait les patientes. Catherine et Tom, mais aussi tous les autres, étaient restés attendre dans le petit salon un peu miteux de l'hôtel dans l'espoir d'en apprendre plus sur les causes et les conséquences de leur mal, tout en les redoutant.

L'arrivée soudaine de Marie Rossiter fit l'effet d'une bourrasque rafraîchissante, comme chaque fois que la jeune femme se présentait quelque part.

— Eh bien, Docteur ? demanda-t-elle de but en blanc. Êtes-vous en mesure de nous dire quand nous pourrons à nouveau danser ?

Le médecin ouvrit la bouche, mais son sourire de circonstance resta figé sur son visage. Il venait de découvrir les jambes de Marie. Elles étaient très gonflées, avec d'étranges taches foncées tout du long. Elle éclata de rire :

— Ah ça, Docteur, je parie que vous n'en avez pas examiné beaucoup des comme ça !

— Certes, dit-il d'un air plus sombre qu'il n'aurait voulu. Et soyez toutes persuadées que je prends les choses très au sérieux.

Un soupir de soulagement lui répondit. Les jeunes femmes, qui avaient l'habitude de se voir rire au nez par les médecins d'Ottawa au point de culpabiliser de leurs propres souffrances, avaient enfin trouvé une oreille attentive. Tom sourit. Pour cet homme discret à l'initiative de cette rencontre, c'était une grande victoire.

22

AVRIL 1934 – COOK COUNTY HOSPITAL - CHICAGO (Illinois)

Lorsque Charlotte se réveilla, la douleur à son coude gauche lui arracha un gémissement. Elle avait la bouche sèche et se sentait comme dans du coton. Une envie de vomir lui retourna l'estomac. Quelques paroles lointaines lui parvinrent :

— Tout va bien, monsieur, disait une voix calme. L'opération s'est bien passée.

Elle entrouvrit les yeux, mais le blanc aveuglant de la pièce l'éblouit. Elle avait froid. Elle avait mal. Surtout, elle avait peur... Que faisait-elle là ? Elle s'efforça de respirer lentement pour ne pas hurler de terreur et essaya de recoller les morceaux de sa mémoire éclatée. Son bras... les médecins... Oui, le Dr Loffler, qu'elle avait consulté à Ottawa malgré une note d'honoraires mirobolante... Mais son cas restait pour lui une énigme. Alors... alors Al avait décidé qu'il n'était plus possible d'attendre que le spécialiste ait posé un diagnostic. D'autant que la grosseur avait encore augmenté de volume, et ce, avec une rapidité déconcertante... Ces derniers temps, elle souffrait le martyre, surtout la nuit, dans ces moments de silence nocturne propices aux angoisses et aux interrogations. Alors, Al l'avait emmenée à Chicago chez un expert recommandé par le Dr Loffler, le Dr Davison, qui exerçait au

Cook County Hospital. Dans son délire, Charlotte sentit un frisson glacial lui traverser l'échine, exactement le même qu'à l'instant où le médecin, embarrassé, avait ôté ses lunettes pour se masser les yeux avant de déclarer :

— Nous avons deux possibilités, mais en réalité, si vous voulez vivre, vous n'avez pas le choix...

— Quelles possibilités ? avait murmuré Charlotte d'une voix blanche.

— Soit nous tentons des crèmes, mais franchement je n'y crois guère...

— ... Soit ?

— Il faut sacrifier votre bras. Pour que le mal ne se propage pas. À vrai dire, la seule solution, c'est l'amputation.

Un silence de mort s'était abattu dans la pièce. Même dans leurs pires suppositions, ni Charlotte ni Al n'avaient imaginé en venir à une telle extrémité.

— Nous... nous allons réfléchir, avait balbutié Charlotte.

Mais le Dr Davison avait secoué la tête :

— Réfléchissez vite. Je crois qu'il y a urgence. S'il ne tenait qu'à moi, je ne vous laisserais pas repartir !

Charlotte et Al avaient échangé un long regard. Charlotte était forte. Jusque-là, elle avait tout supporté sans se plaindre, toujours plus préoccupée de la santé des autres que de la sienne. Le verdict lui tombait dessus comme un implacable couperet. Trop abasourdie pour ressentir une quelconque tristesse, ce furent les larmes dans les yeux de Al qui lui firent réaliser la situation. Une immense appréhension s'était alors emparée d'elle. Si elle analysait bien ce que le médecin venait de dire, elle portait la mort dans son bras. Il fallait trancher dans le vif pour ne pas finir rongée tout entière. Enfin, elle avait hoché la tête. Tout plutôt que de vivre avec la peur au ventre, tout plutôt que sentir l'enfer s'étendre à son corps en intégralité. Le lendemain, elle passerait sur la table d'opération.

Sous le choc, Charlotte et Al avaient ensuite erré au hasard des rues de Chicago jusqu'à se retrouver aux abords du site désert de l'Exposition Universelle, sur les rives du lac Michigan. La fameuse exhibition « A Century of Progress » de 1933 était destinée à célébrer les cent ans de la Windy City tout en redorant son blason. La ville, capitale du crime organisé et

AVRIL 1934 - COOK COUNTY HOSPITAL - CHICAGO (ILLINOIS)

centre névralgique de l'empire mafieux d'Al Capone, souffrait d'une image sulfureuse depuis les années 20. Malgré le contexte de la Grande Dépression et ses 25 % d'Américains au chômage, l'exposition avait non seulement été maintenue, mais elle avait remporté un tel succès qu'elle rouvrirait pour quelques mois en juin prochain.

Charlotte et Al avaient pu en avoir un aperçu dans la presse, notamment le Skyride, ce fameux funiculaire qui survolait la cité et permettait d'admirer l'architecture longiligne des buildings, particulièrement novatrice. Al rêvait de visiter la partie consacrée aux voitures d'exception, comme la limousine V-16 de Cadillac, la voiture-concept à propulsion Lincoln ou la Silver-Arrow, et plus encore la ligne d'assemblage de 120 mètres reconstituée par la General Motors, qui produisait une trentaine de véhicules par jour sous les yeux du public. De son côté, Charlotte était fascinée par le Graf Zeppelin qui avait effectué en deux heures le tour du lac Michigan, avec la Croix gammée du Parti National-Socialiste sur le flanc, en manière de propagande pour le nouveau régime allemand.

La tête vide, le couple avait contemplé sans les voir les bâtiments colorés qui ponctuaient l'exposition. Alors que le soleil se couchait sur ces merveilles de technologies, ils avaient été frappés de leur propre impuissance. Al avait serré son épouse dans ses bras et enfoui son visage dans son cou pour dissimuler les larmes de colère qui mouillaient ses paupières. Sous ses lèvres, la peau délicate de Charlotte pulsait d'une énergie fragile. Tandis que les derniers rayons irradiaient les eaux du lac Michigan d'une lueur verdâtre, Al s'était demandé jusqu'où le radium avait étendu son pouvoir à l'intérieur du corps de sa femme…

Charlotte rouvrit les yeux et cligna pour s'habituer à la lumière crue. Tout était flou. Le bourdonnement des voix continuait de manière presque inaudible à l'autre bout de la pièce. Cette douleur dans le bras gauche était véritablement insupportable… Soudain, elle sursauta : il ne pouvait pas y avoir de douleur dans le bras gauche. Il n'y avait plus de bras gauche. Elle redressa la tête et contempla le drap. Celui-ci était parfaitement plat. Elle s'affola. Était-elle en train de devenir folle ? Presque aussitôt, elle sentit la poigne rassurante d'Al lui saisir la main droite.

— J'ai mal, balbutia-t-elle. Pourquoi j'ai mal ?... Il n'y a plus rien... Je ne comprends pas...

— Calmez-vous, dit le Dr Davison en posant sa paume sur son front. C'est une douleur fantôme. Vous la ressentirez un petit moment. Votre cerveau vous joue des tours. Ne vous inquiétez pas, c'est tout à fait normal.

Une pensée fulgurante lui traversa l'esprit et la fit paniquer plus encore.

— Mon alliance ! J'ai oublié d'enlever mon alliance...

— Je l'ai, répondit Al d'une voix qu'il s'efforçait de rendre calme, mais que Charlotte sentait trembler.

D'une pression sur sa paume et la sensation qu'on faisait glisser un anneau sur son doigt, elle comprit que Al lui mettait son alliance à la main droite, tel un nouveau mariage. Elle eut envie de pleurer, mais presque aussitôt, une odeur lui agressa les narines. Elle l'identifia comme étant celle du chloroforme et se sentit sombrer à nouveau. Mais elle voulait entendre, elle avait besoin de savoir...

— ... Avec votre autorisation, avait repris le Dr Davison, nous souhaiterions garder le membre amputé pour le conserver dans du formaldéhyde, saisit-elle de la conversation qui s'éloignait. Aucun de mes confrères n'avait jamais vu cela. Une grosseur de cette taille, c'est vraiment très étrange...

Son bras, ils voulaient garder son bras... Charlotte eut un rictus intérieur. La fascination des médecins pour ce qui répugnait le commun des mortels l'amusait toujours. Al posa une question qu'elle ne comprit pas. Il parlait bas et Charlotte ne s'en étonna pas. Al était un gars solide, mais les institutions l'intimidaient. Par chance, le Dr Davison possédait une voix forte et elle put entendre la réponse.

— Non, pas de prothèse envisageable, disait-il. Nous avons coupé au ras de l'épaule, il n'y a pas de quoi raccrocher quelque chose. Il va falloir que votre épouse apprenne à se débrouiller avec un seul bras...

Charlotte sentit les larmes lui monter aux yeux et eut tout à coup l'impression de sombrer dans la brume. Elle était lasse. Elle ne voulait plus penser, elle voulait oublier cette douleur imaginaire qui persistait dans sa tête. Les dernières paroles qu'elle entendit ne furent guère plus réconfortantes :

— Vous avez de la chance qu'elle soit encore là... Espérons que ce soit

AVRIL 1934 – COOK COUNTY HOSPITAL - CHICAGO (ILLINOIS)

suffisant…

23

AVRIL 1934 — SIÈGE DE RADIUM DIAL — CHICAGO (Illinois)

Rufus Fordyce décrocha le téléphone sur son bureau et aussitôt, son instinct l'avertit que ce qu'il appréhendait depuis des années était en train d'arriver.

— Dr Loffler, se présenta son interlocuteur. Je me permets de vous appeler parce que j'ai examiné plusieurs de vos anciennes ouvrières et les résultats de leurs prises de sang sont éloquents. Je viens également de recevoir le compte-rendu de l'analyse de la mâchoire de Catherine Donohue et le verdict est sans appel. Elle a été intoxiquée au radium. Même chose pour Marie Rossiter, Inez Vallat, Helen Munch, les sœurs Glacinski, Olive Witt...

Fordyce resta silencieux tandis que le médecin continuait son énumération. Il savait tout cela, il était en possession des tests de radioactivité réalisés sur plusieurs panels d'ouvrières depuis 1925. Déjà à l'époque, il avait noté 34 cas suspects sur 67, soit plus de la moitié des filles examinées. Il avait même établi, à la demande de Joseph Kelly, une liste secrète classant les peintres selon leur rang de radioactivité. En tête arrivaient Peg Looney, May Vicini et Marie Rossiter. Les deux premières étaient décédées, la troisième venait d'être citée. Quant à Catherine Donohue, la firme avait préféré ne plus la tester tant son intoxication était évidente.

AVRIL 1934 — SIÈGE DE RADIUM DIAL — CHICAGO (ILLINOIS)

— Je m'adresse directement à vous, reprit le médecin, car Mr Donohue et Mr Purcell, dont l'épouse s'est fait amputer du bras, n'ont reçu aucune attention de la part du surintendant de l'atelier d'Ottawa. Mr Reed refuse de reconnaitre la moindre responsabilité de Radium Dial.

Fordyce se mordilla la lèvre inférieure et aspira un grand coup. Sa réponse était prête depuis des années :

— En effet. Nous avons eu vent à plusieurs reprises de soupçons contre la peinture au radium, mais je puis vous assurer qu'aucun symptôme n'a jamais été constaté chez aucune de nos ouvrières. D'ailleurs, je peux vous fournir pour preuve le rapport d'autopsie de Peg Looney. Il conclut à un décès pour cause de diphtérie.

Il sentit son interlocuteur se raidir au bout du fil.

— Écoutez, reprit le Dr Loffler, ce ne sont pas les premiers cas d'empoisonnement au radium. L'affaire du New Jersey a révélé...

— Le procès a totalement blanchi US Radium !

— Monsieur Fordyce, nous savons très bien tous les deux ce qu'il en est de la justice. Les choses se sont réglées à coup de billets verts. Mais dans les faits...

— Les faits ont déclaré US Radium non coupable.

Le Dr Loffler marqua une pause au bout du fil et Fordyce sourit imperceptiblement. La loi passait au-dessus des faits. Le verdict sur US Radium le protégeait. Il saisit un stylo qui trainait sur le cuir vert estampé qui couvrait son bureau de bois verni et le fit tourner entre ses doigts. Malgré tout, il était nerveux. Cette situation représentait un des aléas inévitables à un poste de son niveau, mais il n'aimait pas cela. Il avait beau généralement parvenir assez facilement à dissocier son travail et sa moralité, il ne se sentait pas particulièrement à l'aise. Tout ce qu'il souhaitait, c'était terminer rapidement cette conversation. Mais le médecin ne semblait pas vouloir lâcher l'affaire.

— Le cas d'Eben Byers, il y a deux ans... reprit Loffler.

— Écoutez, docteur, coupa Fordyce en saisissant une feuille blanche sur laquelle il se mit à griffonner fébrilement, s'il fallait prendre au sérieux toutes les lubies de milliardaires, le monde tournerait à l'envers ! Mr Byers n'avait aucune mesure. Il a avalé des milliers de flacons de Radithor. N'importe qui serait décédé d'une telle surdose. Rien à voir avec nos peintres !

Le vice-président de Radium Dial sentit son interlocuteur faiblir. Celui-ci fit pourtant une dernière tentative :

— Ces femmes souffrent beaucoup, vous savez. Elles ne peuvent pas se payer de soins appropriés, surtout dans la conjoncture actuelle...

— La conjoncture actuelle est la même pour tout le monde, mon cher monsieur. Tout comme elles, nous en subissons les conséquences !

— Monsieur Fordyce, vous ne me ferez pas croire que Radium Dial se porte mal !

Le Vice-Président poussa un soupir agacé. La ténacité du médecin commençait à lui taper sur les nerfs. Dans un geste qui lui échappa, il écrasa la plume du stylo contre la feuille. Il étouffa un juron en constatant que le métal était tordu et avait, en outre, percé le papier et noirci le cuir vert. Irrécupérable...

— Docteur Loffler, inutile d'insister, répondit-il d'un ton cassant. En l'absence de preuve, Radium Dial ne peut rien faire pour vos patientes. D'autre part, les noms que vous me citez, hormis Marguerite Glacinski, sont tous ceux de très anciennes employées qui ont quitté l'atelier depuis des années. Nous n'avons plus rien à voir avec elles. Maintenant, si vous voulez bien m'excuser, j'ai à faire.

Et il raccrocha vivement.

À l'autre bout du fil, le Dr Loffler resta la main suspendue en l'air quelques secondes avant de reposer lentement le combiné. Il avait promis aux Donohue et aux Purcell qu'il appellerait Radium Dial. Il ne doutait pas alors du succès de sa démarche. Or c'était un échec complet. Avec son aura de médecin, il avait cru pouvoir fléchir facilement les instances dirigeantes. Mais les hautes sphères de la hiérarchie n'étaient pas plus compréhensives que Mr Reed qui, de son côté, avait toujours refusé de donner les résultats des examens médicaux aux employées qui les réclamaient.

Le Dr Loffler s'adossa pensivement à son fauteuil et étira nerveusement ses jambes. Comment toutes ces femmes allaient-elles faire pour se soigner ? Les médecins d'Ottawa étaient visiblement incapables de leur prescrire le moindre traitement — d'ailleurs le voulaient-ils vraiment ? — et lui-même devait facturer son déplacement en sus de ses honoraires de spécialiste. Une fortune pour ces gens modestes. Cela ne pourrait pas durer bien longtemps...

Il avait encore une piste pour les aider. Il saisit un papier à en-tête et commença à rédiger un courrier à l'attention des Donohue, qui se chargeraient de le communiquer aux autres familles :

Mesdames, messieurs,

Mes démarches auprès de la direction de Radium Dial n'ont pas abouti. Néanmoins, je sais votre détermination à faire payer la compagnie afin de subvenir aux besoins que réclame votre maladie. Je vous transmets donc le contact d'un de mes amis, Jay Cook. Il est juriste pour un avocat réputé de Chicago et a travaillé auparavant pour la Commission Industrielle de l'Illinois. Il s'occupait plus particulièrement des cas d'indemnisation industrielle. Je lui ai déjà parlé de vous, et il m'a affirmé être prêt à vous aider, dans la mesure de ses moyens, à tenter une action contre votre ancien employeur...

Il termina par les formules d'usage et ajouta le nom et l'adresse de son ami, en croisant les doigts pour que celui-ci se montre réactif.

24

MAI 1934 — ATELIER DE RADIUM DIAL — OTTAWA (Illinois)

Catherine lissa machinalement ses cheveux noirs et ajusta sa petite robe sombre à pois blancs. Son cœur battait à tout rompre. Elle détestait les confrontations. Elle avait l'impression de s'abaisser elle-même lorsqu'elle entrait en conflit avec quelqu'un et faisait tout pour les éviter. Généralement, elle parvenait à les résoudre avec un peu de bon sens. Malheureusement, son intuition lui soufflait que ce ne serait pas le cas cette fois-ci. Mais elle n'avait pas le choix. Elle ne pouvait plus travailler, la maison était hypothéquée, et la paie de Tom bien insuffisante pour payer les médecins qu'elle devait consulter.

Charlotte se trouvait dans une situation encore plus critique. Malgré son courage et la rapidité avec laquelle elle avait réappris à vivre avec un seul bras, les Purcell avaient trois bouches à nourrir et le salaire d'Al n'y parvenait plus. Charlotte profitait de l'aide de sa nombreuse famille, mais eux-mêmes ne roulaient pas sur l'or. Alors, en dépit de leur caractère discret qui ne les prédisposait pas du tout au combat, les deux femmes avaient pris les rênes de la lutte pour obtenir une compensation.

Jay Cook, que le Dr Loffler leur avait recommandé, les conseillait à distance. Il se montrait confiant. Les lois de l'Illinois sur les dangers industriels étaient progressistes et l'acte pionnier de 1911 imposait depuis longtemps de protéger les employés. En effet, dans cet État, dès le premier diagnostic de maladie professionnelle posé, les salariés devaient en informer leur patron. Cette démarche conduisait légalement la compagnie à fournir des soins médicaux et un dédommagement. Pour corroborer tout cela, Catherine et Charlotte avaient appris que Maggie Robinson, une ancienne peintre de cadran comme elles, mais qu'elles connaissaient mal, avait reçu une petite indemnisation après l'amputation de son bras, elle aussi. Pas beaucoup, quelque chose de l'ordre de 1 500 $, mais c'était toujours bon à prendre quand on était aux abois.

Suivant les conseils de Jay Cook et aidées par leurs maris, Catherine et Charlotte avaient rédigé une lettre en leurs noms à toutes. Toutes celles qui voulaient se battre pour obtenir un dédommagement. Elles n'étaient pas si nombreuses : les Glacinski, Helen Munch, Marie Rossiter, Inez Vallat et Olive Witt. Mais Catherine et Charlotte avaient espoir que d'autres les rejoignent par la suite. Selon la procédure recommandée par Jay Cook, elles avaient donc envoyé le courrier le 1er mai, puis Al avait appelé Mr Reed au téléphone et Catherine lui avait lu la lettre. Dans la foulée, Tom avait posté la copie. Ils n'avaient plus qu'à attendre la réponse... qui n'était pas venue. Une semaine plus tard, il était temps de confronter Mr Reed, les yeux dans les yeux.

Lorsque Charlotte frappa à la porte de sa maison, Catherine soupira un grand coup pour évacuer la tension et sortit rejoindre son amie. Charlotte n'en menait pas large non plus. Les deux jeunes femmes étaient persuadées de leur bon droit, mais ce genre de démarches les terrorisaient. Par un de ces complexes tenaces, elles avaient toujours le réflexe, entretenu par l'éducation, qu'elles valaient moins que les autres, en particulier les puissants. Surtout si ceux-ci étaient des hommes. Mais c'était à elles de mener la réclamation, et elles le feraient.

Le chemin jusqu'à l'atelier fut un long mémorial pour Catherine qui l'avait systématiquement évité depuis son licenciement. Elle avait le pas pesant et les hanches particulièrement douloureuses, comme si tout son corps se refusait à retourner là-bas. La souffrance dans ses membres malades était d'autant plus grande qu'elle avait dû cesser le traitement du Dr Loffler. Car contre toute attente, Catherine était enceinte. Le médecin lui avait conseillé d'interrompre sa grossesse, mais Catherine avait refusé tout net. Fervente catholique, elle ne s'était pas posé la question bien longtemps, en dépit des risques pour sa santé. Sans injections pour l'anémie ni sédatifs contre la douleur, elle s'affaiblissait de jour en jour. Mais la joie d'être à nouveau mère prochainement lui donnait la force de tout supporter.

Les deux femmes poussèrent la double porte d'entrée. Tout était calme, à peine si on entendait quelques chuchotements à l'étage. À cette heure-ci, les peintres étaient concentrées sur leur tâche. Les deux amies se dirigèrent vers les bureaux administratifs, passèrent l'infirmerie, où Catherine s'était retrouvée plusieurs fois, et parvinrent devant le bureau de Mr Reed. C'est à ce moment-là que Mercedes Reed traversa dans le couloir. L'instructrice eut un haut-le-cœur en les voyant. Ses sourcils se froncèrent, son visage se pinça, et elle leur lança un regard noir avant de s'éloigner sans un mot, pas même une réponse aux salutations des deux jeunes femmes. Celles-ci échangèrent un coup d'œil. Voilà qui ne présageait rien de bon. Mais c'était au moins le signe que leur lettre avait trouvé leur destinataire...

Catherine frappa timidement à la porte de Mr Reed, puis se reprit et toqua à nouveau d'une main plus ferme. « Entrez ! » s'exclama une voix bourrue. Les deux femmes, le cœur battant, pénétrèrent dans la petite pièce où Rufus Reed les accueillit avec son sourire habituel, comme si les années n'étaient pas passées et qu'elles travaillaient encore à l'atelier.

— Bonjour, mesdames, commença-t-il, les laissant amorcer le dialogue, sans pour autant les inviter à s'asseoir.

Un silence de quelques secondes plana dans l'air.

— Mr Reed, avez-vous reçu notre lettre ? demanda Catherine en haussant la voix.

— Tout à fait.

— Et...?

— Et...? reprit Mr Reed.

— Eh bien, nous attendons une réponse, expliqua Catherine le plus calmement possible. Étant donné que nos maladies sont dues à notre travail

MAI 1934 — ATELIER DE RADIUM DIAL — OTTAWA (ILLINOIS)

à Radium Dial, il est logique que Radium Dial règle nos frais médicaux et nous accorde une compensation.

Rufus Reed resta silencieux. Ne supportant pas la tension qui s'installait, Charlotte renchérit :

— Nous ne demandons pas des sommes extravagantes, simplement nous souhaiterions que la loi soit appliquée.

Mr Reed croisa les mains sous son menton et garda le regard rivé sur son bureau, faisant monter imperceptiblement la pression. Mais les deux femmes n'ajoutèrent rien, refusant de rentrer dans le petit jeu des récriminations dans lequel le surintendant semblait vouloir les entrainer. Enfin, il ôta ses lunettes et entreprit de les essuyer avec sa cravate. Puis, il leva ses yeux myopes sur les deux amies pour répondre sans véritablement les voir :

— Je suis désolé, mais je ne crois pas qu'il y ait de quelconques problèmes de santé avec vous.

Les deux femmes restèrent estomaquées. Puis Catherine reprit :

— Voyons, nous vous avons transmis nos analyses de sang. Charlotte a été amputée et...

— Je ne nie pas vos affections, répondit le surintendant. Mais elles n'ont aucun rapport avec Radium Dial. Catherine, vous boitez depuis si longtemps...

— Je ne boitais pas quand j'ai commencé à travailler pour vous !

— La maladie se trouvait déjà en vous, c'est une évidence.

Il marqua une pause pendant laquelle il remit lentement ses lunettes.

— Catherine, reprit-il en la fixant, vous êtes orpheline. De quoi sont décédés vos parents ?

— De problèmes pulmonaires pour mon père... balbutia-t-elle. Ma mère, je ne sais pas, j'étais trop petite.

— Vous voyez, la faiblesse de votre constitution est congénitale, conclut le surintendant avec une bienveillance paternelle qui écœura Catherine.

La jeune femme sentit les larmes lui monter aux yeux. Elle ne s'attendait pas à une telle manœuvre. Qu'on s'en prenne à ses parents, qu'elle avait à peine connus, la révoltait. Elle eut envie de hurler de rage. Elle se mordit la lèvre si violemment qu'un goût de sang se répandit dans sa bouche. Son cœur commença à battre dans ses oreilles. En dépit de ses efforts, elle n'arrivait plus à aligner deux idées. L'assurance de Mr Reed lui mettait le doute malgré sa détermination. Mais Charlotte avait encore de la ressource.

— Pas moi, Mr Reed. Mes parents n'ont jamais présenté le moindre souci de santé.

Le surintendant soupira et son regard condescendant les frappa de plein fouet :

— Charlotte, rappelez-moi, vous êtes la sixième enfant, n'est-ce pas ?

La jeune femme hocha la tête, se demandant où il voulait en venir. Mais il avait déjà repris :

— Ne dit-on pas qu'une fratrie s'affaiblit à mesure des naissances ? Je ne prétends pas que votre mère était une nature fragile, mais au bout de cinq grossesses, elle devait être épuisée. D'autant que vous n'êtes pas issue d'un milieu privilégié, vous n'avez sans doute pas reçu la nutrition dont vous aviez besoin. Je suis désolé, mais il est indéniable que vous avez pâti d'arriver en dernier.

Les jeunes femmes avaient rougi sous l'humiliation.

— Mr Reed, balbutia Charlotte, je ne vous permets pas d'insulter nos familles…

— Mesdames, continua Mr Reed, poursuivant sur le même ton protecteur, ne le prenez pas mal, mais il y a des choses sur lesquelles vous devez ouvrir les yeux. Dans ces conditions, vous comprenez bien que Radium Dial ne peut rien pour vous.

— Nous sommes plusieurs à vouloir faire reconnaitre nos droits…, objecta Catherine d'une voix qu'elle ne parvenait pas à rendre assurée.

Le surintendant eut un petit rire condescendant :

— Aucun avocat n'acceptera de vous défendre… parce que vos revendications sont indéfendables. Je vous conseille d'abandonner ces idées farfelues. Vous perdez votre temps, et votre argent !

Il se leva pour leur signifier que l'entretien était terminé. Charlotte voulut protester, mais il la coupa avant même qu'elle ait pu prononcer une parole :

— Excusez-moi, mesdames, dit-il avec le sourire rempli de bonhommie

MAI 1934 — ATELIER DE RADIUM DIAL — OTTAWA (ILLINOIS)

auquel il les avait habituées, mais j'ai beaucoup à faire. Je suis désolé de ne pas pouvoir vous aider.

Il ouvrit la porte et les incita à sortir.

— Je vous souhaite un bon rétablissement, conclut-il.

25

OCTOBRE 1937 — CHEZ LEONARD GROSSMAN — CHICAGO (ILLINOIS)

Leonard Grossman sonna joyeusement à la porte de l'appartement avant d'entrer. C'était un code pour signifier qu'il arrivait. Aussitôt, un petit bonhomme s'avança en gazouillant. Leonard laissa tomber sa mallette et le saisit au vol pour le faire tournoyer au-dessus de sa tête. Len éclata de rire. Trudel les rejoignit en ôtant son tablier et les serra tous deux dans ses bras.

— Tu es rentré tôt, constata-t-elle avec un grand sourire.
— Tu me l'avais demandé, je l'ai fait, répondit-il avec un clin d'œil.
Trudel s'esclaffa et ne put s'empêcher de le taquiner :
— Pour une fois !
— Je pose mes affaires et j'arrive...
Trudel l'embrassa et emmena Len dans la cuisine pour lui donner son repas du soir tandis que Leonard se dirigeait vers la salle à manger et déposait sa mallette sur la table. Il était rentré tôt pour faire plaisir à Trudel, mais il était tout de même bien débordé. Alors il avait ramené du travail à la maison. Il jeta un œil vers la cuisine, et Trudel lui sembla occupée. Il flottait dans l'air une appétissante odeur de nourriture et la radio diffusait les informations en crachotant. Se faisant le plus discret possible, il sortit un dossier de

OCTOBRE 1937 — CHEZ LEONARD GROSSMAN — CHICAGO (ILLINOIS)

sa sacoche, celui des Radium Girls d'Ottawa. S'il pouvait avancer un peu maintenant, ce serait toujours ça de gagné sur sa nuit...

Carol lui avait préparé les documents concernant Maggie Robinson, disparue en mai 1934. Après son amputation, elle avait finalement touché une petite indemnité de la part de Radium Dial. Mais elle était morte si peu de temps après qu'elle n'en avait jamais profité. Sur le certificat de décès, il n'était question ni de radium, ni d'une quelconque maladie industrielle. Leonard saisit un autre papier. C'étaient les résultats d'analyses d'un bout d'os de la jeune femme, envoyé par ses parents dans un laboratoire spécialisé à New York. Le compte-rendu était sans appel. L'os présentait un taux anormalement élevé de radioactivité.

Leonard reposa les feuillets et étendit ses jambes. Ce papier était fondamental. Il faisait de Maggie Robinson le premier cas officiel de décès pour cause d'empoisonnement au radium. De ce que Catherine et ses camarades lui avaient affirmé, les médecins d'Ottawa n'en avaient eu cure. Il les imagina tels que les plaignantes les lui avaient décrits : de petits coqs de basse-cour qui poussaient les hauts cris lorsqu'on leur parlait des dangers du radium. Se donnant des allures d'experts, ils raillaient les analyses des spécialistes et les diagnostics du Dr Loffler, prenant de haut « ces messieurs de Chicago ou New York » et leurs « conclusions intempestives ».

Plus aucun bruit ne lui parvenait hormis quelques gazouillis de Len. Leonard referma son dossier et se leva. Dans la cuisine, Trudel avait éteint la radio et se tenait penchée sur sa planche à découper, les épaules secouées de spasmes. Honteux, Leonard s'approcha et la serra dans ses bras.

— Je suis désolé, je... je voulais vérifier quelque chose dans mes documents et...

— Oh, ce n'est pas ça, murmura Trudel en essuyant une larme. C'est... ce sont les oignons.

Leonard perçut au picotement de ses muqueuses que son épouse était effectivement en train de couper des oignons. Il la fit pivoter face à lui. La tristesse qui baignait son regard n'avait rien à voir avec la cuisine.

— Que se passe-t-il ?

— Rien... Je n'aurais pas dû écouter les informations. On parle de nouvelles répressions contre les juifs en Allemagne...

Leonard la serra un peu plus fort entre ses bras. La montée du nazisme et le régime autoritaire d'Hitler ne manquaient pas d'inquiéter son épouse. Dès 1934, elle avait d'instinct compris qu'il n'y avait aucun avenir pour les juifs en Allemagne et, seule, à vingt-et-un ans, elle s'était embarquée pour l'Amérique. Mais ses parents et ses deux sœurs aînées étaient restés au pays. Ils s'écrivaient beaucoup, mais les nouvelles d'Allemagne n'étaient jamais bonnes. Sa mère était décédée quelques mois plus tôt, et son père avait perdu son emploi à la Bourse, poste qu'il avait pourtant tenu pendant cinquante-trois ans. Rien d'étonnant à cela puisqu'en janvier, Hitler avait proclamé la tutelle sans limites du Reich sur les transports et la banque. La discrimination anti-juive s'exerçait désormais dans presque tous les secteurs. Et lorsque l'État ne s'en mêlait pas, la population s'en chargeait à sa place. Les lois raciales rendaient la vie impossible à tous les israélites, y compris ceux qui ne pratiquaient plus leur religion depuis longtemps.

L'étau se resserrait donc autour de la communauté juive et Trudel désespérait de parvenir à convaincre sa famille de quitter l'Allemagne avant qu'un drame ne survienne. En mars, deux mille personnes avaient été expulsées, accusées d'actes criminels ou de soi-disant offenses à la morale publique. En avril, Hitler avait affirmé son soutien à la dictature de Franco et perpétrant le massacre de Guernica. Une bonne occasion pour faire la démonstration de la force de frappe allemande. Et puis en juillet, les nazis avaient brûlé quantité de toiles d'« art dégénéré ». Tous ces faits semblaient trop lointains à Leonard pour qu'il se sente véritablement concerné. Mais ils ne manquaient pas d'inquiéter Trudel qui y voyait une menace de plus en plus grande sur la liberté en général, et sa communauté en particulier.

— Tout cela est tellement injuste ! explosa Trudel. Les nazis agissent en toute impunité, c'est insupportable. Et encore, ce qui nous parvient est, à mon avis, bien peu de choses par rapport à ce qu'il doit réellement se passer. Et je ne peux rien faire...

Leonard avait ouvert la bouche pour parler, mais les mots moururent dans sa gorge. « Impunité ». C'était le terme qu'il cherchait. Par une de ces étranges associations d'idées, il venait de comprendre le comportement des industriels du radium, la conviction sur laquelle ils fondaient tous leurs agissements. Dans le New Jersey, comme dans l'Illinois ou ailleurs, ils se sentaient en totale impunité pour conduire leurs affaires, sans souci du danger pour leurs employés. En ce sens, l'arrangement accepté par Raymond Berry lors du procès des Cinq Condamnées à mort avait été catastrophique. Il n'avait fait que renforcer ce sentiment d'irresponsabilité des grands patrons du radium. Les nazis procédaient par la violence, les industriels de manière beaucoup plus insidieuse, par l'argent, l'influence et la manipulation de la loi. Dans les deux cas, pour bien des victimes et des témoins, la survie semblait passer par la résignation.

Leonard caressa doucement la nuque de son épouse. Pour l'Allemagne et sa belle-famille, il était totalement impuissant, mais pour son pays et les martyres du radium, il avait les cartes en main...

Soudain, un bruit métallique les fit sursauter. Len avait fait tomber son assiette de purée de la tablette de sa chaise haute. Barbouillé de carottes, il les regarda droit dans les yeux et se mit à souffler en faisant vibrer ses lèvres dans un bourdonnement humide, répandant un peu plus la nourriture sur son bavoir. Tel un ministre de pacotille agitant sa cuillère à moitié pleine de purée au-dessus de sa tête, il semblait vouloir intimider son petit monde et faire la loi. Brusquement tirés de leurs sombres pensées, ses parents éclatèrent de rire à la vue de son irrésistible bouille, prenant soin de cacher leur hilarité dans le cou l'un de l'autre. Enfin, Trudel lui essuya le bec et le délogea de sa chaise haute.

— Ce ne sont pas des manières, petit tyran, dit Leonard en lui faisant les gros yeux d'un air aussi sérieux qu'il le pouvait. Et maintenant, au lit !

Il soupira tandis que Trudel s'éloignait avec Len. De son côté, il avait du travail pour une bonne partie de la nuit...

26

OCTOBRE 1934 — SIÈGE DE RADIUM DIAL — CHICAGO (Illinois)

En entrant dans la salle de réunion où avait lieu le conseil d'administration de la Radium Dial Company, Joseph A. Kelly sentit tout de suite que les choses étaient mal engagées pour lui. Rufus Fordyce sur les talons, il salua les différents membres. Leur poignée de main lui sembla froide et il se surprit à regretter le temps où les frères Flannery dirigeaient la maison-mère. Ils avaient alors les meilleures attentions pour Joseph Kelly dont ils étaient respectivement le beau-père et l'oncle par alliance.

À son tour, il prit place à la grande table d'un air qu'il voulait nonchalant, tandis que les conversations se taisaient autour de lui. Depuis que les rumeurs sur la dangerosité du radium avaient pris une nouvelle ampleur, ses ennemis ne manquaient pas de les exploiter pour faire naitre des doutes sur sa capacité à gérer la filiale. La plainte déposée l'été précédent par un groupe de peintres menées par Catherine Donohue et Charlotte Purcell avait accentué le phénomène.

Tous avaient fait silence. Seul William Ganley, ce bellâtre à l'élégance soignée et à l'ambition dégoulinante continuait sa conversation avec son voisin. Joseph Kelly le fixa avec attention. Ganley était son principal ennemi.

OCTOBRE 1934 — SIÈGE DE RADIUM DIAL — CHICAGO (ILLINOIS)

Depuis des années, ses dents rayaient le plancher et il cachait à peine l'envie qu'il avait de prendre la direction de Radium Dial. Il lui sembla qu'il riait légèrement trop fort et un peu nerveusement pour la circonstance.

— Messieurs, s'il vous plait, réclama le secrétaire de séance, un homme sans âge au crâne lisse et aux longues pattes décolorées sur les tempes qui lui donnaient une allure inclassable.

Le calme se fit naturellement et la séance débuta. Instinctivement, Joseph Kelly sentit sa première impression se confirmer. Après l'introduction classique, il laissa Rufus Fordyce dérouler le compte-rendu de l'activité des mois écoulés dans un silence de mort. Lorsque furent évoquées les poursuites engagées par les anciennes peintres contre la firme, les actionnaires assis autour de William Ganley commencèrent à s'agiter, échangeant des coups d'œil qui se voulaient éloquents. Joseph Kelly sentit Rufus Fordyce se raidir à ses côtés. Lui aussi souffrait de la tension qui régnait dans la pièce.

Bizarrement, personne ne posa la moindre question. Les associés gardaient le regard fixé sur les rapports de production et c'est à peine s'ils les levèrent lorsqu'arriva le moment de l'élection du Président de Radium Dial. Sans surprise, William Ganley se présentait contre lui. Ces dernières semaines, Joseph Kelly avait fait campagne pour sa propre réélection et il lui avait semblé que tout se passait bien. Pourtant, une impression diffuse lui laissait entendre qu'on murmurait dans son dos. Rufus Fordyce lui avait également fait part de ses craintes. Lui aussi avait le sentiment qu'autour d'eux les sourires semblaient faux.

Joseph Kelly chercha le soutien de ceux qu'il savait être ses meilleurs appuis, mais il ne put croiser le regard d'aucun d'entre eux. Avant même qu'il ait pu s'inquiéter davantage, le secrétaire appelait au vote. Quelques minutes plus tard, il annonçait le résultat : William Ganley l'emportait haut la main. Joseph Kelly sentit des picotements lui assiéger la nuque. Un instant, le brouhaha des félicitations à son concurrent s'éteignit et un flot de pensées l'envahit. Après dix-sept ans d'engagement farouche, de prises de risques insensés et de coups de force au service de l'entreprise, il se trouvait mis dehors sans cérémonie. Visiblement, chacun le fuyait. Il n'y avait rien à espérer. William Ganley avait bien œuvré dans l'ombre.

Il se leva et quitta la pièce. Puis, il se dirigea sans tergiverser vers son bureau dont il poussa si fermement la porte qu'elle rebondit sur le mur. Derrière lui, Rufus Fordyce la retint avant qu'elle ne lui claque à la figure.

— Vous m'avez suivi, Fordyce ?

— Croyez-vous qu'ils me gardent après tant d'années à vos côtés ? Non, ils vont renouveler toute l'équipe de direction.

Kelly hocha la tête. Évidemment, son bras droit avait raison. Il jeta un coup d'œil circulaire à son bureau. Un presse-papier en verre acheté à l'Exposition Universelle de Chicago de 1933, un sous-main en cuir et un stylo plaqué or, voilà tout ce qu'il avait de personnel dans cette pièce. Le ménage serait vite fait. Il fourra le tout dans sa sacoche, enfila son large manteau dont il releva le col et quitta les lieux. Fordyce avait disparu, mais il le vit bientôt rappliquer à grands pas, une besace bourrée de documents dans les bras, et s'engouffrer à sa suite dans l'ascenseur.

— J'ai pris tous les dossiers importants, balbutia l'ex-Vice-Président.

— Vous comptez en faire quoi ? répondit Kelly, sans cacher son ironie.

— Je… je ne sais pas. Mais je ne tiens pas à leur faciliter le travail !

Kelly hocha la tête. Lui non plus n'avait pas envie de simplifier la tâche des nouveaux dirigeants de Radium Dial. Mais il était persuadé qu'il y avait mieux à trouver. Enfin, l'ascenseur s'arrêta dans un grincement et ils sortirent tous deux dans le hall. Il faisait particulièrement beau en ce début d'après-midi et la lumière se reflétait vivement sur les miroirs qui tapissaient les parois et le sol de marbre poli à l'excès. Un peu éblouis après l'obscurité de l'ascenseur, les deux hommes ralentirent le pas.

Soudain, Joseph Kelly se figea. Il avait trouvé. Il savait exactement ce qu'il allait faire. Il partit alors d'un rire irrépressible qui résonna furieusement sur les murs de glace. Derrière lui, Rufus Fordyce retint son souffle. Puis, un mince sourire éclaira son visage. Il venait de comprendre : son patron avait découvert le moyen de se venger… À la lueur carnassière qui égayait le regard de Joseph Kelly, William Ganley et ses partenaires allaient le payer cher.

27

NOVEMBRE 1934 — RESTAURANT L'OTTAWA (Illinois)

Seul dans les toilettes du restaurant si originalement nommé *L'Ottawa*, Rufus Fordyce ajustait la perruque destinée à masquer sa calvitie. Il s'était également laissé pousser la moustache si bien que son visage était méconnaissable. Mais serait-ce suffisant pour qu'on ne le reconnaisse pas ? Il s'était relativement peu rendu dans l'atelier de peinture de Radium Dial toutes ces années où il en avait été Vice-Président. Lorsqu'il venait sur place, il s'en tenait généralement aux bureaux de la direction… Il s'appuya sur le lavabo et s'observa dans le miroir, les yeux dans les yeux. Était-il en train de faire quelque chose de mal ? Il parvenait de moins en moins à éluder la question… En tout cas, ce n'était pas pire que ce qu'il avait déjà pu faire ou décider auparavant. Ça l'était même franchement moins.

On frappa discrètement à la porte.

— Elles sont là…

Rufus Fordyce suivit le gérant dans la grande salle de restaurant préparée pour l'occasion. C'était exactement dans ce type de moment qu'il aurait aimé avoir son patron à ses côtés. Mais Joseph A. Kelly était trop connu. Son portrait trônait autrefois dans le couloir menant aux bureaux de la direction de l'atelier de Radium Dial. Ses cheveux blond cendré, sa stature massive et son air malicieux étaient trop identifiables. Les peintres de Radium Dial le reconnaitraient sans peine. À demi caché derrière une plante verte un peu défraichie, Fordyce jeta un œil par la large baie et resta muet d'étonnement. Elles étaient venues en très grand nombre.

Il ne put s'empêcher de sourire. L'idée de génie et la stratégie audacieuse de Joseph Kelly payaient. Il avait profité des dossiers que son bras droit avait judicieusement subtilisés pour récupérer les adresses d'ouvrières actuellement employées par Radium Dial et leur avait envoyé un courrier les conviant au restaurant pour leur présenter un nouveau projet. Bien évidemment, la lettre était signée d'un faux nom. Fordyce devait leur exposer son programme pendant qu'elles mangeaient.

Sur un signe de sa part, le gérant ouvrit les portes et une joyeuse nuée de jeunes femmes entra en se bousculant. Elles avaient visiblement pris au sérieux l'invitation et s'étaient faites belles pour l'occasion, les cheveux impeccablement crantés et le cou paré de quelques perles ou fines chaines dorées. Elles s'installèrent autour des tables en papillonnant, s'extasiant sur les nappes immaculées et les corbeilles garnies de petits pains ronds. Toutes les chaises furent rapidement occupées et certaines jeunes femmes restèrent debout. On s'efforça de faire de la place, le gérant donna des ordres en cuisine pour réduire les portions à l'assiette et en ajouter d'autres, et chacune finit par s'asseoir.

Aussitôt, le service commença. Bientôt, les invitées eurent toutes une salade de céleri rémoulade devant elles qu'elles attaquèrent avec enthousiasme. Les interrogations ne cessaient de virevolter de table en table. Fordyce poussa un soupir de soulagement. Les choses s'annonçaient bien et cette curiosité semblait plutôt de bon aloi. Il laissa échapper un petit rire malgré lui en imaginant la perplexité de Mr Reed face à la disparition, à la sonnerie de midi, d'une grosse partie de son bataillon de peintres, étrangement pomponné. Ni lui ni Kelly n'avaient misé sur lui pour les suivre. Ils savaient les Reed terrorisés à l'idée de perdre leur emploi, et leur projet comportait des risques.

Un quart d'heure plus tard, les filles étaient déjà à demi repues lorsqu'on leur servit une tranche de bœuf en sauce accompagnée d'une purée. Pour ces filles qui déjeunaient généralement sur le pouce, c'était Byzance. C'est à ce moment que Fordyce entra en scène. Il s'avança vers le pupitre préparé pour l'occasion et réclama le silence.

— Mesdemoiselles, mesdames, commença-t-il tandis que les conversations s'éteignaient doucement autour de lui. Je suis Bert Johnson. Je vous remercie d'avoir répondu à l'appel de la Luminous Processes Incorporated dont je suis le Vice-Président.

Il marqua une pause. L'intérêt des jeunes femmes avait été palpable lorsqu'il avait prononcé le nom de la Luminous Processes Incorporated. Pour autant, aucune ne semblait l'avoir reconnu. Il était sur la bonne voie...

— Nous sommes une nouvelle entreprise de peinture de cadrans de montres et de matériel aéronautique. Nous avons pour projet d'ouvrir un atelier ici même, à Ottawa, et nous souhaitons recruter des ouvrières. Nous savons que vous êtes déjà employées à Radium Dial, et bien rémunérées. Mais Luminous Processes propose des conditions de travail innovantes. Vous avez peut-être entendu dire que le radium est dangereux. Et effectivement, il l'est.

Des murmures effrayés bruissèrent dans la salle. Fordyce toussota. Ce qu'il venait de faire était un aveu de culpabilité. Si on le reconnaissait maintenant, il était bon pour un procès en bonne et due forme.

— Il est nocif si on ne prend pas un minimum de précautions, ajouta-t-il. Précautions simples et efficaces. Faciles à mettre en œuvre, et pourtant, tous les industriels ne le font pas. Chez nous, les peintres portent des blouses en coton et des charlottes pour protéger leurs vêtements et leurs cheveux. Nous refusons la pratique de l'effilage à la bouche qui comporte des risques indéniables et a été cause de décès avérés. Nous appliquons la peinture avec des éponges à main et des spatules en bois. Croyez-moi, la technique est tout aussi efficace, mais cette fois, sans danger.

Fordyce marqua une pause et les brouhahas recommencèrent de plus belle. Il laissa passer le flot de remarques apeurées qu'il avait déclenchées, puis reprit une profonde inspiration. C'était maintenant qu'il fallait enfoncer le clou :

— Enfin, les salaires que nous proposons sont les mêmes que ceux qui se pratiquent dans ce type d'industrie. Nous sommes, vous l'aurez compris, à la recherche d'une main-d'œuvre qualifiée et nous savons que vous l'êtes. Nous allons ouvrir un bureau de recrutement d'ici quelques jours dans nos nouveaux locaux, situés à quelques blocs de votre atelier de Radium Dial. Mais je suis prêt à recueillir dès à présent les candidatures de celles qui seraient intéressées.

Un silence interdit accueillit la nouvelle. Il ne dura que quelques secondes, le temps de trois ou quatre battements de cils étonnés. Fordyce conclut son allocution avant que le brouhaha naissant ne l'empêche de le faire :

— Je vous remercie pour votre écoute et, d'ici là, je vous encourage à réfléchir à ma proposition tout en profitant de votre dessert.

Sur un dernier sourire, il s'éclipsa, laissant les peintres laisser libre cours à leurs commentaires. Au vu des réactions, il avait indéniablement éveillé leur intérêt. Il s'installa à la table qu'il avait préparée dans un coin lumineux de la salle, à côté de la baie vitrée, et attendit. Le pari de Joseph Kelly allait-il fonctionner ? Il était encore rempli de doutes, lorsqu'il vit s'avancer un groupe de jeunes filles.

— Je voudrais m'inscrire, dit la première avec un rire nerveux.

Des « Moi aussi » fleurirent dans la petite bande.

— Très bien, répondit Fordyce.

Et il commença à recueillir les noms. Il n'avait pas fini d'enregistrer les premières postulantes que d'autres approchaient. Malgré sa concentration, il arrivait à percevoir quelques bribes de dialogues tantôt angoissés, tantôt enthousiastes : « Avec tout ce qu'on entend, ce n'est pas prudent de rester chez Radium Dial… », « Toutes ces filles malades, c'est pas des blagues finalement… », « Faire la même chose, en étant aussi bien payées, mais sans danger et sans trajet supplémentaire ? Je n'hésite pas une seconde ! »…

Fordyce leva les yeux et comprit qu'il avait gagné. Pratiquement tout le restaurant faisait la queue pour s'inscrire. Il sourit en mordillant sa lèvre inférieure pour ne pas laisser éclater son triomphe. Joseph Kelly était vengé. Son plan diabolique allait couler Radium Dial…

28

AVRIL 1935 — CABINET DU DR LOFFLER — CHICAGO (Illinois)

Jay Cook s'installa tranquillement dans la salle d'attente vide. L'heure tardive indiquait que le Dr Loffler recevait son dernier patient de la journée. Pour tromper l'ennui, il sortit son portefeuille et en tira une photographie qui ne manqua pas de lui arracher un sourire. Ava était décidément très jolie. Avec ses cheveux blonds, ses yeux gris et son léger accent, elle était le charme incarné. Arrivée six mois auparavant en Amérique, elle avait quitté son Irlande natale pour rejoindre des cousins installés à Chicago. Là, elle avait trouvé un emploi de bureau dans l'immeuble où Jay Cook travaillait comme juriste. À force de se croiser dans l'ascenseur, ils s'étaient peu à peu rapprochés. Tant et si bien qu'ils avaient fini par se fiancer. Le jeune homme, qui savait n'être pas le seul à courtiser la belle Irlandaise, n'en était pas peu fier.

Des voix le tirèrent de sa rêverie. Le Dr Loffler raccompagnait son client. Le médecin sursauta lorsqu'il découvrit un nouveau patient dans sa salle d'attente, mais reconnut presque aussitôt Jay Cook à son visage en lame de couteau et son sourire en coin.

— Qu'est-ce que tu fais là ? Un souci ?

Le Dr Loffler savait que Jay travaillait dur sur le dossier des Radium

Girls. Il avait à plusieurs reprises sollicité son avis de spécialiste. Les deux hommes s'étaient rencontrés à l'époque où le juriste travaillait pour la Commission Industrielle de l'Illinois. Le Dr Loffler y intervenait parfois en tant qu'expert des maladies du sang pour des litiges entre les entreprises et leurs employés. Ils avaient sympathisé et lorsque le Dr Loffler avait fait appel à lui pour conseiller les Filles-Fantômes d'Ottawa, ils avaient renoué des liens distendus par le départ de Jay pour un poste auprès d'un des plus gros avocats de Chicago.

— J'aurais besoin d'un avis, dit Jay Cook avec une moue ennuyée.

Le Dr Loffler le fit entrer et ils s'installèrent autour du bureau. Jay Cook prit soin de tourner le dos au mur où schémas et coupes du corps humain mettaient en avant le réseau sanguin. Sans être particulièrement impressionnable, le juriste n'aimait pas trop ces visions qui démontraient tellement la fragilité de la machine humaine. Chaque fois, il ne pouvait s'empêcher de penser à son propre sang et en venait à l'entendre battre jusque dans ses tempes. Cette étrange sensation lui rappelait que, d'un clignement de cil, ces merveilleux rouages pouvaient s'arrêter à jamais.

— Ah ? dit Loffler en lui servant un verre d'eau avant d'ajouter : Désolé, je n'ai que ça...

Jay Cook but une longue gorgée puis reposa son gobelet qui tinta avec un claquement sec sur le bois verni du bureau.

— Tu as l'air en forme, reprit Loffler.

Un sourire béat s'étala sur le visage du juriste.

— Ava a accepté ma demande en mariage.

— Félicitations ! s'exclama Loffler. Mais si tu viens me solliciter pour des conseils matrimoniaux, je ne suis peut-être pas le mieux placé...

Jay Cook éclata de rire. Charles Loffler était vieux garçon. Il avait été fiancé une dizaine d'années plus tôt, mais sa future l'avait éconduit une semaine avant la cérémonie. L'humiliation avait été cuisante. Après cette mésaventure, malgré quelques flirts, le médecin s'était trouvé incapable de s'engager à nouveau dans une quelconque relation sérieuse.

— Non, répondit Jay, je viens pour les Filles-Fantômes. Au début de l'année, j'ai déposé deux plaintes différentes : une pour le tribunal de droit

AVRIL 1935 — CABINET DU DR LOFFLER — CHICAGO (ILLINOIS)

courant, et une pour la Commission Industrielle de l'Illinois, en mettant en avant comme dossier principal celui d'Inez Vallat, ainsi que tu me l'avais conseillé.

En effet, la pauvre femme était un véritable cadavre vivant. Non seulement, son cas était le plus parlant, mais en plus, si elle voulait toucher une indemnité, il fallait se hâter avant qu'elle ne rende l'âme.

— La cour a tranché le 17 avril, reprit Jay Cook, et… nous avons perdu.

Le Dr Loffler se mit à pianoter nerveusement sur le bras de son fauteuil. Pour avoir suivi plusieurs litiges concernant les maladies industrielles, il savait combien la justice pouvait être exaspérante, surtout lorsque les grosses firmes faisaient pression pour contrer les témoignages et rapports de médecins.

— Je te livre le verdict, poursuivit Jay Cook : « Le tribunal a statué que le législateur n'avait établi aucune norme permettant de mesurer le respect de la loi ».

— Excuse-moi, mais ce langage-là reste totalement obscur pour moi…

— Radium Dial s'est appuyé sur le délai de prescription. Inez Vallat a quitté la firme depuis bien trop longtemps pour que sa plainte soit recevable, et sa maladie n'était pas encore apparue lorsqu'elle y était employée. Certes, Inez a bien été déclarée *empoisonnée* au radium, mais le *poison* n'est pas reconnu comme une affection industrielle. Si bien que maître Dalitsch, l'avocat de Radium Dial, a simplement répondu : « Et même si c'était vrai, qu'est-ce que cela peut bien faire ? ». Un sacré fumier, d'ailleurs, ce Dalitsch ! Bref, tant que le poison restera hors de la classification des maladies professionnelles, Radium Dial ne doit rien à ses employés, présents ou passés.

— Je vois, soupira le Dr Loffler. Ce qu'il faudrait, c'est changer la Loi sur les Maladies professionnelles…

— Exactement. J'ai une carte en main, mais j'hésite à la jouer…

Il marqua un petit temps. Il était tiraillé entre l'envie d'aider ces femmes, dont les courriers remplis de sincérité et de gentillesse le touchaient, et sa vie personnelle qui, avec ses fiançailles, prenait un nouveau tournant.

— J'aimerais porter l'affaire devant la Cour Suprême des États-Unis.

Le Dr Loffler émit un petit sifflement impressionné. C'était culotté, mais ça pouvait marcher...

— Ces démarches vont nécessiter du temps, et de l'argent. Je suis même prêt à mener la procédure à mes frais. Je pense que ces femmes le méritent. Mais je ne les ai jamais rencontrées. Je voudrais être certain que leur état soit suffisamment sérieux pour lancer des modalités aussi lourdes...

— Je peux t'assurer qu'elles sont en droit de demander une indemnité. Si tu les voyais... À leur âge, c'est à en pleurer !

Jay Cook sourit, amusé. Son ami s'émouvait rarement. Il fallait que l'affaire soit grave pour le bouleverser autant.

— Je t'avais donné le compte-rendu d'analyse d'un bout d'os de Maggie Robinson, poursuivit le médecin. C'est le premier examen qui a confirmé l'empoisonnement au radium. Depuis, l'étude de la mâchoire de Catherine Donohue a établi le même diagnostic. Je peux te fournir une copie du dossier. Mais bien sûr, tout le corps médical d'Ottawa continue à s'entêter. Figure-toi que, malgré les analyses, sur le certificat de décès de Maggie Robinson, à la question : « La maladie de la patiente a-t-elle un lien avec son décès ? », le médecin a inscrit « Non ». Je te jure que vivre dans le trou du cul du monde ne rend pas très malin ! Excuse-moi l'expression, mais tout cela est complètement fou quand on y pense !

— À moins que la ville se trouve sous l'emprise de Radium Dial...

Charles Loffler se figea. À vrai dire, c'était tout à fait possible. La firme était suffisamment puissante pour faire pression sur toute l'organisation financière de la localité. Pas forcément en agissant directement par des menaces ou des pots-de-vin, simplement en faisant planer la peur d'un effondrement économique de la région si elle partait... Oui, il était fort probable que, par une vision à court terme, la ville elle-même soit le fossoyeur de sa propre tombe.

Tout à coup, une parole de Marie Rossiter lui revint en tête. Selon elle, lorsque Peg Looney avait consulté son médecin de famille, celui-ci lui avait dit qu'il perdrait sa place s'il faisait des examens plus poussés. Cela faisait bien sept ans déjà et les choses n'avaient pas évolué...

Le Dr Loffler tapota son accoudoir plus nerveusement encore.

— Si tu as les moyens d'intervenir, reprit-il en regardant Jay Cook droit

AVRIL 1935 — CABINET DU DR LOFFLER — CHICAGO (ILLINOIS)

dans les yeux, alors fais-le. Il faut s'attendre à un véritable carnage d'ici quelques années. Si on n'agit pas, c'est à une gigantesque hécatombe sur des dizaines d'années que nous allons assister.

Jay Cook se mordilla le pouce et laissa échapper un geste fataliste.

— Je vais faire mon possible, affirma-t-il finalement. Merci pour ton soutien.

Il se leva et le Dr Loffler le raccompagna jusqu'à la porte.

— Mes hommages à Ava, dit-il avec un clin d'œil.

Jay Cook esquissa un sourire contrit. Porter la plainte des Filles-Fantômes devant la Cour Suprême des États-Unis ne serait pas de tout repos. Autant de temps en moins à passer auprès d'Ava... Mais il fallait mieux agir tout de suite ; lorsqu'il serait marié, cela ne serait sans doute plus possible du tout...

29

28 FÉVRIER 1936 — UN PUB D'OTTAWA (Illinois)

Al Purcell poussa la porte du pub et tous entrèrent à sa suite. Lui, Tom Donohue et d'autres époux de Filles-Fantômes avaient tenu à emmener Vincent Lloyd Vallat prendre un verre après l'enterrement de sa femme, Inez. Ils s'ébrouèrent de la pluie qui les avait trempés jusqu'aux os au cimetière et s'assirent autour de deux tables qu'ils rapprochèrent. Il faisait si sombre dehors en cette fin février que le pub avait allumé toutes ses lampes, baignant l'atmosphère enfumée d'une chaude lumière tamisée.

L'arrêt de la Prohibition autorisait à nouveau la consommation d'alcool, aussi Tom commanda des bières pour tout le monde et rejoignit le petit groupe. Ces gaillards, tout à coup intimidés par le malheur de l'un des leurs, cherchaient à se donner une contenance en soufflant sur leurs mains pour les réchauffer. Vincent Vallat, quant à lui, restait hébété. Il avait fallu l'aider à enlever son manteau et son chapeau, et l'asseoir à la table. Depuis, il se tenait là, le regard dans le vague et les cheveux lui dégoulinant dans les yeux. Son épouse était décédée après huit années d'agonie. Huit sur neuf ans de mariage. Son état s'était peu à peu dégradé au fil du temps jusqu'à avoir les hanches complètement bloquées, l'obligeant à demeurer

28 FÉVRIER 1936 — UN PUB D'OTTAWA (ILLINOIS)

alitée pendant plus d'un an. Sa mâchoire avait suinté du pus pendant des années, se désintégrant petit à petit. En définitive, Inez avait succombé à une hémorragie d'un sarcome au cou. Comme si, pour conclure la maladie en une effroyable apothéose, son corps gangrené avait fini par exploser de douleur. Son agonie avait été si horrible et traumatisante que Vincent Vallat avait à peine prononcé deux mots depuis. Le coup de grâce avait été donné par le médecin légiste. Comme pour Maggie Robinson, à la question du certificat de décès : « La mort est-elle en lien avec sa profession ? », il avait répondu par la négative. Le jeune homme n'était désormais plus que l'ombre de lui-même. Et si sa station-service tournait encore, c'était grâce à ses parents qui avaient pris la relève ces derniers temps.

Le tenancier apporta les bières et chacun avala une grande lampée revigorante. Soudain, un individu attrapa une chaise et s'assit à leur table sans plus de façon.

— Excusez-moi, messieurs. Je m'appelle Bruce Craven. Je suis reporter au *Ottawa Daily Times*.

Les hommes se regardèrent, intrigués. Ils avaient envie de mettre dehors cet intrus, mais se doutaient qu'il pouvait leur fournir des informations sur l'affaire qui les préoccupait. Tous souffraient de l'isolement de leur petite ville. Un journaliste serait sans doute plus au fait de ce qui se passait avec le radium dans les autres états. Et surtout, ce nouveau venu leur offrait l'occasion de lancer une conversation bien difficile à amorcer...

— Je ne veux pas vous déranger, reprit Bruce, mais j'aimerais savoir où vous en êtes de vos démarches contre Radium Dial.

Les hommes se regardèrent, vaguement inquiets. Le journaliste était-il à la solde de la firme ? Al haussa les épaules. Après tout, ils étaient dans leur bon droit, ils n'avaient rien à cacher... Leur contrariété n'avait pas échappé au reporter. Il choisit d'en faire abstraction et poursuivit :

— J'ai appris qu'après le rejet de vos plaintes auprès du tribunal de droit courant, vous aviez déposé une requête à la Cour Suprême...

— En vain ! s'exclama Al Purcell. La loi a été déclarée insuffisante.

Bruce hocha la tête. Il avait su cela par le *Chicago Daily Times* qui n'avait pas hésité à parler « d'invraisemblable erreur judiciaire ».

— Et maintenant ? insista-t-il. Vous avez d'autres démarches en cours ?

Tom et Al haussèrent les épaules.

— Jay Cook, notre conseiller, nous a laissé tomber, répondit Al.

— Oh, on ne lui jette pas la pierre, précisa Tom. Il a beaucoup fait pour nous. Mais il n'a plus les moyens de nous consacrer autant de temps gracieusement. Il le regrette d'ailleurs, parce qu'il pense que notre dossier mérite vraiment qu'on se batte, mais il a sa vie… et la période est difficile…

L'aide de Jay Cook, qu'ils n'avaient, au demeurant, jamais eu l'occasion de rencontrer, leur avait été d'un grand réconfort. Pour la première fois, quelqu'un leur avait offert un soutien totalement désintéressé, uniquement parce qu'il estimait que leur cause était juste et valait la peine d'être plaidée. Sa défection leur avait porté un coup dur…

— La situation est d'autant plus rageante, poursuivit Al, que nous avons déposé une réclamation auprès de la Commission industrielle de l'Illinois afin que les législateurs réécrivent la loi à la lumière du cas des Radium Girls. Mais aucun des quarante et un avocats d'Ottawa ne veut nous défendre.

Les hommes autour de la table eurent un soupir fataliste. Il y avait une véritable omerta contre leurs épouses. Certains le vivaient mal. C'étaient ceux qui n'étaient pas ici. Ils refusaient d'être vus avec ceux qui souhaitaient se battre, de peur d'être pris pour des fauteurs de trouble. Bruce Craven hocha la tête. C'était bien la confirmation des rumeurs qu'il avait perçues çà et là : la population d'Ottawa ne soutenait pas les malades. Le mouvement d'opposition était surtout mené par les cols blancs de la ville, ceux qu'on écoutait et respectait, à savoir les médecins, les avocats… et les curés.

Le journaliste observa ces gars courageux qui travaillaient dur en courbant l'échine du matin au soir, leurs mains calleuses, leurs traits tirés et leurs épaules fatiguées. Il se rongea instinctivement les ongles. C'était vraiment le combat de David contre Goliath.

— Vous avez lu notre article sur Maître Clarence Darrow ? demanda-t-il.

— Bien sûr, répondit Tom. C'est exactement l'avocat qu'il nous faudrait.

— Mais c'est une star du barreau, il doit prendre une fortune en honoraires… bougonna Clarence Witt.

L'épouse de ce dernier, Olive, se déplaçait si difficilement qu'elle n'avait

28 FÉVRIER 1936 — UN PUB D'OTTAWA (ILLINOIS)

pu assister à l'enterrement de leur ancienne camarade, comme la plupart des autres filles du « Suicide Club ». Bruce Craven ignorait si ces hommes étaient au courant que le décès d'Inez avait trouvé un écho dans la presse de Chicago, et que le *Chicago Daily Times* désignait les Radium Girls malades d'Ottawa sous ce nom si déprimant. Il préféra éviter le sujet et leur donner un peu d'espoir.

— Pour votre information, dit-il, le *Chicago Daily Time* a fait paraître une interview du sénateur Herbert Doe où il annonce vouloir éclairer la Commission industrielle de l'Illinois sur votre cas.

Des exclamations de surprise accueillirent cette déclaration. Bruce Craven n'osa préciser que, même en cas de succès, la loi ne serait pas rétroactive. Ils auraient juste la satisfaction d'avoir fait évoluer les choses, mais ne bénéficieraient d'aucune indemnisation. C'était ce qui s'était passé quelques mois plus tôt dans le New Jersey, sept ans après le procès de Grace Fryer et ses amies. Le 17 décembre 1935, le cas d'Irene La Porte, pour laquelle son mari se battait depuis plus de quatre ans, avait été rejeté. US Radium ne niait plus la cause du décès de la jeune femme et se contentait d'évoquer le délai de prescription. En effet, la Cour n'avait pas le pouvoir d'ajuster la loi rétroactivement et devait se baser sur ce qu'elle était en 1917. Le journaliste jugea qu'il était inutile de décourager ces pauvres gens après avoir allumé un espoir en eux et s'abstint d'y faire allusion.

Les gars avaient fini leurs chopes. Seule celle de Vincent Vallat était restée pleine. Patrick Rossiter la poussa vers lui, mais le jeune homme l'ignora. Et c'était sans doute tant mieux, songea Bruce, car ses mains tremblaient tellement qu'il n'aurait pas manqué de la renverser.

— En tout cas, c'est gentil de s'intéresser à nous, remarqua John O'Connell, le mari de Frances Glacinski, en haussant les sourcils.

Bruce saisit l'ironie du propos. Le *Ottawa Daily Times* ne parlait d'eux que pour rapporter les échecs de leurs démarches. Mais John O'Connell s'efforçait de rester neutre et continua :

— Si vous pouviez pondre un petit article en notre faveur dans le *Ottawa Daily Times*, cela nous rendrait bien service...

Bruce eut un sourire crispé. Il y avait bien songé. Et depuis des années.

Mais son supérieur s'y était toujours opposé. Une idée lui traversa soudain l'esprit.

— Je peux faire mieux que ça, dit-il. Je vais contacter Mary Doty. Elle est journaliste au *Chicago Daily Times*. Elle sera sans doute intéressée d'écrire un article sur vos épouses...

Un sourire poli, mais un peu narquois, s'étala sur les visages des maris. Bruce expliqua vivement :

— Elle a beau être une femme, c'est une chroniqueuse de premier plan. Croyez-moi, elle sait y faire pour émouvoir son lectorat. Et le *Chicago Daily Times* est le journal à plus gros tirage de tout l'Illinois.

Les hommes se regardèrent. Toute publicité en leur faveur était bonne à prendre. Soudain, un raclement de chaise les fit sursauter. Vincent Vallat s'était levé et se dirigeait d'un pas lourd vers la porte. Patrick Rossiter l'interpella :

— Vincent ! Attends-nous !

Mais le jeune veuf enfila son manteau et sortit sous la pluie sans se retourner, sans même penser à mettre son chapeau.

— Pour lui, le combat est terminé, marmonna Al Purcell. Il ne veut plus entendre parler de tout ça. Il en a trop bavé...

Les autres se regardèrent, un peu hésitants. Bruce se leva enfin :

— Je vais écrire à Mary Doty.

Au fond de lui, il espérait que ces braves types et leurs épouses ne lâchent pas l'affaire. Non que cette histoire le touche profondément. Après tout, il n'avait jamais été mis en présence des souffrances de ces femmes et elles lui restaient assez étrangères. Mais plutôt par curiosité : les grosses firmes étaient-elles véritablement toutes puissantes au point de pouvoir jouer avec la vie de centaines d'employées, ou quelqu'un arriverait-il un jour à les faire tomber... ?

30

2 MARS 1936 — CHEZ LES DONOHUE — OTTAWA (Illinois)

Mary Doty avait immédiatement dit « oui » lorsque son jeune confrère du *Ottawa Daily Times* l'avait contactée pour lui proposer d'écrire sur les Filles-Fantômes de Radium Dial. Mary était une tête brûlée du journalisme. Confrontée dès ses débuts au machisme et au paternalisme de la profession, elle avait vite appris à faire feu de tout bois. Cantonnée longtemps à la rubrique des chiens écrasés du *Chicago Daily Times*, elle avait, par sa plume acerbe, réussi à la rendre éminemment populaire. C'est pourquoi on lui avait peu à peu confié des investigations plus intéressantes, pour lesquelles le ton populiste qui était désormais sa marque de fabrique faisait mouche. Mais ces petits succès d'estime ne plaisaient pas franchement à ses collègues qui rivalisaient d'ingéniosité pour lui subtiliser les meilleurs sujets. Si bien que Mary Doty se trouvait actuellement dans une période de creux où sa vivacité s'émoussait, et sa verve s'amollissait d'ennui. À quarante ans passés, malgré un beau parcours, elle se sentait stagner au point, certains jours, de remettre en cause son intérêt pour ce métier. La proposition de Bruce Craven était venue à point pour la tirer de ce marasme.

Elle avait aussitôt réquisitionné le photographe du journal, au grand dam de ses collègues qui comptaient sur celui-ci, et pris des billets de train pour le lendemain même. Roger Farell, le photographe en question, œuvrait pour le quotidien depuis une dizaine d'années, et il était particulièrement heureux lorsqu'il s'agissait de couvrir les articles de Mary Doty. La reporter avait le don de « lui ouvrir les yeux », comme il le lui avait avoué une fois. Ce qui tombait bien, avait-elle plaisanté, parce qu'elle avait besoin de son coup d'œil pour mettre en valeur ses papiers par ses clichés. Une complicité fraternelle les liait désormais et Roger saisissait toutes les occasions pour accompagner Mary. Avec elle, il était certain, sinon de s'amuser, au moins d'aiguiser son esprit critique.

Les Filles-Fantômes, averties confidentiellement de la venue d'une journaliste de Chicago par Bruce Craven, s'étaient réunies chez Catherine Donohue. Tom avait même emprunté une voiture pour aller chercher Pearl à LaSalle afin qu'elle participe à l'interview. Pearl avait quitté Ottawa fin 1923, après huit mois de travail à Radium Dial, et s'était installée à Utica où vivait sa mère qui, souffrante, réclamait ses soins. Elle avait ensuite déménagé avec son mari Hobart à LaSalle, où il avait trouvé un emploi d'électricien. Les premières années, elle avait entretenu une correspondance avec Catherine, sa grande amie de l'époque de Radium Dial. Et puis, avec le temps, l'arrivée de sa petite fille puis ses soucis de santé, leurs lettres s'étaient espacées jusqu'à se tarir complètement. Pearl s'estimait chanceuse d'être encore en vie. Elle avait en effet subi plusieurs opérations qui avaient failli la tuer. Puis, en 1935, Hobart avait eu une mission à Ottawa. Là, il avait entendu des rumeurs qui avaient fait écho à leur propre histoire. Pearl avait alors renoué des liens de plus en plus étroits avec ses anciennes camarades, persuadée que son mal avait la même origine. Elle vivait toujours à LaSalle, mais elle s'impliquait autant, si ce n'est plus, que les autres, dans les démarches contre Radium Dial. Discrète et efficace, elle répondait systématiquement présente pour aider Catherine qui ne s'était jamais vraiment remise de l'épuisement provoqué par la naissance de Mary-Jane.

La visite d'une journaliste survenait au bon moment. Depuis que Jay Cook les avait laissées tomber, les Filles-Fantômes étaient au fond du trou. Les refus des avocats de la ville à défendre leur cause les avaient profondément

2 MARS 1936 — CHEZ LES DONOHUE — OTTAWA (ILLINOIS)

découragées, et le décès d'Inez Vallat avait achevé d'enfoncer le clou.

Lorsque Mary Doty et Roger Farell frappèrent à la porte, l'effervescence qui régnait dans le petit salon surpeuplé des Donohue se voila d'un coup et une chape de timidité sembla figer les participantes. Directe et efficace, Mary Doty ôta son chapeau, son manteau et se saisit de son carnet de notes. Avec ses cheveux noirs crantés, ses rondeurs et sa robe toute simple, elle paraissait presque appartenir au même milieu que ces ouvrières. Et quand elle se présenta, le plus naturellement du monde, elle emporta définitivement la sympathie du groupe :

— Mary Doty, reporter au *Chicago Daily Times*. Je voudrais faire connaître votre histoire au public.

Un soupir de soulagement souleva toutes les poitrines. Très vite, sous l'impulsion de Marie Rossiter qui usait de l'humour comme une forme de survie, les langues se délièrent. Chacune expliqua ses soucis de santé avec force détails sinistres. Elles en avaient presque oublié la présence d'un homme, et Mary Doty sentait son photographe au bord de tourner de l'œil. Les choses ne s'arrangèrent pas à l'évocation d'Inez Vallat. Toutes les filles se raidirent à ce souvenir et Catherine ne put retenir ses larmes. À chaque nouveau décès de l'une d'elles, chacune se demandait quelle forme prendrait le sien. Mais Catherine n'était pas du genre à s'apitoyer sur son sort, surtout en public. D'autant que Tom venait de rentrer du travail et elle savait que son chagrin lui brisait le cœur.

— Je souffre tout le temps, expliqua-t-elle en séchant rapidement ses larmes avec le mouchoir discrètement tendu par Marguerite Glacinski. Je ne peux même pas marcher jusqu'au prochain pâté de maisons. Mais j'attends un appel de Chicago pour une opération qui devrait me rendre ma mobilité.

— Il y a donc des espoirs de guérison ?

— Disons qu'il existe des moyens pour stopper les ravages du radium, précisa Charlotte. Mais jusqu'à quand...? Pour ma part, je redoute que le sacrifice de mon bras ne soit suffisant. Le radium est en moi, il est en nous toutes, et je ne sais pas à quoi il va s'attaquer ensuite, ni quand...

— Quant à moi, ajouta Marie Rossiter, j'ai cinq dents gâtées, mais les dentistes que j'ai vus à Chicago ne veulent pas y toucher de peur que le radium s'en prenne directement à la mâchoire...

— Vous allez consulter à Chicago ? s'étonna la journaliste.

— Il le faut bien, les médecins d'ici sont des bouchers qui n'y connaissent rien et qui tremblent devant l'opinion publique manipulée par Radium Dial. Ils ont arraché la moitié des dents de cette pauvre Inez, et si on les avait écoutés, ils lui auraient raboté toute la mâchoire. Vous savez, continua Marie Rossiter avec son franc-parler habituel, c'est dur d'habiter dans un trou paumé !

Elle sembla hésiter un instant, puis finit par lâcher :

— C'est difficile, vous comprenez. C'est tellement pénible de souffrir constamment... Mais nous devons tenir pour nos enfants. Mon petit Bill n'a que cinq ans...

Un silence morbide ponctua ces paroles. Que Marie Rossiter se laisse aller à de si macabres confidences ébranlait toutes les autres. Mais Mary Doty en savait assez pour concocter un papier des plus bouleversants.

— Il est temps de passer aux photos, annonça-t-elle en faisant signe à son collègue de préparer son matériel. Je vous remercie pour vos témoignages, continua-t-elle. J'ai là de quoi faire paraître au moins trois articles. Je les répartirai sur plusieurs numéros, c'est ainsi que nous aurons des chances de toucher l'audience la plus large.

Elle demanda aux jeunes femmes de prendre la pose avec leurs enfants. L'effet serait d'autant plus émouvant. Surtout Catherine Donohue, si maigre, avec Mary-Jane dans les bras. La petite était ravissante, mais, à un an, elle avait toujours les jambes comme des allumettes et ne pesait que quatre kilos et demi. Charlotte Purcell s'installa ensuite devant l'objectif avec sa fille Patricia. Mary Doty avait le cœur bien accroché, mais elle devait bien avouer que la manche vide de la jeune femme l'impressionnait.

Le temps avait passé vite, et la journaliste et le photographe durent promptement plier bagage pour ne pas manquer leur train. Tom les raccompagna jusqu'à la porte.

— Merci de nous avoir reçus chez vous, monsieur, dit Mary Doty en lui serrant la main. J'espère que votre épouse pourra se faire opérer rapidement, conclut-elle.

2 MARS 1936 — CHEZ LES DONOHUE — OTTAWA (ILLINOIS)

Tom se rembrunit et referma la porte derrière lui pour répondre :

— Catherine s'accroche à cet espoir, et je ne veux pas le lui enlever. Mais l'opération s'avère impossible. Les médecins redoutent qu'une intervention accélère le processus de désintégration de ses os. Et puis, elle est très faible, beaucoup trop anémiée. Elle n'y survivrait pas... Malheureusement, il est trop tard pour une opération de sauvetage comme celle de Charlotte... Elle n'a pas d'autre choix que de vivre avec ça...

Mary Doty réfléchit un instant.

— Vous devriez contacter Frances Perkins, la Secrétaire du Parti Travailliste. C'est la première femme à travailler dans un cabinet présidentiel, précisa-t-elle. Je pense qu'un peu de politique pourrait vous aider à avancer dans votre affaire. Et Frances Perkins est la personne qu'il vous faut. En tant que femme, elle sera d'autant plus à l'écoute.

— Les politiques... marmonna Tom, dubitatif.

— Essayez ! insista la journaliste. Après tout, ils servent à ça, non ? Sinon, à quoi bon voter pour eux ? Et comptez sur moi pour que mon article remue les gens, conclut-elle avec un clin d'œil.

— Merci, je n'y manquerai pas. Nous sommes très seuls, vous savez..., avoua Tom, la gorge serrée, avant de rentrer rapidement dans la maison, submergé par une émotion qu'il ne voulait pas montrer.

Mary Doty ruminait encore cette phrase lorsque le train s'ébranla. Malgré les cahots, elle entreprit immédiatement de rédiger son article. Elle se sentait particulièrement inspirée. Avec un tel sujet, nul doute qu'elle ferait pleurer dans les chaumières. La journaliste n'était pas insensible, mais elle ne perdait jamais de vue l'aspect pragmatique de son métier. Et si la compassion favorisait l'action, alors elle avait tout gagné. Il fallait que l'émotion se mette au service du problème concret de ces femmes. Elles avaient besoin d'argent, elles avaient besoin d'un avocat, et, songeait Mary Doty, l'Amérique avait besoin qu'on arrête ce massacre silencieux qui risquait fortement de se répercuter sur plusieurs générations.

Elle tendit son carnet à Roger qui s'en empara avec gourmandise. Il adorait lire les premiers jets des articles de sa collègue, l'encourager, la rassurer ou l'assagir. La manchette était prometteuse : « À Ottawa, des femmes meurent depuis treize ans sans qu'aucune investigation sérieuse soit menée. » La suite était dans la même veine, pimentée de descriptions destinées à frapper l'imaginaire collectif. « Allongées ou se déplaçant comme des escargots, les vêtements flottants sur leurs corps amaigris ou leurs manches vides, elles dissimulent leurs nez mutilés, leurs mains flétries et leurs mâchoires rétrécies. » Et elle concluait par : « Les mortes-vivantes hantent les maisons autour de Radium Dial, attendant de découvrir par quel bout le radium va les grignoter... » Un vrai reportage à sensation...

— Tu sais parler à ton lectorat, dit Roger en lui rendant son carnet avec un petit sifflement admiratif.

Il hésita un instant, puis ajouta finalement :

— Certaines de tes phrases vont sans doute les blesser...

— Je m'en doute. Mais elles sont au-delà de ça, je crois. Elles ont vraiment, vraiment, besoin d'alerter l'opinion...

31

20 MAI 1936 — UNE RUE D'OTTAWA (ILLINOIS)

Tom Donohue attendait, fébrile, les mains dans les poches de sa veste trop épaisse pour ce mois de mai 1936. Il faisait doux, mais il ne pouvait s'empêcher de trembler de nervosité. Les piétons s'écartaient de lui, partagés entre l'agacement face à cet homme qui gênait le passage, et l'inquiétude devant son visage fermé. Tom était consterné. Catherine avait encore décliné. Malgré ses efforts pour le rassurer, il remarquait bien que son corps se délabrait et ses forces diminuaient lentement. « Tant que nous sommes tous les quatre ensemble, tout va bien », répétait-elle. Mais Tom avait vraiment besoin de la voir remonter la pente. Elle était sa raison de vivre. Ils continuaient donc à faire appel au Dr Loffler... mais bientôt, l'argent de l'hypothèque de la maison ne suffirait plus à couvrir les frais des consultations.

Pire, ils étaient devenus les bêtes noires de la ville. Le couple était d'autant plus peiné que même le clergé avait rejoint les industriels, médecins, avocats et politiciens dans leur campagne diffamatoire contre les victimes du radium. Tom, profondément croyant, était terriblement choqué par ce manque de discernement. Les puissants se serraient les coudes, cautionnant sans scrupules l'injustice. Résultat, les Filles-Fantômes ne pouvaient se rendre nulle part sans qu'on les regarde de travers.

Tom luttait depuis des années pour ne pas paraître complètement désabusé. Il s'accrochait désespérément à l'idée que le bon sens devait forcément triompher... Mais pour y parvenir, il lui fallait des pièces à conviction. Soudain, il sursauta. Celui qu'il attendait venait de tourner à l'angle de la rue. Un an et demi plus tôt, Catherine n'avait pu obtenir de reconnaissance de sa part. À son tour, Tom allait tenter sa chance.

— Mr Reed ? dit-il en s'approchant.

Le surintendant de Radium Dial parut l'ignorer complètement. Se souvenant qu'il était sourd et se plaisait à en jouer, Tom lui bloqua le passage et insista en haussant le ton. Mr Reed leva lentement les yeux et Tom se présenta. Une lueur de malaise apparut dans le regard du surintendant et sembla se répandre dans tout son corps lorsque Tom répéta :

— Je suis le mari de Catherine Wolfe Donohue. Elle est au plus mal.

Mr Reed eut un geste évasif et marmonna de façon incompréhensible avant de s'éloigner. Mais Tom ne lui en laissa pas le loisir et reprit, toujours aussi fort :

— Pourquoi avez-vous appris aux ouvrières à peindre en mettant le pinceau dans la bouche ?

Les traits mous de l'intendant tremblèrent imperceptiblement. Il sembla un instant désarçonné puis répondit d'un ton mal assuré :

— Je... je ne leur ai jamais enseigné cette manière de procéder. Ce sont elles qui trouvaient cela plus pratique...

— Vous saviez que c'était dangereux ! insista Tom. La presse avait relayé l'affaire d'Orange, et vous avez lu l'article. Les filles vous l'ont montré. C'était il y a huit ans, et vous n'avez rien dit.

Rufus Reed ouvrit la bouche, la referma, puis reprit en toussotant sans véritablement le regarder :

— Je... J'ai obéi aux ordres...

Tom serra les poings. C'était tellement facile ! Une réponse toute faite et le refus total d'une quelconque responsabilité. Voilà ce qu'il ne voulait pas. Il insista encore :

— Je souhaiterais comprendre une chose : pourquoi les peintres n'ont

20 MAI 1936 — UNE RUE D'OTTAWA (ILLINOIS)

jamais reçu de copie des analyses effectuées par l'Inspection du travail en 1928 ? Ni de celles pratiquées ensuite par les médecins d'entreprise ?

— Je n'en sais rien, ce n'était pas mon affaire, poursuivit Reed d'un ton plus ferme. J'ai obéi aux ordres de Mr Kelly...

L'intendant remonta ses lunettes sur son nez. Il semblait avoir repris ses esprits et le toisait maintenant. Tom était déjà passablement exaspéré, mais ce regard le mit hors de lui. D'un naturel timide et réservé, il était cependant capable d'éclater. Et lorsque cela arrivait, c'était généralement dans des proportions plus impressionnantes qu'il ne le souhaitait lui-même. Il saisit Reed par le bras pour l'empêcher de se dérober et explosa :

— Vous avez obéi ?!... Obéi ?!... Pourtant, si nous avions connu la maladie plus tôt, nous aurions pu...

Le surintendant se dégagea violemment, mais Tom le rattrapa :

— Je veux seulement aider ces femmes... expliqua-t-il d'un ton plus posé. Alors, donnez-moi ces comptes-rendus d'examens médicaux...

Reed demeura un instant hébété. Il se sentait acculé et tout à coup, perdant totalement pied, il lança brusquement un coup de poing à Tom. Abasourdi, celui-ci resta estomaqué, puis la colère prit le dessus. Une colère qui stagnait au fond de lui depuis des années et qui n'attendait qu'une étincelle pour jaillir. Il empoigna fermement le surintendant par le revers de son manteau et le plaqua contre le mur. Mais Rufus Reed avait retrouvé ses esprits. Se débattant comme un beau diable ; il échappa à la poigne de Tom. Celui-ci ne s'était jamais battu de sa vie et il se mit à lancer ses poings au hasard, le plus souvent dans le vide. C'était également le cas de Mr Reed, et leur ballet de coups perdus ressemblait surtout à une danse un peu ridicule.

Interloqués de la brusquerie de la bagarre, les passants s'étaient arrêtés, mi-amusés, mi-inquiets. Finalement, un homme de haute taille chercha à s'interposer et Reed en profita pour crier :

— Cet individu est fou ! Police !!

— Vous êtes un assassin ! hurla Tom, encore plus exaspéré.

— Radium Dial est une entreprise exemplaire ! continua Reed en prenant à parti les passants.

Tom se sentit perdre pied. Alors la colère l'envahit comme jamais.

Son épouse était en train de mourir et cet homme se dérobait face à ses responsabilités :

— Menteur ! Vous êtes un effroyable menteur ! vociféra-t-il.

— Nous sommes une des rares sociétés encore debout et vous voulez la faire sombrer ? balbutia Reed en se dégageant de son emprise.

— Toujours la même rengaine ! La crise ne justifie pas toutes les exactions ! … On va vous trainer en justice ! Radium Dial paiera pour ses crimes !!

Autour d'eux, les passants affichaient une mine réprobatrice. Une voix finit par dominer le brouhaha et apostropha Tom :

— Vous voulez la ruine de la région ?! Arrêtez monsieur !

Bientôt des « Police ! Police !! » jaillirent de toutes les bouches, redoublant la fureur de Tom. Un costaud le maîtrisa rapidement et lui cria à l'oreille :

— C'est à des centaines d'emplois que vous vous en prenez !

Tom ne pouvait plus bouger. Mais ce qui l'exaspérait au-delà de tout, c'était d'être désigné à la vindicte populaire comme l'homme à abattre, alors qu'il s'estimait dans son bon droit, alors que son épouse et tant d'autres femmes étaient des victimes. Les victimes du profit à tout prix…

Un uniforme émergea de la foule.

— Arrêtez cet homme ! cria Reed en montrant Tom.

Celui-ci tenta de se débattre, en vain :

— C'est moi l'homme honnête et c'est moi qu'on arrête !? plaida-t-il.

— Taisez-vous, lui assena un passant, vous ne faites qu'aggraver votre cas !

Tandis que le policier menottait Tom, une femme ramassa le chapeau de Mr Reed et s'inquiéta de son état. Tom était écœuré. Tout avait tourné à son désavantage. Il avait le sentiment d'être enfermé dans une cage de verre à l'intérieur de laquelle il avait beau s'agiter, s'époumoner, on ne le comprenait pas, on ne l'entendait pas. Il n'arrivait pas à croire à une telle impuissance. Non, le surintendant de Radium Dial ne pouvait pas s'en tirer aussi facilement. Il hurla tandis qu'on l'entrainait :

— Je vous promets un procès retentissant !

— Aucun avocat n'acceptera de vous défendre ! répliqua Reed, approuvé par les passants.

Il soupira et tenta de se consoler : au moins, il avait pu dire ce qu'il avait

20 MAI 1936 — UNE RUE D'OTTAWA (ILLINOIS)

sur le cœur.

Il se laissa trainer jusqu'au poste de police et fut mis en cellule le temps d'enregistrer l'affaire, et que Reed dépose plainte pour agression. Entre les quatre murs gris de l'étroite geôle, il retrouva peu à peu son calme. Ses mains tremblaient toujours, mais il parvenait à nouveau à respirer normalement.

Un policier avait vu arriver Tom avec curiosité. À un moment où ses collègues furent occupés, il s'approcha discrètement de la grille et jeta un journal à ses pieds. Tom le considéra avec étonnement. Sans un mot, l'agent pointa le journal. Tom finit par le ramasser. C'était le *Chicago Daily Times*. Le policier l'avait plié de façon à mettre en valeur un texte intitulé : « Le Club des Suicidées ». Le titre était glaçant et racoleur à souhait. Tom sourit. Ainsi donc, Mary Doty avait tenu ses promesses. Au moins une démarche qui n'avait pas échoué.

Tom parcourut l'article : « Si jeunes et déjà détruites, on croirait voir de vieilles dames cabossées au bord de la tombe. » Le portrait était peu flatteur, mais réaliste. Il s'accompagnait de photos des femmes, souvent avec leurs enfants. Il sourit en reconnaissant Catherine avec la petite Mary-Jane, tellement mignonne, même si à un an, elle semblait âgée d'à peine six mois. Les larmes lui montèrent aux yeux lorsqu'il lut « Ses parents espèrent, en dépit de l'évidence, que la maladie de sa mère ne laissera pas de traces chez elle. » Au fond de lui, il avait confusément conscience que la morphologie de sa fille n'était pas normale, mais il n'avait jamais voulu se l'avouer. Et voilà que la réalité lui sautait au visage.

En italique, les témoignages des Filles-Fantômes achevaient de brosser le portrait de leur détresse. Mary Doty avait choisi de leur donner la parole, accentuant le pathos du reportage : « Parfois, je ne peux presque plus marcher, disait Catherine, mais je n'ai pas le choix, je dois continuer. » Marie Rossiter renchérissait : « J'ai peur de mourir et je veux vivre aussi longtemps que possible pour mon petit garçon ». Charlotte expliquait ensuite qu'elle avait dû réapprendre les gestes de la vie quotidienne pour pouvoir s'occuper de ses trois jeunes enfants avec un seul bras…

Le policier interrompit ses réflexions :

— Ce qui se passe est injuste, marmonna-t-il.

Tom haussa les sourcils. Il ne s'imaginait pas trouver du soutien auprès d'un agent des forces de l'ordre. Celui-ci gardait une posture indifférente pour ne pas attirer l'attention de ses collègues.

— Ma sœur a travaillé là-bas, chez Radium Dial, pendant quelques mois, continua-t-il. Pour le moment, elle va bien, mais j'ai peur qu'un jour elle connaisse le même sort que votre épouse...

Tom n'eut pas le courage de le détromper. À vrai dire, il était d'humeur franchement pessimiste.

— Où en est le changement de loi ? reprit le policier. C'est bien ce que vous avez tenté d'obtenir, n'est-ce pas ?

— Oui, répondit Tom. Nous avons entamé des démarches auprès de la Commission industrielle pour que la Loi sur les Maladies Professionnelles inclue une disposition sur l'empoisonnement. Mais elle ne pourra être actée qu'en octobre.

Il montra le journal où les filles s'efforçaient de sourire pour la photo :

— Quoi qu'il en soit, elles seront mortes d'ici là, conclut-il, narquois.

Tom maniait l'humour noir comme un désespéré. L'agent le regarda d'un air effaré. Ils n'eurent pas le temps de poursuivre cette discussion, car le policier était appelé par un collègue.

Lorsque Tom sortit du commissariat, la nuit était tombée. Al Purcell l'attendait, adossé au mur, le bout rougeoyant de sa cigarette éclairant son visage par intermittence.

— Tes racines d'Irlandais sanguin ont fini par refaire surface, murmura-t-il, un brin ironique.

Tom haussa les épaules et alluma une cigarette à son tour.

— Comment as-tu su que j'étais là ?

— Ta mésaventure a fait le tour de la ville. Pas à ton avantage, je te préviens...

— Je m'en doute... Merci d'être venu.

Ils firent quelques pas en silence. Tom s'en tirait avec un blâme pour outrage et désordre sur la voie publique. Il leva les yeux vers le ciel étoilé et soupira. Il appréciait la fraîcheur de la nuit. Il aurait voulu se laisser envahir par la paix du moment, mais le calme lui était désormais impossible. Il était

20 MAI 1936 — UNE RUE D'OTTAWA (ILLINOIS)

trop inquiet pour l'avenir.

Il se mit à trembler malgré lui.

— Ça va ? demanda Al.

Tom hocha la tête. Les pensées qui le troublaient ne pouvaient se partager. Au fond de lui, Tom traversait la pire crise de conscience de son existence. Bien qu'il luttât contre cette pensée, il lui semblait que sa foi, et finalement l'ensemble des croyances qui le faisaient tenir debout depuis l'enfance, s'effritaient doucement. Il s'était toujours efforcé d'accepter ce qui lui arrivait comme étant la volonté de Dieu, et les aléas de l'existence comme une mise à l'épreuve nécessaire de sa piété. Mais le destin de ces femmes — en particulier celle qu'il aimait plus que sa propre vie — lui paraissait une injustice indigne de Dieu lui-même. Car elles n'avaient rien fait pour mériter de telles souffrances. Il en arrivait à deux conclusions : soit Dieu était mauvais, soit il n'existait pas. Dans les deux cas, toutes les valeurs sur lesquelles il avait fondé sa vie s'écroulaient.

Mais il était seul avec sa conscience. Ses amis, son épouse, tous restaient profondément croyants. Ou, du moins, la religion représentait pour eux une évidence, une habitude qu'on ne songeait pas même à interroger. Dans l'ordre social, le clergé incarnait une autorité morale incontestable. Il n'était pas envisageable de remettre en cause la parole de Dieu ni l'enseignement des prêtres. Pour Catherine, c'était aussi une question de survie. L'idée très chrétienne qu'elle souffrait pour sauver son âme donnait une raison d'être à son calvaire et le rendait supportable. Mais pour Tom, tout cela n'avait aucun sens. Il était entré dans l'enfer du doute existentiel...

32

JUILLET 1936 — CHEZ LES DONOHUE — OTTAWA (Illinois)

C ouchée depuis des heures, Catherine Donohue n'arrivait pas à dormir. Elle repoussa les draps. Malgré la fenêtre ouverte, l'air frais de la nuit peinait à tiédir la chaleur de ce mois de juillet accumulée sous le toit. Elle changea de position, mais rien n'y fit. Sa mâchoire la faisait trop souffrir. Du pus avait recommencé à suinter de sa gencive et l'odeur de sa propre bouche la dégoûtait. Tom l'inquiétait également. Après son arrestation, Radium Dial avait augmenté les charges contre lui, ajoutant la folie aux faits d'agression, violence et désordre sur la voie publique. La firme avait réagi de manière tout à fait classique, à la façon des personnes en faute : en attaquant férocement. Heureusement, la police n'avait pas donné suite. Il était flagrant que les accusations étaient fallacieuses.

Quand elle ne ruminait pas au sujet de Tom ou de sa santé, Catherine s'interrogeait sur Radium Dial. Trop de choses étranges se passaient ces derniers temps. On avait profané les tombes d'anciennes ouvrières. Pourquoi ? Les gens d'ici n'étaient pas bien riches, ils se faisaient enterrer sans bijoux. Qu'est-ce qui pouvait bien intéresser les pillards ? Des cadavres avaient disparu. Pourquoi ? Radium Dial était-elle derrière tout cela ?

JUILLET 1936 — CHEZ LES DONOHUE — OTTAWA (ILLINOIS)

Et puis ce nouvel atelier à Ottawa, Luminous Processes Incorporated, que fallait-il en penser ? Les dispositifs de protection mis en place par cette jeune entreprise semblaient sérieux, mais étaient-ils suffisants ? On racontait que Joseph Kelly, l'ancien président de Radium Dial, en était le patron. Cela paraissait incroyable. D'autant qu'on ne l'avait pas vu à Ottawa depuis qu'il n'était plus directeur de Radium Dial. Lui qui avait toujours nié la nécessité de prendre des mesures sanitaires, avait-il tout d'un coup reconsidéré ses exigences ? Qu'est-ce que tout cela pouvait bien vouloir dire... ? Quoi qu'il en soit, Luminous Processes avait bien réussi son coup puisque, selon la rumeur, Radium Dial se trouvait au bord de la faillite.

Catherine eut un sourire amer : la concurrence semblait plus efficace que la justice pour affaiblir la firme historique. Radium Dial ne s'était jamais sentie en danger face aux plaintes de leurs anciennes ouvrières. Et pour cause ! Même si le gouverneur avait enfin signé la nouvelle Loi sur les Maladies Industrielles qui incluait une disposition sur l'empoisonnement industriel, le délai de prescription la rendait inapplicable pour elles. Pourtant, cette loi découlait directement de leur cas et protègerait des centaines de travailleurs à l'avenir. Les filles auraient dû se réjouir de cette avancée, mais pour l'heure, elles tombaient comme des mouches. Catherine se voyait maigrir et sa mobilité s'amoindrir chaque jour un peu plus. Toutefois, au fond d'elle-même, elle s'accrochait à l'idée qu'elle ne mourrait pas, qu'on trouverait un remède et qu'elle pourrait enfin jouir de la vie comme elle ne l'avait encore jamais fait jusque-là.

Tom se mit à ronfler à ses côtés. Elle n'osa pas le secouer de peur de le réveiller et se contenta de soupirer. Elle avait tellement envie d'une piqure de morphine. Le bien-être qu'elle ressentait lorsqu'on lui faisait une injection n'avait pas d'égal. D'un coup, la douleur qui vrillait son corps s'arrêtait, et elle glissait dans une douceur apaisante. Mais si la dose était trop forte, son esprit aussi s'engourdissait. Elle suivait les conversations en décalé, répondait à côté... elle n'était plus vraiment là. En soi, cela lui aurait parfaitement convenu si le regard soucieux de son époux ne lui avait fait prendre conscience que son comportement devenait préoccupant pour son entourage. Avec Tom, ils ne parlaient jamais de la maladie ni des problèmes d'argent, mais tous deux étaient rongés d'angoisse.

Pour contrer la douleur, Catherine tenta de se concentrer sur les événements positifs de ces derniers mois. Les articles de Mary Doty avaient remué l'opinion publique sur Chicago et avaient eu un effet boule de neige. Un jeune avocat, Jerome Rosenthal, avait même accepté de les représenter devant la Commission industrielle de l'Illinois. Par ailleurs, le courrier que Tom avait écrit à Frances Perkins avait eu un impact puisque trois départements fédéraux avaient commencé à enquêter. Mary Doty avait raison. Les politiques pouvaient faire bouger les choses. Encore fallait-il que les investigations aboutissent...

Soudain, des pleurs attirèrent son attention. Elle sourit. Tommy se promenait dans la maison. Le petit garçon faisait du somnambulisme et finissait par se réveiller un peu n'importe où. Il devait être sur le palier. Elle soupira, à demi amusée, et se leva laborieusement. Puis, elle se dirigea à tâtons, guidée par le bruit. Tommy se tenait debout devant la porte, le nez dans sa peluche préférée qui l'accompagnait dans toutes ses déambulations nocturnes. Incapable de s'agenouiller auprès de lui, Catherine se pencha et lui caressa doucement la tête.

— Tommy ? Qu'est-ce qui se passe ? chuchota-t-elle.

Le petit garçon leva son regard embué de larmes.

— Je suis allé faire pipi, mais je me suis perdu... articula-t-il entre deux hoquets.

— Allons, viens, je te raccompagne à ton lit.

Soudain, Tommy essuya vivement ses yeux et la dévisagea, étonné :

— Mais maman... Tu brilles ?!

Catherine se figea. Tommy sourit à travers ses larmes et caressa son bras, avant de répéter :

— Tu brilles ! C'est rigolo.

La jeune femme leva la main. Une lueur verdâtre semblait émaner de dessous sa peau. Elle se mit à trembler. Ce n'était pas possible... Elle releva sa chemise de nuit jusqu'aux genoux : ses jambes amaigries luisaient elles aussi dans le noir. Elle s'approcha du miroir et étouffa un hurlement. Tout son corps irradiait faiblement dans l'obscurité. On eût dit un fantôme, un fantôme effrayant, terrorisé par lui-même. Ses jambes se dérobèrent et elle s'effondra sur le parquet qui grinça doucement. La douleur envahit brusquement tous ses membres et elle sentit un flot de larmes couler le long de ses joues. Elle avait vu la mort. Oui, elle pouvait le dire : elle était vraiment devenue une Fille-Fantôme…

Tommy se jeta dans ses bras.

— Mais Maman, pourquoi tu pleures ?

Catherine essuya les gouttes qui perlaient de ses yeux d'un revers de main. Il ne servait à rien d'affoler le petit garçon.

— Pour rien, le rassura-t-elle en songeant qu'il fallait mieux faire de la mort un jeu. C'est pas grave, mon chéri. C'est… rigolo !

Et elle le berça doucement en le serrant contre elle. Rasséréné, Tommy soupira de contentement et se laissa aller dans ses bras en suçant son pouce. Il contempla sa mère avec un sourire émerveillé.

— Tu es belle, maman…, murmura-t-il avant de fermer les yeux.

33

PÂQUES 1937 — OTTAWA (Illinois)

En ce dimanche de Pâques, les Donohue avaient décidé de mettre les petits plats dans les grands. Les temps étaient durs, Catherine bien malade, mais il n'était pas question de ne pas se réjouir. Le prêtre était venu apporter la communion à Catherine qui n'était plus capable d'assister à l'office à l'église. Passer de la position debout, à assise ou à genoux, était trop pénible. Sans parler du froid qui lui glaçait les os. Elle n'avait plus assez de graisse pour garder la chaleur...

Pearl Payne et son mari Hobart, devenus les plus précieux soutiens des Donohue, avaient répondu présents. Le frère de Tom, son épouse et leurs enfants étaient aussi de la partie. Manquaient Charlotte et Al qui avaient quitté Ottawa quelques mois auparavant. La manufacture de verre Libbey-Owens avait résisté tant bien que mal à la Grande Dépression. Mais elle avait fini par fermer ses portes en ce début d'année 1937. Tom et Al s'étaient brusquement retrouvés sans emploi. Les Purcell, avec leurs trois bouches à nourrir, n'arrivaient plus à subvenir à leurs besoins et avaient rejoint les files de la soupe populaire. Les perspectives de gagne-pain se faisant plus que rares, ils s'étaient résolus à partir s'installer à Chicago. C'était une décision familiale au sens large puisque les deux sœurs de Charlotte quittaient également Ottawa avec maris et enfants, dans l'espoir de trouver plus de travail dans la grande ville. Tom se demandait s'ils n'auraient pas

PÂQUES 1937 — OTTAWA (ILLINOIS)

dû suivre le mouvement eux aussi. Mais sachant Catherine si faible, il ne se voyait pas organiser un tel déménagement dans les conditions actuelles. En son for intérieur, il se sentait plus que jamais prisonnier de cette ville qui avait fait d'eux ses esclaves...

Contrairement à la manufacture de verre Libbey-Owens, la Luminous Processes Company se portait on ne peut mieux depuis qu'elle régnait en monopole sur l'Illinois. Joseph Kelly avait visiblement réussi son coup puisqu'en décembre dernier, Radium Dial avait brusquement fermé ses portes, après quatorze ans d'activité prospère. Un soir, on avait dit aux ouvrières que ce n'était pas la peine de revenir, et le lendemain, les locaux étaient vides et le logement des Reed désert. Dans Ottawa, nul n'en savait plus, et d'ailleurs, personne ne cherchait à en savoir plus. On se contentait de regarder avec envie les bataillons de peintres de la Luminous Processes Company traverser la ville pour rejoindre leur emploi bien payé, alors que tant d'autres erraient tristement en quête de n'importe quel petit boulot disponible. Tom ne pouvait s'empêcher de les observer avec effroi, les imaginant dans quelques années, non plus rieuses et fières sur leurs hauts talons, mais boiteuses et épuisées, complètement ravagées par le radium.

Désormais, le Club des Suicidées et leurs familles se concentraient sur leur survie, et il n'était plus question de reconnaissance ou de combat pour faire changer la loi. De toute façon, il n'y avait plus d'argent pour se battre. Au fond d'eux-mêmes, aucun n'y croyait plus vraiment. D'autant que Maître Rosenthal, leur avocat, avait finalement laissé tomber l'affaire. Ils avaient tout de même décroché une audition devant la Commission Industrielle de l'Illinois un peu plus tard dans l'année, mais sans personne pour les représenter, autant dire qu'elle n'aboutirait pas. Quant aux actions fédérales, il semblait qu'elles se soient dissoutes dans les difficultés de la Grande Dépression.

En ce jour de Pâques, Tom avait fait de son mieux pour recevoir dignement famille et amis tout en préservant les quelques sous qu'ils avaient. Comme à son habitude, il affichait un sourire de circonstance, mais à l'intérieur de lui, c'était le délabrement le plus total. Ils se trouvaient au bord de la banqueroute. Sans emploi et la maison hypothéquée, il n'avait plus aucune ressource. Quant à Catherine, sa santé ne cessait de décliner et décliner encore. Tom ne s'imaginait pas une seule seconde vivre sans elle et il aurait préféré se couper un bras plutôt que de la priver de médicaments... bien que leur efficacité soit parfaitement anecdotique.

— Termine ton assiette, souffla Tom à son fils.

— J'aime pas, répondit l'enfant en faisant la grimace à ses haricots.

— Tommy, on ne sait pas de quoi sera fait demain. Alors, remplis-toi le ventre !

— Mais papa, c'est pas bon !

Tom soupira et lâcha l'affaire. À quatre ans et demi, le petit garçon n'était pas encore capable de comprendre. Tom secoua la tête. Il n'allait pas déclencher un esclandre le jour de Pâques, mais il ne pouvait s'empêcher d'avoir le cœur serré en observant les assiettes gâchées des enfants. Une fois rapportées dans la cuisine, il mettrait les restes de côté pour le soir. Mais tout cela était dérisoire. Il se sentait réduit à de telles extrémités qu'il ne savait qu'imaginer pour se sortir de là...

On frappa à la porte. C'était Marie Rossiter qui arrivait en voisine, accompagnée de son mari, Patrick, et de leur petit Bill. Ils furent accueillis à bras ouverts. Incapable de quitter la maison, Catherine se trouvait de plus en plus isolée et était particulièrement heureuse quand on venait à elle.

— J'ai reçu un courrier de Charlotte ! clama la nouvelle venue.

Charlotte écrivait alternativement à ses anciennes camarades, et cette fois, c'était au tour de Marie. Le petit groupe partageait ensuite les nouvelles.

— Les temps sont durs, dit Marie en dépliant la lettre.

Puis elle s'éclaircit la voix et commença :

Mes amies,

Comme vous me manquez ! La vie à Chicago n'est pas beaucoup plus facile qu'à Ottawa. Al arrive à décrocher quelques journées de travail, mais tout coûte beaucoup plus cher, si bien que nous n'y avons pas vraiment gagné. Je calme les estomacs des enfants avec des sandwichs à la moutarde pour leur couper la faim, mais je vous laisse imaginer leurs réactions. Bref, on se débrouille comme on peut. Donald est de plus en plus autonome. C'est lui qui, tous les soirs, va à la boulangerie pour récupérer les pains invendus que le boulanger veut bien nous donner. Quand il y en a...! On les trempe dans la soupe, trop claire à mon goût. Ça permet de caler ces estomacs sur pattes.

J'ai encore fait des progrès avec mon bras unique pour l'épluchage des patates, je ne suis pas peu fière de moi. Nous avons hâte que les beaux jours arrivent. Pour le moment, nous remplissons le poêle avec du charbon récupéré sur les voies de chemin de fer, mais je tremble qu'Al ou Donald se fasse prendre.

Vous me manquez tellement !

Comment va la santé ? Marie, ta jambe est-elle moins douloureuse ? Catherine, j'espère que les derniers traitements du Dr Loffler font effet. Et Pearl, Olive, les Glacinski ? Helen Munch s'est installée à quelques blocs de chez nous. Nous nous retrouvons de temps en temps au parc. Elle se sent moins seule dans l'agitation de la ville et cette effervescence lui fait du bien, même si sa jambe l'oblige souvent au repos.

Je vous embrasse bien fort.

Charlotte

Tout le monde se mit à commenter les dernières nouvelles. Tom en profita pour débarrasser et aller chercher le dessert que sa nièce entreprit de servir. Le gâteau était simple, mais délicieux. Malgré son peu d'appétit, Catherine mordit dedans avec gourmandise. Tom esquissa un sourire. Son épouse avait l'air heureuse, rien d'autre ne devait plus compter. Ils échangèrent un regard complice. Soudain, Catherine se figea. Tom l'observait, inquiet, lorsqu'elle porta la main à sa bouche et en retira quelque chose. Puis elle laissa échapper une exclamation horrifiée qui alarma son mari.

— Que se passe-t-il ? s'affola-t-il en se précipitant à ses côtés.

Catherine voulait rester discrète, mais son expression trahissait sa détresse et le silence se fit autour d'eux. Elle ouvrit lentement sa paume : elle contenait un bout d'os détaché de sa mâchoire. En mangeant, un morceau s'était arraché de la chair qui le retenait à peine. Cette fois, ce fut près d'elle que les exclamations horrifiées fusèrent. Tom se laissa tomber sur une chaise. Sa femme était littéralement en train de se désintégrer...

Passé un moment d'hébétude, Catherine éclata en sanglots. Comme si ce bruit l'avait réveillé de son cauchemar, Tom se ressaisit, la prit dans ses bras et la porta dans leur chambre à l'étage.

Lorsqu'il redescendit une heure plus tard, les Rossiter et les Payne étaient toujours présents. La famille de Tom était partie après avoir rangé les reliefs du repas.

— Elle dort, dit-il pour répondre à leurs regards interrogatifs.

— Il ne faut pas en rester là, murmura Marie.

Tom secoua la tête. Aucun d'entre eux n'avait d'argent pour payer un avocat. Pearl échangea un coup d'œil avec son mari avant d'avancer timidement :

— Nous avons lu un nouvel article sur cet avocat spécialisé dans les causes désespérées, Clarence Darrow. Nous pourrions lui écrire...

Tom se mordilla les lèvres. Ils n'étaient rien du tout, et Clarence Darrow était une star du barreau. Accorderait-il seulement une minute d'attention à leur courrier ?

— Après tout, qui ne tente rien n'a rien, renchérit Marie.

— D'accord, tentons, répondit Tom. Je vais écrire...

— Je vais t'aider, ajouta Hobart.

Face à l'action, tous avaient retrouvé sinon le sourire, du moins une forme d'enjouement. Marie proposa de contacter les autres malades. Elle était persuadée qu'elle aurait le soutien des sœurs Glacinski, d'Olive Witt, et même de Charlotte Purcell et Helen Munch, bien que toutes deux vivent désormais à Chicago.

— Un article dans la presse pourrait être un atout, ajouta Tom. Pour avertir que nous recherchons un avocat. Cela nous permettrait de multiplier les chances, au cas où Maître Darrow refuserait...

Quelques minutes plus tard, ils étaient prêts. Ils avaient déjà rédigé tellement de lettres pour trouver un homme de loi qu'ils maîtrisaient les tournures à employer.

— « Cher monsieur, c'est en dernier recours que nous nous adressons à vous pour obtenir de l'aide ou des conseils... », dicta Tom en interrogeant les autres du regard, tandis que Hobart notait. Ils détaillèrent ensuite les différents cas avant de terminer par une ultime supplique :

— « Ces malades doivent prochainement être entendues devant la Commission Industrielle et nous n'avons aucun avocat pour les représenter. Vous serait-il possible de prendre en charge cette affaire ? ... » Tu n'as plus qu'à ajouter les formules de politesse d'usage, conclut Tom.

C'était simple, clair, concis. Il n'y avait plus qu'à croiser les doigts.

34

19 JUILLET 1937 —
OTTAWA-CHICAGO (Illinois)

Sans réponse depuis plusieurs semaines, le Club des Suicidées avait le moral au plus bas. La date de l'audience approchait et les plaignantes n'avaient toujours personne pour les représenter. Malheureusement pour elles, Maître Clarence Darrow n'avait pas loin de quatre-vingts ans et n'était pas en très bonne santé. Pourtant, il avait octroyé plus qu'un coup d'œil à leur lettre et s'était même fendu d'un courrier circonstancié :

« Votre requête m'a beaucoup touché, et votre affaire mérite d'être plaidée sans doute plus qu'aucune autre, avait-il écrit. Toutefois, mon état ne me permet pas de la prendre en charge. Cependant, je peux vous recommander un confrère capable de mettre toute son énergie dans ce genre de cas. C'est un homme brillant, qui accordera, je n'en doute pas, une oreille attentive à votre dossier. Il s'agit de Maître Leonard Grossman. »

La réponse de l'avocat, bien que négative, avait pourtant relancé l'espoir. Immédiatement, Tom et Hobart avaient écrit un nouveau courrier, adressé cette fois à Maître Grossman, et l'attente avait recommencé.

Autant dire que la missive de Leonard Grossman avait fait l'effet d'un coup de tonnerre. Enfin, quelqu'un acceptait leur affaire. Il voulait les voir au plus vite. Ainsi tout n'était donc pas perdu, mais l'accélération brutale

19 JUILLET 1937 — OTTAWA-CHICAGO (ILLINOIS)

des choses les prenait au dépourvu. D'abord, réunir l'argent pour le voyage jusqu'à Chicago... Mais étaient-elles assez en forme pour s'y rendre ? Et qui pour les accompagner ? Tom bien sûr. Catherine avait besoin de lui et il était au chômage. Que faire des enfants... ? La sœur de Tom était disponible, elle viendrait les garder. Mais comment s'habiller ? Catherine n'avait plus rien à sa taille. Tant pis, elle mettrait une ceinture à la petite robe noire à pois blancs qu'elle aimait tant... Les sœurs Glacinski, Marie Rossiter et Pearl Payne seraient de la partie. Le temps manquait pour prévenir Charlotte Purcell et Helen Munch...

Ces questions résolues, les glorieuses combattantes avaient enfin pris la route de Chicago. Le 19 juillet 1937, deux jours avant la date prévue pour leur audience devant la Commission industrielle de l'Illinois, elles débarquaient dans le cœur de la grande ville. La « Windy City » les avait cueillies à la descente du bus. On était loin des plaines verdoyantes de la campagne d'Ottawa dont les herbes hautes et les champs à perte de vue ondoyaient délicatement sous la brise. Ville de briques et de verre, Chicago leur semblait une immense prison à ciel ouvert, avec ses avenues interminables et son ciel pesant. Le vent, chaud en cette saison, s'engouffrait entre les buildings par rafales, les déséquilibrant sur leurs faibles pattes et menaçant de les jeter à terre à chaque pas. Pourtant, elles savaient qu'elles venaient y chercher la reconnaissance, et cette conviction les baignait d'un sentiment de toute-puissance. L'espoir les galvanisait plus que n'importe quel remède. Agrippées solidement l'une à l'autre, elles se donnaient l'impression d'avancer au ralenti, comme au cinéma, gang de fortes têtes progressant vers la justice au son d'une musique épique. Sauf que le ralenti n'était pas un effet de style, ni leur démarche étrange la conséquence du port des armes, mais des douleurs aux jambes...

Parvenues à LaSalle Street, au cœur du quartier des théâtres, elles s'arrêtèrent au numéro 134 et levèrent les yeux, intimidées. Un grand building les dominait de ses vingt-deux étages. Sur son fronton s'étalait en lettres cuivrées la mention « Metropolitan ». À l'intérieur, elles se sentirent encore plus minuscules à la vue des parements dorés du hall d'entrée et de l'immense M qui ornait le pavage. Tom leur désigna l'ascenseur.

— Heureusement qu'on ne doit pas monter à pied ! pouffa Marie.

Bien que la gorge nouée, les autres ne purent s'empêcher de rire. Même Catherine qui, percluse de douleurs, avait perdu la faculté de sourire, esquissa un petit rictus amusé. Seul Tom ne plaisantait pas du tout. Il redoutait que son épouse ne se remette d'un tel voyage.

Arrivées devant le cabinet, elles hésitèrent un instant. Finalement, la lourde porte capitonnée s'ouvrit d'elle-même et une grande secrétaire blonde au rouge à lèvres écarlate les pria d'entrer. L'épaisse moquette couleur champagne assourdissait le bruit de leurs pas tandis qu'elles avançaient, silencieuses et intimidées, dans le long couloir. Au bout du corridor, une porte entrebâillée laissait filtrer le son d'une conversation étouffée. Lorsque la secrétaire poussa le battant, elle révéla une pièce spacieuse où flottait une légère odeur de tabac. Au centre trônait un majestueux bureau de bois rouge derrière lequel les attendait, souriant et affable, les pouces dans les poches du gilet de son costume trois-pièces, Leonard Grossman…

L'homme de loi en imposait par sa haute stature et son allure soignée. Mais surtout, ses yeux pétillaient d'intelligence et de bienveillance sous ses lunettes cerclées de métal.

— Carol, Anita, pouvez-vous apporter quelques chaises supplémentaires ? demanda-t-il à sa secrétaire et à sa petite assistante, une jeune femme à l'air réservé qui se tenait à l'écart, installée à un modeste bureau, prête à prendre en note leurs déclarations sur une impressionnante machine à écrire.

Intimidés, les plaignants n'osèrent s'asseoir que lorsque l'homme de loi les y eut invités une seconde fois. Tout dans ce bureau leur donnait un effet de sérieux et d'assurance qu'ils n'avaient encore jamais rencontré jusque-là…

35

21 JUILLET 1937 — OTTAWA (Illinois)

Pénétrant dans Ottawa, Leonard Grossman put enfin visualiser la petite ville dont ses clientes lui avaient tant parlé. Il n'eut pas de peine à reconnaitre l'atelier de Radium Dial, une grosse construction de brique rouge à l'abandon. Sinistre...
L'avocat s'arrêta à la première épicerie qu'il trouva pour y acheter les cigarillos qu'il affectionnait tant. Traversant les rayons, il réalisa qu'il avait faim. Se mêlant aux rares clients, il se mit en quête d'un paquet de biscuits. Soudain, il perçut un changement d'atmosphère. Une femme venait d'entrer et tous avaient fait silence. Les visages précédemment souriants s'étaient brusquement fermés. La nouvelle venue avait dû le sentir, car elle baissa les yeux, saisit rapidement deux ou trois courses sous les regards réprobateurs des autres acheteurs et les apporta au comptoir. Le patron leva le menton d'un air hautain et lui annonça la note d'un ton cassant. Malgré sa gêne, la jeune femme parvint à garder une certaine contenance. Elle paya et salua aimablement avant de sortir. Tandis qu'elle peinait à descendre la marche du pas de porte, une cliente qui entrait la bouscula ostensiblement au passage. Lorsqu'elle eut disparu, les langues se délièrent brusquement.
— Ces satanées Filles-Fantômes, on devrait les enfermer! attaqua un petit homme d'une cinquantaine d'années au chapeau mou usé. Oser déposer une plainte contre Radium Dial! Elles ont un de ces culots!

— C'est une honte de les laisser calomnier un employeur aussi généreux, approuva une femme rondelette au cabas bien rempli.

— Comme vous dites, renchérit le premier. C'est à cause d'elles que Radium Dial a fait faillite. Heureusement que Luminous Processes est toujours debout. Ma fille travaille là-bas, et c'est elle qui nous nourrit. Avec la crise, je n'ai plus de boulot. Et à mon âge... Alors, imaginez si tous les ateliers de peinture au radium devaient s'effondrer à cause de pimbêches qui cherchent à se faire de l'argent sur le dos de leur ancien patron !

— Le succès, ça crée des jalousies, ajouta la nouvelle venue. Elles s'attaquent aux plus gros pour leur soutirer un maximum. C'est franchement immonde.

Une autre ménagère tout en os s'était approchée :

— Dimanche dernier, le curé a fait un sermon pour rappeler le principe de loyauté envers son employeur, mais ça n'a pas l'air de vouloir les arrêter...

Leonard Grossman serra les dents. Il en avait assez entendu. Il se rendit à la caisse et demanda des cigarillos.

— On n'a pas ça, monsieur. Ici c'est Lucky Strike ou Chesterfield.

Leonard Grossman se contenta d'un paquet de Chesterfield. Il en alluma une et l'odeur le fit grimacer. Il songea que ces derniers temps, il lui arrivait d'être saisi de quintes de toux désagréables et de se sentir rapidement essoufflé. Peut-être le tabac y était-il pour quelque chose ? Pourtant, il n'avait jamais lu aucun avis médical le déconseillant, et la publicité l'associait aux cow-boys vigoureux et virils sur fond de grands espaces. Des cartouches de cigarettes étaient même fournies chaque semaine aux soldats en complément de leur solde. Il haussa les épaules. Ses craintes étaient ridicules : l'État ne serait tout de même pas allé jusqu'à intoxiquer ses propres citoyens... Il fourra le paquet dans sa poche et, avant de quitter le magasin, demanda au patron :

— Excusez-moi, pourriez-vous m'indiquer le chemin du tribunal ?

— C'est le grand bâtiment un peu classique peint en jaune. Continuez tout droit et tournez à gauche. Vous tomberez dessus.

Leonard Grossman reprit sa voiture et parcourut les rues peu animées dans la direction indiquée. À l'intérieur de l'édifice, il retrouva Tom Donohue,

21 JUILLET 1937 — OTTAWA (ILLINOIS)

Marie Rossiter, Pearl Payne, Olive Witt et les sœurs Glacinski. Il les avait prévenus que l'audience serait courte et sans véritable intérêt puisqu'il se contenterait de demander un report, mais ils avaient tenu à être là. Catherine aussi avait voulu venir, mais Tom lui avait imposé le repos.

Ils grimpèrent les quatre étages jusqu'à la salle d'audience où ils s'installèrent. Petite, la pièce ressemblait à un vaste bureau carrelé de losanges où trônait une grande table de réunion bordée de chaises. Elle n'avait rien de la solennité d'un tribunal et Leonard Grossman sentit que ses clients en étaient soulagés.

Le juge commença de suite, à la surprise de Leonard Grossman. Il se permit de demander la parole :

— Nous n'attendons pas les dirigeants de Radium Dial ?

— Je les représente, répondit un homme plutôt jeune dont les cheveux noirs tombaient en mèches raides sur son front.

Il remonta ses lunettes sur son nez et se présenta :

— Maître Arthur Magid.

— Oh, très bien...

Leonard Grossman se frotta le menton. Ainsi donc, Radium Dial avait délégué le même avocat que pour le procès d'Inez Vallat. Et les nouveaux directeurs de la firme n'avaient pas pris la peine de se déplacer, signe que l'affaire ne les inquiétait pas beaucoup. Après tout, ils avaient gagné deux ans plus tôt. Se sentaient-ils seulement concernés par cette affaire qu'ils n'avaient pas vécue et dont les faits s'étaient déroulés dans un autre état ? Quant à Joseph Kelly, bien qu'ayant remonté une entreprise toute semblable à deux pas de celle qui avait causé tant de dégâts humains, il était intouchable. Il n'était plus employé par Radium Dial depuis trois ans.

— ... maître Grossman ?

Perdu dans ses pensées, il n'avait pas écouté. Il toussota et répondit :

— Oui, alors... je souhaiterais demander un report d'audience. Je viens à peine de prendre en charge cette affaire et je ne suis pas encore prêt à plaider.

Maître Magid sourit. Comme le présupposait Leonard Grossman, un report arrangeait bien Radium Dial. Plus les jours passaient, plus il y avait de chances pour que les plaignantes décèdent.

Le juge interrogea l'avocat de la firme du regard, qui se contenta de hocher la tête.

— Accordé, trancha-t-il.

Sans plus attendre, maître Magid ramassa sa sacoche, se leva et salua l'assemblée. Avant de quitter les lieux, il lança :

— Vous perdez votre temps, maître Grossman, dit-il. Ces femmes affabulent.

Et il disparut. Les plaignants rougirent sous l'insulte. Mais ils n'eurent pas l'occasion de protester ; le juge s'était levé à son tour. L'audience était terminée. Leonard Grossman se tourna vers ses clients. Même avertis, ils restaient abasourdis de la rapidité avec laquelle les événements s'étaient déroulés.

— Eh bien voilà ! annonça l'avocat avec un sourire amusé, je n'ai plus qu'à me mettre au travail !

36

NOVEMBRE 1937 — CABINET DE LEONARD GROSSMAN — CHICAGO (Illinois)

— Maître Grossman, maître Grossman, ça y est, j'ai retrouvé Radium Dial ! s'écria Anita en se précipitant dans le bureau de son patron, poitrine tendue sous le coup de l'émotion et jupe claquant sur les mollets.

Leonard Grossman leva les yeux et la considéra d'un air amusé. Avec sa façon d'envisager chaque découverte comme une petite victoire, Anita lui rappelait ses débuts enthousiastes dans le métier.

— Ils ont déménagé l'atelier d'Ottawa, poursuivit la jeune femme, rougissant de fierté.

Carol avait suivi la bourrasque jusqu'au bureau.

— Ça, on le savait, répliqua-t-elle d'un ton sec.

— Ils sont installés à New York maintenant, continua Anita. Et…

Elle ménagea une pause, se mordillant les lèvres.

— Et ?

— Et les lois de l'Illinois ne sont pas les mêmes que celles du New Jersey.

L'avocat tapota nerveusement du bout des doigts sur son bureau.

— À New York ! Bon sang, les salopards ! maugréa-t-il. Ils ont changé d'État. Cela ne va pas simplifier nos démarches.

Si Radium Dial n'était plus localisée en Illinois, comment ferait-il pour la poursuivre en justice ?

— Nous disposons de peu de pistes, ajouta Anita en se dandinant. Tous les cadres ont quitté la ville. Mais j'ai retrouvé Rufus et Mercedes Reed. Ils sont toujours employés par Radium Dial...

— Je vois, murmura l'avocat pensivement.

— Merci, Anita, dit Carol. Maître Grossman, pouvons-nous reprendre le parcours médical des plaignantes ?

Et elle posa sur le bureau plusieurs pochettes cartonnées étiquetées au nom des jeunes femmes.

Anita gémit :

— Si c'est pour écouter des horreurs, je...

Carol laissa échapper un soupir : Anita manquait systématiquement de tourner de l'œil à l'évocation des maladies. Elle répondit le plus calmement possible :

— Vous allez en entendre, Anita, et des grosses ! Alors soit vous sortez, soit vous vous bouchez les oreilles... soit vous encaissez !

Anita resta un instant pincée avant de prendre une profonde inspiration et murmurer douloureusement :

— Ça va aller, ça va aller...

L'irritation de Carol retomba comme un soufflé. Elle s'en voulait d'avoir perdu contenance devant son patron. Elle corrigea le tir par un mouvement de tête d'une sensualité qu'elle espérait torride, mais qui laissa Leonard Grossman de glace. Puis, d'un coup de rein savamment calculé, elle s'assit à l'angle du bureau avant d'ouvrir le premier dossier le plus calmement du monde...

— Pearl Payne. La pauvre femme a frôlé la mort plusieurs fois pendant cinq ans, testé quantité de traitements au petit bonheur la chance et subi six opérations. Tout a commencé en 29, un an après la naissance de sa fille, Pearl-Charlotte... Pearl souffre d'étourdissements de plus en plus fréquents. Un an plus tard, on lui diagnostique une tumeur abdominale. Première opération. Puis, brusquement, sa tête double de volume. De gros nodules noirs apparaissent derrière ses oreilles. Elle voit un spécialiste qui lui draine l'intérieur et l'extérieur des oreilles. Ça fait effet une journée, et puis ça recommence. Il faut l'ouvrir plusieurs fois en quelques jours. Au final, le gonflement diminue, mais tout un côté de son visage reste paralysé.

Anita avait pâli.

— Ça va, Anita ? demanda l'avocat.

— Ça va… répondit la jeune femme avec un faible sourire qu'elle voulait rassurant. À force, je me suis habituée…

Leonard Grossman hocha la tête et fit signe à Carol de poursuivre :

— La paralysie disparait peu à peu. Mais à ce moment-là, elle commence à saigner constamment. On lui enlève une nouvelle tumeur à l'utérus et dans le même temps, les médecins en profitent pour lui faire un curetage. Mais elle continue à perdre du sang.

Carol ne s'appesantit pas plus, mais Pearl lui avait raconté, lorsqu'elle l'avait interrogée au téléphone, que les saignements avaient duré quatre-vingt-sept jours. Les scientifiques, perplexes, avaient fini par lui diagnostiquer une fausse couche. Mais c'était absurde, Pearl le savait bien : Hobart ne l'avait pas touchée depuis son opération. Pourtant, les médecins s'obstinaient à l'affirmer comme l'évidence la plus totale. Elle en était abasourdie : comment ces individus pouvaient-ils imaginer que son mari la pénètre dans l'état où elle se trouvait, sortant d'une intervention chirurgicale douloureuse et saignant abondamment comme après un accouchement ? Pearl, qui n'avait jamais connu d'autre homme que son Hobart, en était venue à se demander si tous étaient du même acabit que ces médecins, et qu'elle avait épousé la perle rare.

— Pearl subit alors un second curetage, reprit Carol.

Anita avait saisi les bords de sa chaise et semblait sur le point de tourner de l'œil. Leonard Grossman fit un geste à l'attention de Carol qui s'interrompit. Anita se redressa :

— Non, mais j'ai fait des progrès… protesta-t-elle faiblement.

— Indéniablement, concéda l'avocat avec un sourire amusé.

— Je… je vais juste prendre un peu l'air…

Son patron approuva de la tête. Carol leva les yeux au ciel en soupirant tandis que son assistante chancelait jusqu'à la porte du bureau.

— Heureusement que je ne l'ai pas mise sur les dossiers médicaux ! constata-t-elle.

— En effet. À sa décharge, je n'ai jamais eu à traiter une telle affaire, et je n'aurais jamais cru être confronté à un pareil délabrement des êtres. Je me demande comment ces femmes tiennent encore debout...

Carol laissa son regard errer vers la fenêtre à travers laquelle on pouvait distinguer une équipe d'ouvriers en train de s'activer sur le toit du building d'en face.

— À lire tout cela, je suis de plus en plus persuadée que le corps humain dispose de ressources insoupçonnées, murmura-t-elle.

Leonard Grossman hocha la tête, pensif. C'était exactement ce qu'on disait des blessés de guerre...

— Bref, poursuivit Carol, le cauchemar continue plusieurs années. En fin de compte, elle subit cinq ans de suivi médicaux, six interventions chirurgicales et neuf séjours à l'hôpital. Tout ça pour que les tumeurs reviennent encore. Elle est traitée pour la malaria, l'anémie, et quantité de maladies, en vain. À chaque opération, elle se voit enlever un morceau à l'intérieur du corps...

C'est le moment que choisit Anita, malheureusement pour elle, pour rentrer dans le bureau. Leonard Grossman et Carol eurent juste le temps de croiser son regard horrifié avant qu'elle fasse prestement demi-tour. L'avocat et sa secrétaire faillirent éclater de rire. Carol replongea dans son carnet mais la conversation lui revenait en mémoire si précisément qu'elle n'avait besoin de relire ses notes. Le calvaire de Pearl avait été terrible. À ce moment-là, elle pensait que sa fin était proche. Épuisée physiquement et moralement, elle ne trouvait plus la force de se battre. Sa situation était d'autant plus frustrante qu'ayant eu une formation d'infirmière dans sa jeunesse, elle savait bien qu'aucune des multiples théories avancées par les médecins n'était juste. En avril 1933, on lui avait proposé une hystérectomie. Ce mot barbare lui avait fait dresser les cheveux sur la tête. Il signifiait l'anéantissement de son rêve de famille nombreuse. Elle avait hésité, mais, désespérée, avait finalement accepté, le cœur brisé.

NOVEMBRE 1937 — CABINET DE LEONARD GROSSMAN — CHICAGO...

— Pearl a été complètement stérilisée, acheva Carol. En désespoir de cause, les médecins ont conclu qu'elle « appartenait à une catégorie de femmes dont on ne connaissait pas les raisons de la maladie. » Mais cela l'a sauvée... Peu à peu, elle a pu reprendre une vie à peu près normale. Si vous voulez, j'ai ici le détail des interventions chirurgicales qui...

— Mettez-les-moi de côté, s'il vous plait, répondit l'avocat avant de tourner la tête vers la porte. Anita, revenez ! Nous en avons terminé...

Anita n'était pas loin. Elle réapparut aussitôt, rougissante, et s'excusa. Sa supérieure jugea que la pauvre fille méritait un peu de réconfort. Malgré ses grands airs, Carol avait bon fond. En réalité, son unique défaut était la crainte irrépressible que quiconque puisse la supplanter auprès de son patron, dont elle désespérait d'obtenir un jour un regard de faiblesse... ou plus. Mais Anita n'était visiblement pas une rivale à la hauteur...

— Vous êtes trop émotive, Anita. Vous devriez lire *Vogue*, il y a toujours une page d'excellents conseils...

— Ah bon ? répliqua Anita, qui ne savait comment prendre la soudaine gentillesse de sa supérieure à son égard.

— Oui, poursuivit Carol, heureuse de trouver une oreille féminine capable de partager des intérêts communs. Vous verrez, en fin de magazine, à la rubrique « Ma Santé », ils proposent des tas de nouveaux produits pour...

Leonard Grossman se racla doucement la gorge. Carol sursauta et rougit. Son patron avait beau se montrer souple et compréhensif, il y avait des limites à ne pas dépasser.

Soudain, la porte de l'office sonna. Anita en profita pour s'éclipser :

— Je vais ouvrir, s'écria-t-elle d'un ton si soulagé que l'avocat et sa secrétaire ne purent s'empêcher de rire.

Presque aussitôt, Anita repassa la tête :

— Maître Grossman, quelqu'un voudrait vous voir. C'est à propos de l'affaire des Radium Girls...

Leonard Grossman allait protester, mais à la mention des Radium Girls, son regard s'éclaira.

— Faites entrer, Anita.

La jeune femme s'effaça et un homme de haute stature qui triturait sa casquette entre ses mains calleuses s'avança. Malgré son air réservé, l'avocat perçut immédiatement la détermination qui animait le nouveau venu :

— Al Purcell, se présenta-t-il. Je suis le mari de Charlotte, une des Filles-Fantômes. Celle avec le bras...

Leonard Grossman hocha la tête. Il voyait tout à fait qui était Charlotte.

— Je... je suis là pour...

Intimidé, Al ne savait plus trop quoi dire. D'un geste, Leonard Grossman l'invita à s'asseoir.

— Que puis-je pour vous ? demanda-t-il.

— Non, je vous en prie... C'est moi... Je venais pour... enfin, si je peux faire quelque chose pour vous aider, vous pouvez compter sur moi. Je veux dire... vous faites beaucoup pour nous et...

— Pour le moment, je n'ai pas abouti à grand-chose, répondit l'avocat avec un sourire amusé.

— Non, bien sûr, vous n'avez pas encore plaidé, mais je devine ce que représentent les préparatifs d'un tel dossier. Et... enfin bref, nous habitons Chicago, donc je suis à votre disposition... Alors voilà, n'hésitez pas !

Leonard Grossman eut un petit rire et frappa sur son bureau d'un mouvement brusque qui fit sursauter Al :

— Pour l'amour de Dieu, apportez-moi une déclaration certifiée de médecin ! Je n'ai strictement rien de ce côté-là. Uniquement le récit des plaignantes, et malheureusement, cela n'a pas beaucoup de valeur... Les praticiens d'Ottawa ont tous — absolument tous — refusé de me transmettre quoi que ce soit. Même l'hôpital qui a opéré Pearl Payne. Elle a pourtant un dossier gigantesque !

Al savait tout cela. Il en était resté glacé d'effroi lorsque Pearl, pour en rire plutôt qu'en pleurer, avait affirmé un jour qu'elle se sentait si légère qu'elle pourrait entamer une carrière de sportive de haut niveau ! La résilience de ces femmes le sidérait...

— Charlotte et les autres ont écrit, supplié, mais aucun médecin n'a accepté, soupira Al.

— Nous allons envoyer un recommandé à Radium Dial à New York pour obtenir les anciens examens médicaux, mais prendront-ils seulement la

NOVEMBRE 1937 — CABINET DE LEONARD GROSSMAN — CHICAGO...

peine de répondre ?

Al baissa la tête. Il mesurait la somme de travail que le cabinet Grossman avait abattu pour leur cause, et constatait qu'il était incapable d'apporter un peu d'eau à son moulin. Son impuissance le minait. En réalité, elle le minait depuis des années...

— Allons, le rassura l'avocat, nous procéderons autrement. J'y travaille ! Occupez-vous de votre épouse et de votre famille, c'est de soutien moral dont nous avons tous besoin.

Al se leva lentement. Leonard Grossman le considéra avec compassion. C'était cela finalement le plus difficile pour ces gens, dans la crise personnelle et économique qu'ils vivaient. Ils ne pouvaient agir concrètement, et toute leur vie semblait engloutie dans un gouffre d'impuissance. Le travail était rare, et ils en étaient à apprendre à leurs propres enfants à survivre grâce à ce que leur orgueil ne pouvait nommer autrement que la mendicité. Dans leur combat face aux géants de l'industrie, dont ils ne maîtrisaient aucune ficelle, ni scientifique ni juridique, cette impuissance les rendait prisonniers comme des moucherons dans un bocal de verre, à observer l'agitation du monde sans pouvoir y participer...

37

JANVIER 1938 — OTTAWA (ILLINOIS)

Il faisait un froid glacial lorsque Leonard Grossman descendit de l'avion. En ce mois de janvier 1938, le climat se montrait particulièrement rude. L'avocat serra le col de son manteau contre son cou tandis que le blizzard chargé de flocons épais lui fouettait le visage. La neige avait même envahi la piste et il dut marcher avec précaution pour éviter que le tapis blanc gelé ne s'empare de ses chaussures en cuir verni. Non qu'elles soient précieuses, elles avaient surtout une valeur sentimentale. Un client fauché les lui avait offertes pour le remercier de s'être occupé de lui, et l'avocat était fier de les porter. Elles lui rappelaient qu'il avait obtenu justice pour le brave homme.

Il fallait plus qu'une tempête pour faire reculer Leonard Grossman. Depuis six mois que Catherine, Charlotte, Marie, Frances et Marguerite étaient venues lui exposer leur affaire, il n'avait eu de cesse de réunir toutes les informations nécessaires pour l'audition devant la Commission industrielle de l'Illinois. Il était temps maintenant de préparer ses clientes à témoigner.

Malgré les conditions climatiques épouvantables, Leonard Grossman se sentait d'une humeur battante. Catherine Donohue était la plus malade des plaignantes, c'était donc son cas que l'avocat voulait mettre en avant. Puisque sa cliente était trop mal en point pour venir jusqu'à Chicago, c'est lui qui venait à elle pour la préparer en vue de l'audition. Et puisque les

JANVIER 1938 — OTTAWA (ILLINOIS)

routes étaient trop mauvaises, il avait loué un avion privé. Bien sûr, cette dépense était excessive — Trudel n'avait eu de cesse de le lui répéter — mais elle apporterait un peu de publicité à cette affaire qui en avait bien besoin.

Le tarmac était particulièrement glissant et Carol manqua de s'étaler. Elle n'avait pas voulu déroger à ses talons hauts malgré la météo. « De toute façon, je n'ai que ça ! » avait-elle affirmé lorsque son patron lui avait fait remarquer que ce n'étaient pas les chaussures les plus adéquates pour la saison. Leonard Grossman avait souri : sa secrétaire mettait l'élégance bien au-dessus du confort.

Le taxi qui les amenait depuis l'aéroport les déposa devant la petite maison de bardage banc des Donohue. La porte s'ouvrit, révélant le visage abasourdi de Tom.

— Je n'aurais jamais cru que vous arriveriez jusqu'ici, balbutia-t-il, particulièrement intimidé.

Il avait beau avoir déjà rencontré le brillant homme de loi, il était toujours impressionné par son aplomb et sa prestance.

— Il en faut plus pour m'arrêter, répondit Leonard Grossman avec un clin d'œil. Comment va Catherine ?

— Elle tient le coup... marmonna Tom d'un air sombre.

L'avocat pénétra dans le salon, Carol sur ses talons. Tom leur apporta deux chaises qu'ils eurent bien du mal à installer tant l'espace était encombré. Catherine étant désormais incapable de monter à l'étage, Tom lui avait aménagé un lit au rez-de-chaussée. Lui-même dormait par terre, à ses pieds, de crainte de ne pas l'entendre si elle avait besoin de lui la nuit. Il avait arrangé les lieux du mieux qu'il avait pu, plaçant une petite lampe à son chevet, une radio pour la distraire et un crucifix pour la protéger. Carol ne put réfréner une grimace de dégoût qu'elle détourna en sourire gêné. Il régnait dans la pièce une odeur très désagréable. Les effluves de la maladie bien sûr, mais aussi... comme des relents de pourriture, écœurante... Tom se précipita vers la fenêtre pour aérer. S'il s'était douté, il aurait anticipé un peu... Il ajouta un lainage sur Catherine qui disparaissait déjà totalement sous une couverture brune usée, comme si son corps n'eut été plus épais qu'un froissement d'étoffe. La pauvre femme mit un mouchoir devant sa bouche. L'odeur venait de là. Le pus ne cessait de s'en écouler. Elle avait perdu d'autres morceaux de mâchoire depuis ce jour de Pâques de l'année précédente, et les abcès s'étaient multipliés dans sa bouche. Quant à sa tumeur à la hanche, Leonard Grossman savait par les rapports des médecins qu'elle atteignait désormais la taille d'une orange.

Catherine semblait à l'article de la mort et l'avocat se félicita de s'être fait accompagner de Carol plutôt que d'Anita. Pourtant, il pouvait voir dans les yeux de la malade une volonté et une envie de vivre qui le conforta dans son choix de la prendre comme cas principal. Ensuite viendraient Charlotte et les autres. Malgré sa faiblesse et son caractère effacé, Catherine se battrait jusqu'au bout pour faire reconnaitre ses droits. Il en était persuadé.

Le temps que l'avocat sorte ses documents et que Carol prenne place à la table de la salle à manger avec son bloc-sténo, Tom refermait la fenêtre et repoussait les volets. Catherine supportait mal la lumière. Dans la pénombre, son corps brillait légèrement, répandant une lueur fantomatique sur les draps. On devinait chaque os sous sa peau diaphane.

— Les gens ont peur de me parler maintenant, dit-elle tristement. Ils redoutent que je les contamine. J'espère que je ne vous effraie pas trop...

Leonard Grossman sourit. Il imaginait sans peine la vie solitaire de la malade. Elle ne pouvait plus guère sortir. Incapable de se porter elle-même sur ses jambes, son mari devait l'aider pour tout, se laver ou même simplement faire ses besoins.

— Avez-vous eu les rapports des médecins ? demanda Tom.

Léonard secoua la tête.

— Malheureusement non. Je suis désolé, Catherine, mais il va vous falloir aller à Chicago pour vous faire examiner par les trois spécialistes qui témoigneront pour nous.

— C'est impossible ! s'exclama Tom. Catherine n'est absolument pas en état de faire le voyage jusque-là.

Leonard Grossman se mordilla la lèvre inférieure. Il le comprenait bien. Pourtant, sans des rapports scientifiquement validés, il ne pourrait rien plaider.

— Les médecins ne peuvent-ils venir ici ? reprit Tom.

JANVIER 1938 — OTTAWA (ILLINOIS)

— Le Dr Loffler n'y verrait pas d'inconvénient, mais les deux autres s'y refusent. Ce sont de grands spécialistes, leur agenda est rempli sur plusieurs semaines... Et très honnêtement, je préfèrerais avoir leurs noms plutôt que ceux d'obscurs généralistes.

Il n'ajouta pas qu'il n'était pas si simple de trouver des médecins qui acceptaient de perdre du temps à témoigner dans des procès.

— J'irai, affirma Catherine d'une voix qu'elle voulait la plus ferme possible.
— C'est de la folie !

Leonard Grossman se passa la main sur le visage. Tom était visiblement paniqué à l'idée d'emmener son épouse si loin alors qu'il la devinait sur le point de se briser. Mais Catherine aurait consenti à n'importe quelle demande de la part de Leonard Grossman. Celui-ci avait accepté de les défendre sans qu'il ne soit jamais question d'argent, juste par humanité. Lors de leur première rencontre, il avait déclaré : « Je suis heureux de me battre pour vous, pour la justice ». Les femmes du Club des Suicidées lui en seraient reconnaissantes pour l'éternité.

Tom se laissa tomber sur une chaise et eut un geste fataliste. Malgré sa faiblesse actuelle et sa timidité naturelle, Catherine pouvait se montrer têtue. Il savait déjà qu'il n'aurait pas gain de cause.

— Si nous répétions le témoignage ? proposa l'avocat.

Ils se concentrèrent donc sur l'élaboration de leur stratégie, la progression des arguments que Catherine aurait à avancer, dosant subtilement les parties descriptives et les parties plus émotionnelles. La jeune femme était intelligente et, malgré sa faiblesse, Leonard Grossman était persuadé qu'elle parviendrait à expliquer les choses avec tact et fermeté.

Une heure plus tard, ils étaient au point, et Catherine épuisée. Tout à coup, une petite tête passa la porte. C'était Tommy. L'enfant s'approcha à pas de loup. Carol fut la première à le remarquer. Elle lui sourit et lui fit un signe de la main. Ce geste attira l'attention de Catherine dont les yeux se remplirent de larmes. Elle détourna le regard et aussitôt Tom réagit. Il prit le petit garçon dans ses bras et l'entraina hors de la pièce. Des hurlements retentirent immédiatement. L'enfant se débattait et réclamait sa mère à grands cris. L'avocat et sa secrétaire échangèrent un signe discret et enfilèrent leurs manteaux. Leonard Grossman s'approcha doucement de la malade et murmura :

— Courage, Catherine. À très bientôt. Gardez toutes vos forces.

La jeune femme eut à peine la capacité de hocher la tête.

Tom les rejoignit à la porte de la maison. La nounou engagée récemment par les Donohue avait emmené Tommy dans sa chambre. Mais les sanglots en provenance de l'étage indiquaient que le petit garçon restait inconsolable.

— Catherine a peur de contaminer les enfants. On sait tellement peu de choses sur cette maladie… Alors, dans le doute, on préfère prévenir que guérir. C'est le plus douloureux pour Catherine. D'abord de ne plus pouvoir s'occuper d'eux, parce qu'elle n'en a plus la force. Pire encore, de ne plus les serrer dans ses bras, ni même les voir pour éviter ce genre de crise. Mary-Jane n'en souffre pas trop, elle n'a pas trois ans. La nounou a aisément pris le relais. Et puis elle marche à peine malgré son âge. C'est plus facilement gérable. Avec Tommy, c'est une autre affaire… Sa mère lui manque et il ne comprend pas…

Il eut une grimace désabusée et haussa les épaules :

— Il s'y fera… conclut-il tristement.

Leonard Grossman hocha la tête : le temps agirait sur ses émotions, sans doute. Il « s'y ferait », mais en garderait des traces indélébiles au fond de son âme…

38

4 FÉVRIER 1938 — CABINET DU DR WEINER — CHICAGO (Illinois)

— Autant vous avertir d'avance, annonça le Dr Loffler, Catherine Donohue n'est pas du tout en bonne santé.

— C'est ce que j'ai cru comprendre, répondit le Dr Sidney Weiner d'un air détaché.

Le Dr Loffler n'insista pas. Visiblement, l'éminent radiologue était loin d'imaginer combien l'état de la malade, qui venait de fêter ses trente-cinq ans, était particulièrement impressionnant. Charles Loffler avait obtenu de son confrère de pratiquer son propre examen médical dans son cabinet, afin d'éviter à Catherine Donohue un autre déplacement. Tous les deux attendaient qu'elle arrive de son premier rendez-vous chez le Dr Walter Dalitsch, un dentiste spécialisé qui devait témoigner à leurs côtés.

Soudain, la secrétaire toqua doucement à la porte et l'ouvrit avant même d'avoir reçu une réponse. Sous les yeux abasourdis du radiologue, Tom et le Dr Dalitsch pénétrèrent dans la pièce en portant Catherine Donohue qu'ils posèrent sur une chaise avec toute la délicatesse possible. Le Dr Weiner se décomposa. Malgré les mises en garde de son confrère, il n'avait pas imaginé être confronté à une telle vision. Le Dr Dalitsch non plus visiblement, qui affichait une pâleur cadavérique. La pauvre femme ressemblait à un squelette flottant dans sa robe.

— Merci de nous avoir accompagnés, docteur, dit Tom à l'attention du Dr Dalitsch.

— Je vous en prie. C'était la moindre des choses...

Le dentiste, bouleversé par l'état de la malade, avait planté là tous ses autres patients et décidé d'emmener le couple chez ses confrères. Il s'en voulait de l'avoir obligée à venir jusqu'à Chicago. S'il s'était imaginé un tant soit peu le délabrement physique de la jeune femme, il aurait fait le déplacement jusqu'à Ottawa. D'autant que Tom lui avait avoué que sa santé se dégradait de jour en jour, entraînée dans une spirale infernale. Comme elle n'arrivait plus à manger, elle s'affaiblissait très rapidement.

Le Dr Weiner s'était repris, et c'est avec un masque impassible qu'il demanda à Catherine de se déshabiller, chose qu'elle était évidemment incapable de faire sans l'aide de Tom. Alors que les deux autres médecins quittaient la pièce, le Dr Weiner leur lança un coup d'œil effaré. Il en avait ausculté des malades, mais dans cet état, jamais...

Il laissa Tom installer son épouse sur la table d'examen et pencha l'appareil à rayons X au-dessus du corps de sa patiente sans oser le regarder. Il le fallut bien pourtant, et pour la première fois de sa carrière, le Dr Weiner vit concrètement illustrée l'expression « N'avoir plus que la peau sur les os »... Il se concentra sur les boutons de son tableau de bord, mais ses mains tremblaient malgré lui. Il parvint néanmoins au bout de la manœuvre, feuille de radio après feuille, imprimant l'image interne de chaque partie de ce corps décharné sans laisser transparaître son émotion.

Puis ce fut au tour du Dr Loffler d'examiner la patiente. Il la connaissait bien, et depuis quatre ans qu'il la suivait, il avait pu observer pas à pas les ravages de la maladie et s'y était habitué progressivement.

— Je suis désolé, murmura-t-il en retroussant doucement la manche de la robe que Catherine avait péniblement remise. Je dois vous faire une prise de sang.

Au fond de lui, il mesurait combien il était absurde de retirer du sang à un corps qui en manquait déjà terriblement. Mais le tribunal exigerait des résultats précis. Il n'avait pas le choix. Catherine cligna des yeux pour

4 FÉVRIER 1938 — CABINET DU DR WEINER — CHICAGO (ILLINOIS)

l'encourager et le Dr Loffler enfonça l'aiguille dans la peau trop fine, à la recherche d'une veine invisible...

Lorsque l'examen fut terminé, sur un signe du radiologue, la secrétaire sortit héler un taxi pour la gare.

— Pouvez-vous nous dire quelques mots sur l'évolution de la maladie ? demanda Tom.

Le Dr Dalitsch et le Dr Weiner se regardèrent et le Dr Loffler profita de leur hésitation pour répondre avant eux :

— Malheureusement, nous devons étudier les mesures que nous avons prises aujourd'hui. Ne vous inquiétez pas, on transmettra le tout au plus vite à Maître Grossman.

Lorsque le taxi fut garé devant le cabinet, les médecins aidèrent Tom à y installer Catherine. Chaque changement de véhicule relevait de la torture pour la pauvre femme. Et il faudrait recommencer à la gare pour monter dans le train, puis en descendre à Ottawa, s'asseoir dans un taxi et en sortir à l'arrivée à la maison. Tom priait pour que Catherine tienne le coup, mais il la sentait au bord de l'évanouissement.

Tom ne voulait pas s'attarder, aussi il n'insista pas, et grimpa dans la voiture qui fila aussitôt vers la station. Le chauffeur ne souhaitait visiblement pas se retrouver avec un cadavre sur la banquette arrière...

À peine les trois médecins eurent-ils refermé la porte du cabinet que le Dr Weiner laissa éclater sa rage, ou son indignation, ou bien sa peine... À ce stade, il ne savait plus.

— Bon sang, je n'ai jamais vu ça, s'exclama-t-il en tapant du poing sur son bureau. Et vous me dites qu'il y en a plusieurs comme ça !? continua-t-il à l'attention du Dr Loffler.

Le spécialiste hocha la tête :

— Si vous pouviez imaginer... Beaucoup de celles que j'ai examinées sont décédées. Elles n'étaient pas forcément dans un état aussi impressionnant, mais elles y ont tout de même laissé leur peau. Sans parler de celles qui sont mortes dans leur coin... Elles sont plusieurs centaines à avoir travaillé à Radium Dial. Nous sommes encore loin d'en avoir découvert toutes les conséquences.

— C'est un massacre !

Le Dr Weiner cogna à nouveau du poing sur son bureau, incapable de se contenir.

— Et les types savaient ? demanda le Dr Dalitsch. Je veux dire, les industriels ?

Le Dr Loffler approuva de la tête :

— Maître Grossman me l'a affirmé. Il a retrouvé la trace de Kelly et Fordyce à la Conférence nationale sur le Radium de 1928, qui exposait les répercussions de l'usage de la peinture au radium dans le New Jersey.

— Les salopards ! s'écria le Dr Weiner. Il faut les faire payer !!

— À priori, c'est mal parti, répondit le Dr Loffler. Mais au moins pouvons-nous agir pour arrêter ça. Il y a encore un atelier en activité à Ottawa...

Le radiologue se laissa aller avec brusquerie dans son fauteuil. Ce qu'il avait vu le rendait fou. Le Dr Dalitsch brisa enfin le silence :

— Je n'ai jamais examiné une bouche dans un pareil état. Des fractures multiples, des morceaux en moins, des abcès purulents partout et une odeur... ! Pas étonnant qu'elle n'arrive plus à manger...

— Elle n'a pas un millième de graisse sur les os, presque plus de globules rouges... commenta Loffler. Elle est clairement en train de mourir d'épuisement.

— Et vous me dites qu'elle a trente-cinq ans ? dit Weiner. Elle en fait trente ou quarante de plus...

Il s'empara des radios et les plaça devant la fenêtre pour les étudier. Sur le film du bassin, on voyait nettement la tumeur à la hanche. Elle avait la taille d'un gros pamplemousse. Et partout, dans tout le corps, la trace du rayonnement radioactif...

— Ces ordures ne doivent pas s'en sortir, murmura le Dr Dalitsch, visiblement encore sous le choc.

Le Dr Weiner frappa du plat de la main sur son bureau et s'exclama :

— Pour ma part, je n'ai jamais été aussi satisfait de témoigner !

Le Dr Loffler esquissa un mince sourire. Il était heureux d'avoir enfin trouvé des alliés de poids.

39

10 FÉVRIER 1938 – ANTICHAMBRE DU TRIBUNAL D'OTTAWA (Illinois)

Arrivé en avance au tribunal d'Ottawa où avait lieu la séance pour la Commission Industrielle de l'Illinois, Leonard Grossman se sentait nerveux. C'était le jour J. Trudel l'accompagna jusque dans la petite pièce qui faisait office d'antichambre et l'aida à enlever son manteau. L'avocat parut tout à coup émerger de ses pensées et se passa lentement la main sur le visage. Il appréciait ces quelques minutes de tranquillité avant le grand bain.

— Merci Trudie, murmura-t-il, je ne sais pas ce que je ferais sans toi.

Trudel eut un rire taquin :

— Tu te ferais vampiriser par tes secrétaires !

Leonard Grossman ne put s'empêcher de rire à son tour avant de la prendre dans ses bras :

— Jamais ! répondit-il en la regardant jusqu'au fond des yeux.

Ils restèrent un instant seuls, au calme, tandis que le bruit de la foule grandissait dans le hall.

— L'affluence est impressionnante… s'amusa Trudel.

— C'est peut-être bien le procès de la décennie…

Leonard Grossman jeta un œil par la fenêtre. Le public était venu en nombre, rameuté par le suspens des récents articles de presse à propos de la « Légion des condamnées » comme on les appelait désormais.

— J'ai aperçu les plaignantes... continua Trudel dont l'émotion amplifiait encore l'accent allemand. Mon Dieu, pauvres femmes... Catherine Donohue est arrivée portée par son mari sur une chaise.

— Oui, Tom ne peut même plus la prendre dans ses bras, de peur de lui briser les os.

Le simple fait de l'installer sur un siège était susceptible de provoquer ecchymoses et fractures sur son corps meurtri. Tom en était malade de devoir la transporter au risque de la perdre.

— Eh bien, j'espère qu'elles pourront toucher une belle indemnité pour se soigner !

Leonard se figea. Il avait impliqué Trudie dans ce dossier pour les recherches scientifiques, mais n'avait jamais abordé avec elle les questions économiques. Il se racla la gorge :

— Il n'y a pas d'argent à gagner dans ce procès.

Trudel le dévisagea, abasourdie :

— Pardon ?

— Aucune compagnie d'assurance n'avait voulu prendre en charge Radium Dial à cause de la mauvaise presse donnée au radium par l'affaire du New Jersey. D'ailleurs, tu ne verras aucun avocat de compagnie d'assurance... parce qu'ils n'ont pas d'assurance !

— Mais c'est obligatoire !

Leonard hocha la tête :

— Certes, la Commission Industrielle de l'Illinois en avait exigé une, mais puisque les compagnies avaient toutes refusé, Kelly était allé pleurer auprès de la Commission Industrielle en expliquant combien sa situation était tragique. Il avait même écrit : « Indiquez-nous le moyen d'obtenir une assurance. L'état de l'Illinois en aurait-il une ? »

Trudel eut un sourire narquois :

— C'est fou, il ne songeait qu'à protéger son entreprise, sans que jamais l'évidence ne semble l'effleurer ! Si personne ne voulait l'assurer, c'est que ce qu'il faisait était trop dangereux ! Ça me dépasse...

10 FÉVRIER 1938 – ANTICHAMBRE DU TRIBUNAL D'OTTAWA...

— La Commission lui avait répondu que dans ce cas, il faudrait qu'il donne des garanties comme quoi il prendrait lui-même en charge tous les risques. C'est ainsi que le 30 octobre 1930, Radium Dial avait déposé une caution de 10 000 $ auprès de la Commission Industrielle. C'est tout ce que les filles pourront se partager, conclut Leonard. C'est-à-dire presque rien, vu leur nombre.

— Eh bien ! Je n'imaginais même pas que ce soit autorisé...

Trudel poursuivit sa pensée. Comme Radium Dial avait déménagé dans un autre État, il était impossible de les attaquer en justice. Ce qui voulait dire... Elle se tourna vers son mari :

— Cela signifie que tu mènes toute cette affaire bénévolement, puisque ces femmes sont ruinées par leurs frais médicaux ?

L'avocat resta un peu penaud. Sous ses airs flamboyants, le cabinet Grossman ne roulait pas sur l'or. À force de travailler gratuitement par pure passion pour la justice, Leonard se mettait dans des situations financières parfois délicates. Il hocha la tête avant d'avouer :

— Oui... Je suis désolé.

Trudel le considéra un instant. Son grand avocat avait l'allure d'un enfant pris en faute et son regard contrit l'amusa.

— Non, c'est bien, dit-elle avec chaleur.

Comme Leonard, Trudel partageait l'idée que la vie n'était pas faite pour être subie, mais améliorée en fonction des capacités de chacun. Son époux avait là l'occasion de mettre en œuvre cette conviction profonde. Les Filles-Fantômes se battaient pour la vérité et leur honneur bafoué pendant des années, il était temps de leur rendre justice. Elle s'approcha et, machinalement, ajusta sa cravate avant d'ajouter :

— Je suis fière de toi.

Leonard en eut les larmes aux yeux.

— Merci, Trudie, murmura-t-il. Et... désolé de n'avoir pas été plus présent ces derniers temps... Cette affaire m'a pris toute mon énergie.

Trudel éclata de rire :

— Oh ! Dis que tu n'aimes pas ça... ! Allez, va ! conclut-elle en lissant le veston de son costume trois-pièces du revers de la main avant de le pousser vers la salle d'audience.

Au même instant, Carol ouvrit la porte, l'air pincé. Trudel ne put réprimer un sourire taquin en songeant que cette entrevue privée avait dû terriblement agacer la secrétaire. Leonard ne s'en aperçut absolument pas, et c'est parfaitement rasséréné qu'il entra dans la pièce pleine à craquer.

40

10 FÉVRIER 1938 – TRIBUNAL D'OTTAWA (Illinois)

Marie Rossiter leva les yeux vers l'escalier du tribunal d'Ottawa. Les quatre étages qui menaient à la salle d'audience représentaient un défi de taille pour la petite troupe du Club des Suicidées. Tom et Clarence Witt, le mari d'Olive, entreprirent la pénible ascension en transportant Catherine attachée avec une ceinture sur une chaise, tandis que les autres Filles-Fantômes partaient à l'assaut des marches, soutenues par leurs époux. Au bout d'une progression qui leur parut interminable, ils se retrouvèrent enfin devant la porte de la salle, épuisés et à bout de souffle.

Catherine portait la même petite robe sombre à pois blancs que lorsqu'elle était venue trouver Leonard Grossman en juillet de l'année précédente. Mais elle n'était plus aujourd'hui qu'un tas d'os et le tissu semblait flotter autour d'elle comme un linceul. Ses lunettes et son chapeau peinaient à dissimuler les ombres noirâtres sur son visage décharné. Marie lui sourit pour lui donner du courage. Catherine frissonnait. Mais elle était présente, et ses yeux brillaient de vivacité. Tom posa délicatement son manteau de fourrure usé sur ses épaules et elle le remercia d'un coup d'œil complice. Les sœurs Glacinski et Olive Witt, très pâles, se remettaient difficilement de l'ascension.

Elles étaient bien mal en point et ces quatre étages avaient représenté pour elles une véritable torture.

Après un long regard entendu où ils déployèrent toute la conviction qui était la leur, ils entrèrent dans la salle d'audience. C'était la même pièce que quelques mois plus tôt, lors de la première audition. Cette fois, des rangées de sièges avaient été ajoutées tout autour de la grande table pour permettre à l'assistance de s'asseoir. Pearl Payne se tenait déjà là, en compagnie de son époux, et leur sourire réconforta les nouvelles venues.

Le public, nombreux, ne cessait d'affluer. De même que pour le procès du New Jersey, le cas des Filles-Fantômes de l'Illinois avait finalement enflammé la région. Reporters et photographes s'étaient précipités des quatre coins de l'État pour couvrir l'événement. Soudain, Marie aperçut Charlotte. Al lui dégageait le chemin pour qu'elle rejoigne ses camarades dans l'espace des témoins. Derrière eux s'avançait Helen Munch. Tous trois avaient fait le voyage depuis Chicago et leur présence la rassura. « La Légion des Condamnées » était enfin réunie.

Si les représentants de cette action de groupe étaient particulièrement nombreux, Marie nota que, du côté de Radium Dial, seul Arthur Magid, l'avocat de l'entreprise, était présent. Il se tenait assis à côté du juge qui devait arbitrer les débats. George B. Marvel était un homme de soixante-sept ans au visage rond encadré de cheveux blancs. Il avait été avocat et président de banque avant de rejoindre la Commission industrielle. Marie l'observa attentivement. Ainsi donc, leur sort reposait entre les mains de cet homme. Elle croisa son regard au-dessus des lunettes qu'il portait à l'extrémité de son nez et ne put déterminer s'il serait bienveillant envers elles ou non.

Catherine fut installée à la table et Tom s'assit derrière elle. Elle aimait ressentir sa présence réconfortante. En particulier dans ce moment où elle éprouvait un tel malaise d'être ainsi le centre de l'attention. À vrai dire elle se sentait… sale. Elle n'aurait su trouver d'autres mots pour qualifier cette sensation pénible face à son corps qui l'abandonnait. Les bleus avaient envahi ses membres émaciés, son visage décharné était tiré par l'effort de la simple survie, et sa bouche déversait sans discontinuer ce liquide jaune malodorant qui suintait de ses abcès à la mâchoire. Le *Times* l'avait surnommée « la

10 FÉVRIER 1938 – TRIBUNAL D'OTTAWA (ILLINOIS)

femme cure-dent » en raison de sa maigreur squelettique ; elle en rougissait encore de honte.

Enfin, le juge réclama le silence et Leonard Grossman commença son exposé avec solennité. Marie avait toujours trouvé l'avocat particulièrement brillant. Elle put admirer une nouvelle fois sa prestance et l'intelligence de sa présentation. Il résuma les faits avec autant de concision que possible avant d'amener les consciences sur un terrain plus sensible :

— Ces femmes sont des martyres, des héroïnes de guerre ! plaida-t-il en enflant la voix. Des milliers de vies ont été sauvées dans notre armée, parce que Catherine, Charlotte, Marie, Pearl, Frances, Marguerite, Olive, Helen... et des centaines d'ouvrières ont peint des cadrans lumineux pour les appareils militaires. Pour préserver des vies, elles ont sacrifié leurs propres existences au point de devenir des mortes-vivantes. Ce sont des héroïnes de guerre méconnues ! Oui, elles sont de véritables martyres de notre pays, et notre société a une dette envers elles. Envers celles qui sont là, et celles qui ne le sont plus...

Beaucoup dans l'assistance n'avaient pas mené la réflexion jusque-là. Marie elle-même ne s'était jamais vue en héroïne de guerre. Pourtant, Radium Dial était bel et bien l'un des principaux fournisseurs de l'armée américaine. La salle bruissa de murmures. L'argument avait porté.

C'était maintenant au tour de Catherine de témoigner. Elle voulait être forte, mais c'est d'une voix à peine audible qu'elle expliqua son travail, la poussière qui s'infiltrait partout, le radium qu'elles avalaient sur le pinceau, sans même savoir qu'il était dangereux. Puis, elle détailla les mensonges de Radium Dial, cette publicité passée dans le journal local pour rassurer les ouvrières inquiètes des rumeurs du New Jersey, les examens dont elles n'avaient jamais eu les résultats... Juste un « mais si on vous les donnait, il y aurait une émeute » de Mr Reed. Remarque macabre qu'elles avaient prise pour une plaisanterie. Plaisanterie de ce Mr Reed qui, dernièrement, avait été promu dans la nouvelle usine de Radium Dial à New York...

Catherine poursuivit jusqu'au bout l'évocation de son calvaire, les refus d'indemnisation émis par l'entreprise, les accusations de mensonge, de tricherie et d'opportunisme qu'elles avaient enduré. Elle tremblait de tout

son corps, soulevée par la colère et la rage, mais ne baissa les yeux à aucune
« Objection ! » de maître Magid.

Celui-ci tentait de démentir chaque démonstration de la partie adverse, mais le juge Marvel souhaitait tout entendre. L'avocat compensait donc son manque d'arguments par une agressivité de plus en plus grande, qui s'appuyait sur une seule et unique défense :

— Oui, j'affirme et je réitère que la peinture utilisée dans l'usine n'était pas empoisonnée, clamait-il. De ce fait, aucune femme ne peut prétendre souffrir d'*empoisonnement* au radium ! Les substances radioactives sont peut-être abrasives, mais certainement pas du poison.

Cette déclaration, tant de fois répétée, finit par susciter des remous dans la salle. Marie avait envie de hurler. L'avocat de Radium Dial jouait sur les mots en dépit de l'évidence, c'était insupportable. Magid essaya de les contrer autrement :

— Je vous rappelle que ces femmes ont déjà été déboutées il y a trois ans dans leur tentative d'attaque en justice. Pourquoi reprendre ce combat perdu d'avance ?

Leonard Grossman leva la main et le juge Marvel l'encouragea à parler.

— Le verdict de 1935 était basé sur l'argument selon lequel *l'empoisonnement* ne faisait pas partie de la liste des affections reconnues par la Législation sur les Maladies professionnelles. Argument défendu par maître Magid qui représente toujours Radium Dial aujourd'hui. Il n'avait alors pas pris la peine de nier les accusations, disant — je cite — : « Même si c'est vrai, même si elles ont été empoisonnées par le radium, qu'est-ce que cela peut faire puisque l'empoisonnement n'est pas puni par la loi ? ». Or, la loi a changé depuis. L'empoisonnement fait désormais partie de la liste des affections reconnues par la Législation sur les Maladies Professionnelles. Notez combien il est intéressant de voir comment Maître Magid modifie sa plaidoirie, conclut-il avec un petit sourire ironique, combien il devient essentiel pour lui de démontrer que le radium n'est *pas* un *poison*. Mais il l'est !

— Objection ! Cela n'a jamais été prouvé.

— Faut-il que je vous rappelle l'affaire du Radithor ? répliqua Leonard

10 FÉVRIER 1938 – TRIBUNAL D'OTTAWA (ILLINOIS)

Grossman.

Maître Magid s'empourpra. Il savait que ce terrain-là était dangereux, et coupa immédiatement la parole à son adversaire :

— Objection ! Tout ceci n'a rien à voir avec notre dossier ! Enfin, où allons-nous ? Bientôt, on nous dira que le tabac est un poison, lui aussi ! Et pourquoi pas tous les produits chimiques, les colorants, les engrais… ? Vous voulez donc la mort de l'industrie… et du progrès ?

Les commentaires fusèrent dans la salle sans qu'on sache si c'était pour approuver l'orateur ou au contraire le condamner. Le juge réclama le silence et déclara calmement :

— Là n'est pas la question.

— Nous devons établir des lois qui fassent disparaitre tout ce qui détruit les corps, reprit Leonard Grossman. Nous n'avons pas besoin de victimes comme celles qui sont assises ici. Les Filles-Fantômes vivent un martyre, mais nous nous battrons pour qu'il cesse à jamais.

Magid eut un geste méprisant et Leonard Grossman s'empressa de continuer :

— Vous voulez une preuve des effets dévastateurs du radium ?! Il suffit de regarder ces femmes pour comprendre ! Madame Donohue, pouvez-vous nous dire combien vous pesez ?

Catherine soupira. Elle savait qu'il faudrait en arriver aux détails intimes et détestait ce déballage autour de sa personne, mais elle avoua néanmoins :

— Trente kilos.

— Trente kilos ! reprit son avocat d'une voix forte. Le poids d'un enfant de huit ans !! Maintenant, montrez-nous, s'il vous plait, ce que vous avez dans cette boite.

Catherine posa sur la table la bonbonnière qu'elle gardait entre ses mains depuis le début de l'audience et l'ouvrit. Ses doigts engourdis peinèrent à soulever le couvercle qui révéla enfin de petits morceaux blanchâtres de formes diverses.

— Ce sont mes dents et des fragments de mâchoire qui sont tombés de ma bouche, expliqua-t-elle. Et si je tiens un mouchoir devant, c'est qu'elle n'est plus qu'une plaie purulente.

L'assemblée frémit d'horreur et resta sous le choc, littéralement pétrifiée d'effroi. Leonard Grossman décida d'enfoncer le clou :

— Madame Donohue a deux enfants, et c'est un miracle ! La petite Mary-Jane est née alors que sa mère était déjà très atteinte. À trois ans, elle fait à peine la taille d'un enfant de deux ans ! Oui, les effets de cette maladie sont étranges et encore mal connus, mais ils sont bel et bien là. Dois-je vous raconter le cas de cette ouvrière restée saine, mais ayant contaminé sa sœur parce qu'elles partageaient le même lit ?

Magid protesta, mais le juge Marvel encouragea Leonard Grossman à continuer.

— J'aimerais maintenant interroger le Dr Loffler, qui a suivi le dossier médical de ces femmes, demanda-t-il.

— Objection ! lança à nouveau maître Magid.

Visiblement le juge commençait à être lassé. Il répliqua d'un ton agacé :

— Le docteur Loffler est qualifié et témoigne en tant qu'expert.

Le médecin se leva. Avec son front proéminent, ses traits fins et sa calvitie, il dégageait une autorité évidente.

— Docteur, demanda Leonard Grossman, pouvez-vous nous exposer avec précision les conclusions des dernières analyses sanguines de Catherine Donohue ?

Le visage allongé du Dr Loffler sembla prendre une tonalité sinistre :

— J'ai observé une diminution alarmante du nombre de globules rouges. Un résultat normal s'approche des huit mille. Ma patiente n'en a plus que quelques centaines. Ce qui explique son épuisement.

— Confirmez-vous que ces femmes ont été empoisonnées par des substances radioactives ?

— En effet. Beaucoup d'anciennes ouvrières d'US Radium sont tombées malades et sont mortes selon un diagnostic erroné. Les radios pratiquées par le Dr Weiner sur Catherine Donohue pourront vous le prouver.

— À votre avis, Dr Loffler, Catherine Donohue est-elle aujourd'hui apte à tenir un emploi manuel ?

— Non, elle ne l'est pas.

— Est-elle capable de gagner sa vie ? renchérit Leonard Grossman qui

10 FÉVRIER 1938 – TRIBUNAL D'OTTAWA (ILLINOIS)

maintenait le médecin sous le feu de ses questions pour ne pas risquer de perdre l'attention de l'assistance.

Le Dr Loffler secoua la tête tristement.

— Selon vous, son état est-il permanent ou temporaire ?

Le spécialiste considéra l'avocat, mal à l'aise. Celui-ci insista du regard, alors il finit par répondre dans un souffle à peine audible :

— Permanent.

Catherine et toutes ses camarades restèrent interdites. Elles avaient toujours cru qu'il serait possible, à un moment ou à un autre, d'enrayer les effets du radium et peut-être même, d'en guérir. Elles n'eurent pas le temps de se poser plus de questions, car leur avocat continuait sa démonstration :

— Est-ce... mortel ? demanda-t-il.

Cette fois, le Dr Loffler le fixa d'un air effaré. Il avait examiné Catherine six jours auparavant et savait parfaitement ce qu'il en était. Il échangea un regard avec les Dr Dalitsch et Weiner. D'un commun accord, plus ou moins tacite, ils n'avaient pas partagé leur diagnostic avec les Donohue. Pour tenir, il fallait que Catherine garde le moral, c'était essentiel. Mais l'avocat restait interrogateur, car — à l'inverse — pour lui, le moment était venu d'assener le coup de massue qui emporterait sa plaidoirie. Il répéta la question sans comprendre la gêne du médecin.

— Dois-je répondre... devant elle... ? balbutia le Dr Loffler.

Mais Catherine en avait assez entendu et ce qu'elle lisait dans les yeux du spécialiste confirmait ce qu'il n'osait dire. Brusquement, un hurlement inhumain jaillit de sa bouche. Tom resta tétanisé. Ce qu'ils refusaient d'admettre depuis des mois devenait tout à coup bien réel. Le cri de Catherine mourut dans sa gorge et elle s'évanouit. Par chance, le Dr Weiner bondit pour la retenir avant qu'elle se blesse, tandis que la foule étouffait des exclamations horrifiées. Ce mouvement général tira Tom de la sidération. Il se précipita pour soutenir Catherine et tenter de la ranimer pendant que le Dr Weiner prenait son pouls.

Catherine était vivante, mais ne revenait pas à elle. Sa tête était tombée en arrière, et sa bouche relâchée laissait voir sa mâchoire décharnée ponctuée de trous purulents. Pearl, qui était allée chercher de l'eau, fut bousculée sans ménagements par la meute des photographes. Cette histoire leur valait un cliché phénoménal. Lorsqu'il prit conscience des crépitements et de leur présence indiscrète, Tom s'écria :

— Maître Grossman, s'il vous plaît !

Avec l'aide du Dr Wiener, tous trois levèrent la chaise de Catherine au-dessus de la foule et la portèrent hors de la salle au milieu des exclamations, jusque dans le bureau du greffier du comté. D'un revers de main, l'avocat balaya la paperasse et ils l'allongèrent délicatement sur le plateau de bois dur afin que le Dr Wiener procède à un examen plus approfondi.

Pearl, qui les avait suivis, sentit rapidement qu'elle n'était d'aucune utilité. Elle retourna dans la salle d'audience, où les esprits se calmaient peu à peu.

Le Dr Loffler était resté pétrifié. Le juge Marvel leva lentement les yeux vers lui :

— C'est incurable ? demanda-t-il.

— Incurable…, confirma Loffler d'une voix blanche. Au stade terminal.

Le juge joua nerveusement avec son stylo :

— Vous ne le lui aviez pas dit ?

Le médecin secoua la tête et se laissa tomber sur sa chaise :

— Je… je voulais l'épargner… plaida-t-il. Nous lui avons caché la gravité de son état de peur de l'empirer. Son moral est la seule chose capable de la maintenir en vie encore quelques semaines.

Le cœur serré, Pearl échangea un regard avec ses camarades. Pâles, les larmes aux yeux et le visage impassible, toutes restaient de marbre pour ne pas s'effondrer. Derrière elles, leurs maris avaient laissé tomber leurs têtes dans leurs mains pour dissimuler leur désarroi. Il leur fallait définitivement admettre qu'ils ne retrouveraient jamais leurs épouses en bonne santé. Elles étaient condamnées, à plus ou moins long terme. Contrairement à ce qu'ils avaient toujours voulu croire en leur for intérieur, il n'y avait aucun espoir d'une quelconque guérison. Aucun.

41

11 FÉVRIER 1938 – DEVANT LE LOGIS DES DONOHUE — OTTAWA (Illinois)

Bruce Craven et Mary Doty faisaient le pied de grue avec une quinzaine de journalistes et de photographes devant la petite maison blanche de East Superior Street, où vivaient Tom et Catherine Donohue. Après l'évanouissement de la jeune femme la veille lors de son audience auprès de la Commission industrielle de l'Illinois, ils étaient certains de faire les gros titres avec les suites de l'affaire. Depuis que Bruce Craven avait refilé à Mary le tuyau de l'article à sensation sur les Radium Girls, tous deux étaient restés en contact et échangeaient régulièrement les bons plans.

Pour le moment, ils tapaient du pied pour tenter de se réchauffer en évoquant les récents événements. Tout à coup, Roger Farell, le photographe du *Chicago Daily Times* et complice de Mary Doty, les interpella :

— Ah, vous voilà ! s'exclama-t-il, sortant un nez rougi par le froid du col de sa veste. Je poireautais au tribunal, mais personne ! On m'a dit que ça avait lieu chez les Donohue. Merde, c'est quoi ce bazar ?

— Désolée, je ne t'ai pas attendu, expliqua Mary, au cas où il se passe quelque chose ici...

Roger avait pris du retard en voulant s'arrêter sur le chemin de l'hôtel au tribunal pour boire un café.

Il changea son lourd appareil d'épaule et demanda :

— L'audience est définitivement suspendue ?

— Non. Mais les médecins ont interdit à Catherine Donohue de quitter son lit, précisa Bruce. Alors, puisque Catherine Donohue ne peut se rendre au tribunal, maître Grossman a proposé que le tribunal aille à elle. Et le juge a accepté.

— Sacrée bonne femme !

— Elle aurait dit : « C'est trop tard pour moi, mais je me battrai pour les autres. Si je gagne ce combat, mes enfants seront en sécurité et les filles qui ont contracté la maladie auront gagné elles aussi. » Avec des déclarations comme ça, si elle ne nous fait pas vendre de la feuille de chou, j'en bouffe mon stylo !

Mary hocha la tête. Elle espérait sincèrement que Catherine Donohue obtiendrait gain de cause. Ces pauvres femmes étaient toutes ruinées par les frais médicaux. Et ce n'était pas la conjoncture actuelle qui allait les aider !

— Bref, on attend la suite ici..., conclut Bruce. C'est trop petit pour accueillir tout le monde, mais si on est patients, on aura les infos...

— Ils doivent étouffer là-dedans, commenta Roger. Mais au moins ils ont chaud !

Bruce alluma une cigarette et en proposa aux autres. Mary Doty faisait partie des premières fumeuses et n'hésitait pas à s'afficher avec ce qui apparaissait comme un symbole d'émancipation féminine.

Ils tirèrent un moment en silence sur leurs cigarettes, enveloppant leurs réflexions d'un nuage de fumée qui peinait à les réchauffer.

— Vous savez que la décontamination des sites pollués peut prendre des années, dit Mary.

— Mmmh, approuva Roger. À mon avis, il y en a pour jusqu'à la fin du siècle, voire plus.

Mary acquiesça et Bruce les regarda sans comprendre. Il n'aurait pas été plus étonné si on lui avait dit que les extra-terrestres allaient débarquer.

11 FÉVRIER 1938 – DEVANT LE LOGIS DES DONOHUE – OTTAWA...

— Non, mais vous rigolez, les années 2000, c'est carrément de la science-fiction !

Il tira une dernière fois sur sa cigarette mourante et ajouta, pensif :

— Et vous imaginez, les tombes des ouvrières ? Des cimetières entiers contaminés !

Ils se mirent à rire, d'un rire nerveux, autant pour se réchauffer que pour évacuer l'horreur du propos. Le froid se faisait de plus en plus glacial. À ne pas bouger, ils avaient l'impression de se transformer en statues de pierre.

— Qu'est-ce qu'ils fichent ? murmura Roger. On se les pèle...

* * *

Trois heures plus tard, ils étaient toujours là, à demi gelés, en particulier Mary Doty qui, malgré son manteau de fourrure, tremblait de froid en maudissant la norme qui voulait que les femmes s'habillent en jupe. À l'intérieur, les débats étaient enfin terminés. Leonard Grossman apparut le premier sur le seuil de la maison. Aussitôt, la meute des reporters se rua sur lui :

— Maître Grossman ! Quelques questions, s'il vous plaît !

L'avocat sourit. Il cachait derrière ses lunettes cerclées de métal un regard amusé. L'enthousiasme des journalistes pour le sordide l'étonnait toujours. Cela ne manqua pas, l'un d'eux demanda :

— Elle est morte ?

Évidemment, il y eut des remous de protestation. Tous n'étaient pas à l'affut des faits les plus glauques.

— Le juge a-t-il statué ? s'enquit Mary Doty, tandis que Roger tentait de prendre un cliché au-dessus des têtes.

Leonard Grossman eut un geste d'apaisement et répondit calmement :

— Le juge a entendu tous les témoins, quatorze en tout ! Madame Charlotte Purcell nous a même fait une démonstration de lip pointing en effilant un pinceau à la bouche.

— Et les témoignages de la défense ? Qu'en est-il sorti ?

— Rien. Il n'y en avait pas. Maintenant, nous n'avons plus qu'à attendre la sentence du juge. Maître Marvel rendra son verdict dans un mois ou deux… en espérant que mes clientes soient encore en vie.

Les journalistes plongèrent sur leur carnet de notes et l'avocat ne put retenir un rictus amusé. Il avait sorti là une phrase bien accrocheuse comme ils les aimaient, et il l'avait fait intentionnellement. Elle ferait une belle manchette…

— Parlez-nous de la Société des Morts-Vivants… lança Bruce.

Leonard Grossman sourit. Il n'était pas peu fier du nom de cette association. Avec un label pareil, elle ferait les gros titres des journaux, c'était certain. Pearl Payne avait eu cette idée récemment. Les filles avaient découvert, à leur grande surprise, qu'elles étaient devenues aux yeux du public les représentantes des droits des travailleurs. Par ailleurs, le zèle et le déploiement d'énergie que leur avocat avait manifestés totalement gratuitement envers elles depuis plusieurs mois les avaient amenées à réfléchir. Elles se sentaient à la fois redevables de ce qu'on faisait pour elles, et capables d'avoir un poids dans les débats sur la législation industrielle. Ce projet en était la concrétisation. Il expliqua calmement :

— La Société des Morts-Vivants est une association créée par mes clientes pour promouvoir et améliorer les lois en vue d'une meilleure protection des ouvriers exposés à des maladies professionnelles.

— N'est-ce pas utopique ? lança un journaliste.

— Surtout en pleine récession économique…, insista Bruce.

— Le gouvernement a d'autres priorités, ne croyez-vous pas ? ajouta Mary, qui aimait aborder un sujet par tous ses aspects.

Leonard Grossman avait la réponse et il savait qu'elle marquerait les esprits :

— Nous avons des associations pour la protection des chats et des chiens, mais rien pour l'être humain. Il est plus que temps de remédier à ce manque. Ces femmes ont des âmes ! La Société des Morts-Vivants, c'est la voix du fantôme de ces mortes-vivantes qui parle au monde. Cette voix va frapper les chaines des esclaves de l'industrie américaine. Les ouvriers ont droit à de meilleures lois. C'est ce à quoi cette Société va travailler !

11 FÉVRIER 1938 – DEVANT LE LOGIS DES DONOHUE — OTTAWA...

Soudain, son regard s'arrêta sur un visage qui l'observait avec une intensité plus grande que les autres. L'homme avait brusquement interrompu son chemin et restait figé, sur le trottoir d'en face. Où Leonard Grossman avait-il déjà vu ce visage ? Tout à coup, il le reconnut. Il avait croisé son portrait en photographie au cours de son enquête. Rufus Fordyce. L'ancien Vice-Président de Radium Dial, qui œuvrait désormais pour Luminous Processes, avait dû être attiré par l'attroupement de journalistes et de curieux. Comment aurait-il pu échapper à tout ce remue-ménage dans une ville aussi calme ? Dans son regard, l'avocat, troublé, lut toute l'horreur de celui qui a enfoui ses scrupules au point de dissoudre son humanité dans une fonction, et qui réalise brusquement qu'un autre a fait le choix opposé. Que cet autre, sans y avoir aucun intérêt en dehors de la défense du Bien, a pris le flambeau du combat pour contrer son action à lui, et qu'il y gagne la reconnaissance des Hommes, alors que lui a perdu son âme...

Le public avait perçu qu'il se passait quelque chose d'étrange et cherchait ce qui avait bien pu interpeller l'homme de loi. Sortant de son immobilité, Rufus Fordyce enfonça son chapeau sur ses yeux et s'éloigna à grands pas. De son côté, Leonard Grossman se décida à fendre la foule pour rejoindre son véhicule. Il fut aussitôt poursuivi par la meute aux cris de : « Maître Grossman ! Maître Grossman ?! », mais il réussit à s'engouffrer dans sa voiture où s'était précipitée Carol. Celle-ci, peu désireuse de se frotter aux journalistes, avait prudemment contourné le rassemblement sans un bruit. L'avocat démarra. Désormais, il n'y avait plus qu'à attendre le verdict du juge.

42

18 AVRIL 1938 – CABINET DE LEONARD GROSSMAN – CHICAGO (Illinois)

Leonard Grossman avait le nez plongé dans un dossier lorsqu'Anita déboula, comme à son habitude, dans son bureau. Que l'information soit importante ou non, elle y mettait tout autant de cœur.

— Maître Grossman, une lettre de la Commission Industrielle de l'Illinois !

À sa tête, l'avocat comprit qu'elle n'annonçait pas de bonnes nouvelles. Il soupira en prenant le courrier :

— Ne me dites pas qu'ils font appel…

La jeune femme fit la grimace. Carol s'approcha, alertée par la cavalcade d'Anita à travers le couloir des bureaux.

— Eh bien, déclara Leonard Grossman, nous n'en avons pas fini avec Radium Dial.

Anita gémit. Cela signifiait qu'il faudrait encore entendre des récits horrifiques, voir des photos de tumeurs monstrueuses, et imaginer l'état de cette femme fantôme, Catherine Donohue, dont on se demandait comment elle pouvait être toujours en vie…

18 AVRIL 1938 – CABINET DE LEONARD GROSSMAN — CHICAGO...

— Elle ne tiendra jamais, murmura Carol. C'est immonde.

Leonard Grossman soupira. Deux semaines plus tôt, l'humeur était à l'opposé : le juge Marvel avait rendu son verdict et reconnu Radium Dial coupable. Il avait en outre conclu son rapport en écrivant que les agissements de Radium Dial étaient une offense à la morale et à l'humanité, et incidemment, à la loi. Un geste fort alors qu'il n'y était pas obligé. À cela s'ajoutaient une demande de remboursement des frais médicaux et une pension à vie pour Catherine. Une somme dérisoire, mais c'était toujours quelque chose. Avec ce recours en appel, même cela lui était refusé...

— Eh bien, nous continuerons le combat, lança-t-il sans laisser paraître son abattement.

Tout cela signifiait encore une quantité d'heures incalculables de travail bénévole.

— Bien sûr, approuva Carol. Mais combien de temps cela durera-t-il ? Ils peuvent nous mener en appel à l'infini !

— D'après le courrier, précisa Anita, ils ont une déposition de Rufus Reed, et un autre de son épouse Mercedes. Selon eux, Radium Dial n'a jamais incité les ouvrières à mettre leur pinceau dans la bouche pour l'effiler...

Tous trois échangèrent un regard écœuré. Ainsi les Reed étaient allés jusqu'à fournir un faux témoignage, sans doute pour garder leur emploi dans le nouvel atelier de New York. Radium Dial avait bien joué en les conservant sous sa coupe...

Leonard Grossman resta un moment pensif. La personnalité de Rufus Reed le laissait pantois. Ce genre d'individu était si loin de lui qu'il avait beaucoup de mal à l'appréhender. Il avait déjà constaté sur d'autres affaires que, dans les histoires les plus sordides, on trouvait toujours un pauvre type qui mentait, qui se cachait derrière le principe d'obéissance à la hiérarchie, en dépit de la morale la plus élémentaire. Ces personnes utilisaient le petit pouvoir qui leur avait été concédé par leurs supérieurs pour exister en emmerdant le monde. Pour Leonard Grossman, ces gens-là étaient les plus dangereux dans l'ordre social. Les plus pathétiques aussi. Car en dépit de leurs efforts pour plaire à leurs maîtres, ils finissaient trahis, éjectés par ceux-ci... Malgré cela, bien souvent, ils restaient droits dans leurs bottes, persuadés d'avoir agi comme il se doit, incapables de percevoir le mépris de leurs chefs, trouvant toujours en eux-mêmes une justification à leurs actes les plus immondes... Et les héros devaient se battre à la seule lumière de la raison contre cette masse obscure, engluée de mensonges nauséabonds...

Carol le tira de ses pensées :

— Catherine Donohue ne pourra jamais assister à l'audience. Elle...

— Oh non, s'il vous plait, supplia Anita, vous m'avez déjà tout raconté : le salon dans la pénombre, le petit lit, le sarcome à la hanche, la mâchoire déglinguée, et l'odeur...

Carol l'ignora :

— Elle est à l'hôpital, contre son gré. Elle fait des hémorragies de la bouche. Elle voulait rester à la maison pour voir ses enfants jusqu'au bout... et leur léguer quelques souvenirs. Du moins, les jours où elle n'est pas trop mal. Elle se cache sous des couvertures et ne laisse apparaître que ses yeux... Mais les médecins ont insisté pour l'hospitaliser. J'ai eu le Dr Dunn au téléphone : il est sidéré de la résistance de Catherine. Elle devrait être morte, et pourtant, elle tient toujours.

Leonard Grossman considéra sa secrétaire avec étonnement. En dépit de son air un peu hautain et ses allures affectées, Carol avait un cœur d'or, au point de continuer à prendre des nouvelles de leurs clients. Avec une assistante de cette trempe, il se sentait capable de soulever des montagnes, malgré le découragement qu'il ressentait à ce moment précis.

— Les autres seront là, elles témoigneront que les Reed mentent, dit-il.

Carol hocha la tête. Oui, elles seraient là, elle aussi en était persuadée. Inquiètes, abîmées, mais battantes. Effrayées par le verdict des médecins envers Catherine, ses anciennes camarades d'atelier, déjà malades ou non, vivaient dans la terreur. La moindre fièvre, grosseur ou douleur les rendaient folles d'angoisse ; elles y voyaient le commencement d'une chute pareille à celle de Catherine. Quand elles venaient lui rendre visite, celle-ci avait à peine la force de leur parler. Elle ne pouvait que gémir. Son état était si traumatisant que lorsque la famille de Tom passait, ils laissaient leurs enfants dehors. Son corps et l'odeur de pus et d'urine qui régnait autour d'elle étaient trop perturbants, même pour des adolescents.

18 AVRIL 1938 – CABINET DE LEONARD GROSSMAN — CHICAGO...

— Y a-t-il un espoir pour qu'elle guérisse ? s'enquit Leonard Grossman. Les médecins parlaient de cures de calcium.

— Il y a effectivement eu l'idée qu'un traitement de ce type puisse la prolonger en vie, mais il s'avère que sa maladie est trop avancée pour qu'elle survive au processus. Il a été abandonné...

— Et du côté des autorités fédérales ?

Quelques temps plus tôt, Frances Perkins, la secrétaire du Parti Travailliste avait envoyé les services médicaux mener une enquête. Mais Anita secoua la tête :

— Le gouvernement a d'autres priorités. Avec la double récession qu'on connaît, il n'y a plus de financements pour quoi que ce soit...

Ils restèrent tous trois un moment abattus. Puis le regard de l'avocat rencontra celui de son jeune fils, Len, sur la photographie qu'il gardait en évidence sur son bureau. Il n'était pas question de se laisser décourager. S'il voulait faire de son enfant un adulte soucieux de justice et capable de se battre pour l'humanité, il devait montrer l'exemple...

43

20 JUILLET 1938 – CHEZ LES DONOHUE — OTTAWA (Illinois)

Catherine Donohue était assise dans son lit, bien calée sur ses oreillers, dans sa petite maison du 520 East Superior Street. Le mois précédent, les médecins avaient déclaré qu'elle ne quitterait pas l'hôpital vivante. Et pourtant, en ce mois de juillet 1938, elle était bel et bien installée chez elle, revigorée par le soleil d'été qui réchauffait ses membres engourdis. Elle esquissa un sourire en entendant les ronflements de Tom à l'étage. Il avait enfin retrouvé du travail. Son ancienne verrerie avait rouvert et il avait pu intégrer l'équipe de nuit. À son retour au petit matin, il avait redressé Catherine et lui avait laissé du lait et une biscotte à grignoter.

La jeune femme refusait de mourir tant qu'elle n'aurait pas l'assurance que son sacrifice n'avait pas été vain. Elle-même avait été orpheline à l'âge de six ans ; elle voulait épargner à ses enfants la tristesse de grandir sans leur mère. Alors elle tenait. Et tentait de trouver du réconfort dans l'amour des siens. Sa belle-sœur s'occupait des petits, et c'était un immense soulagement. D'autant que Margaret était une maitresse femme de cinquante-et-un ans, la seule à sa connaissance qui sache conduire, et son fort caractère faisait d'elle la personne la plus apte à secouer Tom quand celui-ci s'effondrait. Ses

20 JUILLET 1938 – CHEZ LES DONOHUE — OTTAWA (ILLINOIS)

autres visiteurs étaient le Père Griffin, et des bonnes sœurs du couvent. Au réconfort spirituel s'ajoutait celui du public. Des articles de presse avaient diffusé son histoire dans tout l'Illinois et même au-delà. Des anonymes, émus par son sort, lui envoyaient des lettres de soutien, des idées de cures ou de l'argent pour acheter des fleurs afin d'illuminer son intérieur. Si bien qu'après son séjour à l'hôpital, son état avait connu une petite amélioration.

Catherine trempa un minuscule bout de biscotte dans le lait en observant le liquide blanc qu'elle était encore incapable d'avaler quelque temps auparavant. Tout cela était totalement irrationnel. Et pourtant... Un mois plus tôt, Pearl était venue la trouver, une lettre à la main. C'était un courrier de sa belle-sœur, fervente catholique, qui expliquait les bienfaits du père Keane, un prêtre de Chicago célèbre pour ses prêches. Il dirigeait des sessions de prières publiques hebdomadaires pour les causes dont on lui faisait part. Celles-ci étaient suivies par plus de deux cent mille personnes à travers le pays. « Je te suggère, proposait-elle, que vous lui écriviez toutes. Je suis persuadée qu'il pourrait vous soulager. Oui, les miracles existent, même à notre époque ! Ne perdez pas espoir. »

Catherine n'avait rien à perdre, et elle avait besoin de temps. Pour profiter de ses enfants, pour aimer Tom, et connaitre le dénouement de cette histoire. Si elle mourait avant le verdict, elle ne toucherait rien. Elle était intimement persuadée que si elle était encore en vie, c'était grâce aux prières qu'elle faisait à longueur de journée, n'ayant plus que cela pour occuper sa pensée. Si celles des autres s'y ajoutaient, elle gagnerait peut-être quelques jours supplémentaires. Alors, surmontant la douleur et la fatigue, elle avait écrit, avec l'aide de Pearl et toute la sincérité de son cœur :

« Cher Père Keane,

Les médecins affirment que je vais mourir, mais il ne faut pas. Je dois vivre pour un mari qui m'aime et deux enfants que j'adore. Les spécialistes disent que le radium ronge mes os et rétrécit ma peau au point que la science m'a déclarée "morte-vivante".

Ils prétendent que rien ne peut me sauver. Rien, excepté un miracle. Et c'est ce dont j'ai besoin : un miracle. Si toutefois ce n'était pas le souhait de Dieu, peut-être vos prières pourraient obtenir pour moi la bénédiction d'une mort heureuse.

S'il vous plait, aidez-moi...

Catherine Donohue »

La notoriété de Catherine en tant que leader de la Société des Morts-Vivants était telle que la lettre s'était retrouvée imprimée en première page dans les journaux. Sa requête s'était ainsi transmise de ville en ville et désormais, on priait pour elle à travers tout l'Illinois. Elle avait reçu près de deux mille courriers de soutien. Oui, cette histoire était incroyable, mais bien réelle. Catherine avait le sentiment d'être au centre d'une prodigieuse expérience mystique à grande échelle. Un phénomène de l'ordre de l'extraordinaire, comme les miracles chrétiens ou les pratiques bouddhistes des hauts sommets tibétains. Les médecins affirmaient qu'ils ne savaient pas ce qui la maintenait en vie. Ils ne parvenaient pas à expliquer que son cœur ait encore la force de battre, son sang la capacité de circuler, ses poumons celle de se soulever... Elle ne pesait plus que vingt-sept kilos. Mais Catherine, elle, comptait les jours, profitant autant que possible de Tommy et Mary-Jane, et de Tom, qui cumulait à présent la fatigue du travail et l'inquiétude pour son épouse. L'épisode du procès et la révélation de l'incurabilité de la maladie de Catherine l'avaient beaucoup affecté. Comme s'il était arrivé au bout de ses forces, tant physiques que morales. Il avait maintenant les cheveux blancs, et lors de la précédente audience en appel, son témoignage avait été si décousu et si peu audible qu'il n'avait même pas été pris en considération. Mais depuis que Catherine avait pu rentrer à la maison, Tom commençait à retrouver un peu espoir.

Les événements semblaient leur donner raison. Le 6 juillet, Catherine avait appris que ses prières avaient été entendues : la Commission Industrielle de l'Illinois avait rejeté la demande d'appel de Radium Dial. Mieux encore, elle avait ajouté au prix à payer le règlement des frais médicaux supplémentaires depuis avril, et ce, sur décision unanime du comité d'arbitrage. La pression populaire n'y était sans doute pas étrangère. Dans l'opinion, on se scandalisait de l'impunité des chevaliers de l'industrie et des atermoiements

20 JUILLET 1938 – CHEZ LES DONOHUE – OTTAWA (ILLINOIS)

de la justice. Il était temps de rétablir la confiance envers les institutions.

Pour Catherine, c'était une belle victoire. Cette nouvelle l'avait si bien requinquée qu'elle avait pu s'asseoir et manger un peu. Elle allait tellement mieux que, quelques jours plus tard, elle avait pu participer à une petite fête organisée par ses camarades pour célébrer leur succès. Maintenant que le cas de Catherine était entériné, les suivants avaient toutes les chances de passer. La prochaine serait Charlotte. Et les autres plaignantes procédaient déjà aux examens médicaux préalables aux audiences auprès des experts de Chicago.

Catherine savourait ce moment et la quiétude qui était revenue en elle depuis l'annonce du verdict. Elle était dans son bon droit, elle n'avait fait de mal à personne, et surtout pas à son ancien employeur. C'était elle la victime. L'argent allait enfin tomber pour rembourser leurs dettes et Tom cesserait peut-être d'être aussi inquiet.

Soudain, on frappa à la porte et Pearl entra doucement. Les sœurs Glacinski l'accompagnaient, Marie Rossiter, Olive Witt et Helen Munch à leur suite. Elle leur sourit, fière qu'elles la découvrent en si bonne forme, mais son rictus se figea sur ses lèvres. Quelque chose n'allait pas, elle le voyait à leur tête. Le Club des Suicidées s'assit silencieusement autour du lit et Catherine se laissa retomber sur son oreiller. Elle avait compris. Radium Dial faisait une nouvelle demande en appel. Une deuxième fois. Il faudrait encore se battre, il faudrait encore attendre… C'était trop. Elle savait qu'elle n'en aurait pas l'énergie. Lentement, elle détourna la tête.

Ses camarades eurent l'impression qu'elle avait soudainement rétréci, comme si la vie qui avait repris possession de son corps se retirait brusquement pour se concentrer dans son cœur. Celui-ci n'eut la force de battre que quelques heures encore avant de laisser Catherine connaitre enfin la paix…

44

SEPTEMBRE-OCTOBRE 1939 – CHICAGO (Illinois) — WASHINGTON (DC)

L'atmosphère était électrique en cette fin de matinée du 3 septembre 1939 lorsque Trudel Grossman pénétra dans le bureau de son mari. Elle se dit qu'elle avait peut-être mal choisi son moment. Elle pensait être la première à annoncer à l'office la terrible nouvelle, mais visiblement, les journaux avaient gravi les étages du Metropolitan Building plus rapidement qu'elle. Quoi qu'il en soit, Leonard lui avait demandé de l'aider sur le dossier des Filles-Fantômes et c'est en assistante qu'elle se présentait là.

Le cabinet était complètement débordé ces derniers temps. L'affaire des Filles-Fantômes occupait beaucoup Leonard, mais elle ne rapportait rien. Il devait donc continuer à traiter les litiges en cours, et en accepter d'autres plus rémunérateurs en sus.

Elle entra dans le bureau de son mari sans que, à son grand étonnement, Carol lui ait fait barrage. Mais l'avocat et ses secrétaires étaient tous trois penchés sur le Chicago Daily News qui titrait en gros « WAR IN EUROPE ». Depuis le temps que l'Amérique regardait avec inquiétude la montée du nazisme, elle se doutait que la guerre était inéluctable en dépit des efforts de la France et de l'Angleterre pour ménager Hitler. Trudel craignait pour la partie de sa famille restée là-bas, et maudissait leur frilosité. Ici, aux États-Unis, ils auraient été en sécurité. Cependant, elle savait pertinemment que si le pays n'était pas encore concerné directement, il n'en subirait pas moins des conséquences.

Leonard leva les yeux et ne trouva pas la force de sourire à son épouse. Elle eut le cœur serré en le voyant si fatigué. Même si le dossier des Filles-Fantômes lui donnait des ailes, elle craignait qu'il ne s'écroule pour surmenage.

— C'est terrible, constata-t-il. Les commandes en tableaux de bord à aiguilles et chiffres lumineux pour l'armée vont exploser.

Trudel ne put s'empêcher de rire. Leonard était si obsédé par son affaire qu'il pensait d'abord aux répercussions qui y étaient liées.

— La loi protège les ouvrières désormais, le rassura-t-elle. C'est grâce à toi, Catherine, Charlotte, Pearl, Marie et toutes les autres...

Leonard hocha la tête tandis que ses secrétaires s'éclipsaient discrètement. Elles n'aimaient pas que leur patron montre des signes de faiblesse. Lorsque cela arrivait — et c'était rare —, elles avaient l'impression que le monde allait s'effondrer.

Toutes deux penchaient pour abandonner l'affaire des Filles Fantômes. La Radium Dial Company était systématiquement déboutée et systématiquement refaisait appel des décisions de justice. Cela pouvait durer à l'infini. Ils en étaient au huitième recours en appel de la firme et rien ne semblait devoir les arrêter. Mais Leonard s'obstinait, par principe, pour Catherine, Tom et les autres. Et tant pis s'il n'y avait rien à gagner. Il ressentait une telle haine pour Radium Dial et les lâches qui se cachaient derrière ce nom qu'il ne supportait pas l'idée qu'ils s'en tirent de cette façon. Le jour de l'enterrement de Catherine Donohue, il n'avait pas pu être présent, il plaidait sa cause. Il persévérerait jusqu'à ce qu'elle obtienne justice. Il eut une pensée pour Tom. Le pauvre homme était complètement brisé et criblé de dettes. Il continuait à vivre pour ses deux petits, mais c'était une coquille vide. Indirectement, le radium l'avait tué. Tout comme Mary-Jane dont les médecins disaient qu'elle survivrait, sans doute, mais sans jamais dépasser la taille d'un enfant...

Conformément à la loi de l'Illinois en cas d'empoisonnement, il y avait eu une enquête autour de la mort de Catherine. Ses amis avaient témoigné, et son mari bien sûr, qui avait terminé en larmes. Leonard, à son habitude, avait fourni un réquisitoire flamboyant. Selon la procédure, les six experts n'avaient qu'à déterminer la cause du décès, pas les responsabilités. Mais ils l'avaient fait quand même. Sur la suggestion de Leonard, ils avaient également ajouté le nom de Radium Dial au verdict.

— On se met au travail ? proposa Trudel.

Leonard sursauta et approuva d'un hochement de tête. Tandis que ses secrétaires traitaient les autres dossiers, son épouse le secondait sur celui des Filles-Fantômes. L'affaire arrivait peut-être à son dénouement, mais il fallait qu'il se prépare au mieux. À force d'être déboutée, Radium Dial avait décidé de porter le litige devant la Cour Suprême des États-Unis d'Amérique. Leonard avait dû faire une demande d'autorisation spéciale pour y être admis, et cette fois, il comptait bien l'emporter définitivement. Pour enfin, mettre un terme à cette histoire...

***

L'imposante façade de la Cour Suprême semblait vouloir les écraser de sa majesté lorsque Leonard et Trudel Grossman se présentèrent au pied des marches le 23 octobre 1939. La veille, ils avaient fait le voyage jusqu'à Washington pour pouvoir arriver à l'heure à l'audition. Trudel serra son mari dans ses bras. Elle le sentait fébrile. Leonard était épuisé et refusait de l'admettre, continuant à travailler selon le même rythme effréné. Elle savait qu'il était inutile de le raisonner, il ne se reposerait tant qu'il n'aurait pas obtenu gain de cause.

— Il n'y a malheureusement que moi qui puisse faire changer les choses. Je ne vais pas m'arrêter maintenant, ce serait absurde ! répétait-il.

Trudel le laissa s'envoler à l'assaut de l'immense escalier étincelant de blancheur, non sans appréhension. Même si sa requête était l'évidence, elle pouvait très bien ne pas aboutir. Encore une fois. Cela faisait à présent treize ans que la première plainte avait été déposée par Marguerite Carlough contre US Radium. Treize années que les Radiums Girls d'Orange, puis celles d'Ottawa, se battaient pour obtenir la condamnation d'une entreprise de peinture au radium, et on en était encore à des procédures en appel... Il fallait vraiment que Leonard soit un acharné pour n'avoir pas complètement baissé les bras face à l'énergie et aux frais que cette affaire lui avait occasionnés, sans même l'espoir de la moindre compensation pour lui-même.

Trudel laissa ses pas la porter jusqu'au Capitole, symbole du pouvoir démocratique en Amérique, et eut un sourire amer en songeant qu'en ce pays des droits, on laissait assassiner par centaines de pauvres femmes en vertu du profit. Contournant l'énorme édifice, elle put admirer la perspective vers le Mémorial de Lincoln. Il faisait doux et la beauté des lignes paysagées l'apaisa. Traversant les jardins, elle rejoignit l'obélisque qui trônait là en l'honneur du premier Président, George Washington, puis poursuivit sa route vers le Lincoln Memorial, inauguré une quinzaine d'années plus tôt. Curieuse, elle grimpa les marches jusqu'à la statue d'Abraham Lincoln. Ni la réputation du bâtiment, inspiré du Parthénon, ni celle de la sculpture n'étaient usurpées, et le panorama, où scintillait le miroir d'eau reflétant l'immense flèche de justice de l'obélisque, donnait à l'ensemble une impression de puissance inégalée. Trudel put observer de près le visage du seizième Président des États-Unis, avocat lui aussi, mort assassiné cinq jours après avoir signé l'abolition de l'esclavage. Il existait bien des individus prêts à risquer leur vie pour honorer la justice et veiller à ce que l'Homme puisse se respecter lui-même en faisant acte d'humanité. Le sien était de ceux-là. Il n'aurait jamais de monument, on l'oublierait sans doute, mais il aurait fait ce qu'il fallait, à son échelle et à sa mesure.

Saisie par la majesté des lieux et émue malgré elle, Trudel se décida à rebrousser chemin. Lorsqu'elle revint auprès de la Cour Suprême, elle eut la surprise de constater que Leonard l'attendait, assis sur les marches. Elle qui pensait devoir patienter encore un moment — les plaidoiries lui semblaient toujours durer une éternité — voilà que tout était déjà terminé. Son cœur se serra. Leonard avait-il été balayé d'un revers de manche de juge ? Elle s'accroupit à ses côtés et remarqua qu'il avait les larmes aux yeux. Elle soupira et l'enlaça doucement.

— C'est fini, Trudel… balbutia-t-il. Je n'ai même pas plaidé.

Surprise, elle le regarda sans comprendre :

— Radium Dial a gagné ?

— Non. *Nous* avons gagné, sans même combattre. L'appel a été rejeté. La Cour Suprême a refusé de m'entendre parce qu'elle a maintenu le verdict de la Cour de Première Instance.

Trudel soupira, de soulagement cette fois-ci. Leonard Grossman avait enfin remporté la partie. Il avait fallu qu'il l'emporte à huit reprises pour que la victoire soit finalement entérinée. Mais cette victoire était complète. Il n'y aurait plus de médecins bornés à convaincre, plus de témoins prêts à renier leur parole, plus de machinations juridiques, plus de coups de pressions, plus de questions stupides ni de formules perverses…

Leonard enfouit son visage entre les bras de son épouse, et elle sentit son grand corps se relâcher. Surprise, elle comprit qu'il pleurait. Lui qui semblait si invincible, lui qui avait tenu tête à l'une des plus grosses firmes américaines, lui qui avait supporté d'accompagner toute l'horreur de la déchéance physique de ses clientes, voilà qu'il sombrait à son tour. Elle le serra plus fort, puis attendit patiemment que le soleil poursuive sa course au-dessus de l'obélisque et fasse éclater de lumière le miroir d'eau, jusqu'à irradier, enfin, le Memorial de Lincoln…

45

JANVIER 1943 — LABORATOIRE NATIONAL DE LOS ALAMOS (Nouveau-Mexique)

Swen Kjaer suivit ses collègues à travers les immenses couloirs immaculés du complexe du Laboratoire National de Los Alamos pour rejoindre la salle de réunion où devait avoir lieu la rencontre entre les envoyés du Ministère de la Défense et les scientifiques attachés au Projet Manhattan. Le bâtiment, tout neuf, sentait encore la peinture fraiche. Ils longèrent des laboratoires d'un pas vif. Derrière les larges baies translucides s'affairaient des chercheurs en blouse blanche, penchés sur leurs éprouvettes à l'intérieur desquelles moussaient des substances plus ou moins dangereuses. Enfin, le jeune savant qui les guidait présenta son badge au vigile et la lourde porte sécurisée s'ouvrit devant lui, révélant une vaste pièce baignée de lumière.

Le Projet Manhattan était le programme le plus secret mené par les États-Unis. Le pays avait abandonné sa neutralité en décembre 1941, après l'attaque-surprise de Pearl Harbor, et ses scientifiques planchaient sur l'élaboration d'un nouveau type de projectiles. Dès aout 1939, les physiciens Leo Szilàrd et Eugene Wigner avaient averti le président Roosevelt que les récentes découvertes permettaient d'envisager la création de « bombes d'un genre inédit et extrêmement puissantes ». Ils l'informaient aussi que les Allemands en étaient exactement au même point de leurs recherches. Du moins, tout le laissait croire. Pour les dépasser dans cette course à l'armement de pointe, ils suggéraient de lancer un grand programme d'étude, puis de production, et d'acquérir quantité de stocks d'uranium. Cet élément, selon eux, offrait la possibilité d'atteindre une force de destruction jamais égalée dans l'histoire de l'humanité. Afin de donner plus de poids à leur démarche, ils s'étaient adjoint la prestigieuse signature d'Albert Einstein. Le célèbre physicien avait fui le régime nazi quelques années auparavant et vivait désormais aux États-Unis.

Le Ministère de la Défense avait immédiatement pris en compte leur proposition et nommé un comité consultatif pour l'uranium. Swen Kjaer, qui avait été muté de son poste d'Inspecteur en chef du Bureau des Statistiques du Travail pour un emploi de conseiller au Ministère de la Défense, y avait été affecté. Son expertise en tant que spécialiste des produits chimiques utilisés dans l'industrie en faisait un atout pour son équipe.

Rapidement, l'État avait accordé un budget colossal pour rassembler les recherches, menées indépendamment par diverses universités à travers le pays, en quelques pôles équipés d'un matériel de pointe. Swen Kjaer et ses collègues avaient écumé les campus et recruté les meilleurs savants en physique et chimie nucléaires. C'est ainsi qu'il avait approché Glenn Seaborg, le jeune scientifique chargé ce jour-ci de les conduire jusqu'à la salle de réunion, et lui avait proposé de rejoindre le Laboratoire National de Los Alamos au Nouveau-Mexique.

Glenn Seaborg était spécialisé en chimie. En 1941, alors qu'il était instructeur à l'Université de Berkeley en Californie, il avait découvert le plutonium, un métal hautement radioactif obtenu en bombardant de l'uranium 238 avec du deutérium. La même année, il avait également constaté que l'isotope 235U était capable de subir une fission. Ces deux trouvailles faisaient de lui un homme susceptible de proposer deux approches différentes dans l'élaboration d'une bombe dont le principe reposait sur la fission de l'atome. Swen l'avait rapidement convaincu de rejoindre l'équipe du célèbre Enrico Fermi. Brillant physicien italien, il avait été visé à travers son épouse juive par les lois raciales du régime fasciste de Mussolini. Si bien qu'en 1939, il avait immigré aux États-Unis et mis son génie au service de son pays d'accueil.

Le 2 décembre 1942, Glenn Seaborg et Enrico Fermi avaient obtenu la première réaction en chaine contrôlée de fission. Le principe étant connu, il suffisait maintenant de l'appliquer de manière concrète. Toute l'équipe de Fermi avait alors été transférée sur le *Site Y*, nom de code du LANL, le flambant neuf Laboratoire National de Los Alamos. Là, ils avaient rejoint le gratin de la recherche scientifique au milieu duquel figuraient plusieurs prix Nobel, tous rassemblés dans le but de fabriquer la bombe la plus phénoménale jamais produite...

Représentants du gouvernement et savants s'installèrent autour de la grande table. Swen ne put s'empêcher de sourire. Malgré sa haute stature, son gros nez et ses sourcils épais, à trente-et-un ans, le jeune Glenn Seaborg faisait figure de gamin aux côtés de son confrère italien d'une dizaine d'années plus âgé et titulaire d'un Prix Nobel de physique. Swen Kjaer jeta un coup d'œil circulaire à la douzaine de personnes assises autour de la table. Ses collègues du gouvernement semblaient particulièrement sur les dents : ils voulaient accélérer encore le processus de création de cette bombe à la force de frappe incomparable.

Swen écouta d'une oreille distraite Enrico Fermi expliquer avec son accent chantant les recherches en cours, tout en songeant à l'incongruité de la situation. Les plus brillants cerveaux scientifiques du monde étaient réunis là — hormis Einstein, jugé trop pacifiste pour être associé au Projet Manhattan —, dans ce coin perdu du Nouveau-Mexique, à œuvrer à un programme top-secret dont la seule adresse était une boite postale à Santa Fe. Même l'université de Californie, avec laquelle le Laboratoire National de Los Alamos était sous contrat, ignorait leur objectif. Swen se demandait si tous ces hommes ne se sentaient pas grisés par le mystère dont on entourait leur travail. On ne cessait de leur répéter que leur mission était de la plus haute importance, que de leurs recherches dépendait la fin de la guerre, alors ils mettaient du cœur à l'ouvrage pour prendre l'ennemi de vitesse.

Mais avaient-ils véritablement conscience de l'impact réel, concret, de leurs travaux, sur la population ? Swen en doutait.

Ce qui l'affolait, c'était de constater le déploiement d'énergie nécessaire pour contrer l'action de deux ou trois dirigeants cinglés. Tout cela parce que des peuples entiers obéissaient aveuglément, se soumettant à l'inacceptable, par conviction parfois, par lâcheté le plus souvent. Oui, il suffisait de quelques personnes aux idées délirantes, aux intérêts narcissiques, pour contraindre les plus faibles et entrainer des réactions en chaine à l'échelle planétaire.

Swen jeta un coup d'œil à la pendule suspendue au-dessus de la porte blindée. Les choses s'éternisaient. On en était à l'explication de la potentielle force de frappe d'un prototype... Il étendit ses jambes et se perdit dans la contemplation de la trotteuse immaculée qui se détachait sur le fond noir de l'horloge. Elle paraissait s'épuiser à vouloir rattraper les chiffres peints en blanc tout autour du cadran. Simple et moderne, elle ressemblait à celle qu'il possédait chez lui et que Karen astiquait consciencieusement tous les mois. Imperceptiblement, ses pensées glissèrent vers son épouse. Celle-ci allait mieux. Elle semblait avoir pris son parti de son existence. Le conflit mondial y était pour beaucoup. Karen se donnait corps et âme à l'effort de guerre en envoyant des colis et en réconfortant les blessés rapatriés dans les hôpitaux. Swen craignait que la fin de cette activité respectable l'anéantisse. Sans souhaiter la poursuite des combats, il devait néanmoins convenir qu'ils avaient du bon pour son couple...

Des fragments de conversation lui parvenaient, sans qu'il arrive à se concentrer véritablement sur leur sens. Son cerveau, engourdi par le trottinement régulier de l'aiguille de l'horloge, en percevait seulement des bribes. Les termes *ogive*, *uranium*, *tir*, *essais*... s'entremêlaient dans un joyeux brouhaha où chacun s'extasiait sur les performances futures du premier prototype. Enfin, un de ses collègues du gouvernement referma le dossier scientifique d'un claquement sec.

— Bien. De combien d'ouvriers avez-vous besoin pour construire votre bombe ? demanda-t-il.

Swen sursauta et une terrible pensée lui sauta à la tête. Était-ce la superposition du visage de son épouse sur le cadran de l'horloge ou le mot *ouvrier* prononcé de manière négligente par son voisin, ou encore la vision matinale des laborantins penchés sur leurs paillasses ? Toujours est-il qu'une image s'imposa brutalement à lui. Celle des Filles-Fantômes d'Ottawa. Puis des bribes d'articles de journaux lui revinrent en tête, des photographies terribles... Oui, les peintres du radium, littéralement démolies pour avoir manipulé une substance radioactive, étaient précurseures de ce qui ne manquerait pas d'arriver si on ne prenait pas garde à la façon dont on fabriquerait ces nouvelles armes...

— Vous allez bien, Swen ? demanda Glenn Seaborg qui, assis face à lui, avait remarqué son trouble.

— Oui... non... balbutia Swen. Je veux dire... Avant de lancer la conception du prototype, nous devons mettre au point les mesures de sécurité pour le personnel affecté à sa réalisation. Ces gens devront travailler avec du plutonium radioactif, un produit extrêmement dangereux. Ce qui est arrivé aux Radium Girls ne doit pas se reproduire ici...

Beaucoup hochèrent la tête. D'autres, qui visiblement connaissaient mal le sujet, interrogèrent discrètement leurs voisins. Le principal représentant du gouvernement s'insurgea :

— Dites donc, Swen, je sais que cette affaire vous a beaucoup marqué, il ne faut pas qu'elle obscurcisse votre jugement. Nous avons des objectifs à tenir !

— Il me semble indispensable de proposer un règlement adapté, reprit calmement Swen. Il ne s'agirait pas de se retrouver face aux mêmes dégâts qu'on a pu observer dans le New Jersey et l'Illinois.

Le petit gros à sa gauche tortilla sa moustache :

— Excusez-moi, mais si on commence à mettre des règles de sécurité à tout va, nous n'avancerons pas. Nous sommes en état d'urgence, je vous le rappelle. Priorité à l'action !

Un brouhaha parcourut les rangs des savants. Swen observa ces personnalités si intelligentes et si respectables, et une pensée le glaça. Ces passionnés de sciences étaient en train de jouer aux apprentis sorciers, avec une inconscience totale des répercussions de leurs inventions, auxquelles ils ne seraient jamais exposés directement. Il songea que, tant que ces hommes-là n'auraient pas vu de près une malade du radium, leurs avancées leur resteraient complètement abstraites.

Pour suivre l'actualité avec assiduité, surtout lorsqu'elle touchait à son domaine, Swen savait que l'industrie du radium se portait mieux que jamais. On aurait pu croire que les scandales auraient fait cesser son usage sur les cadrans. En réalité, c'était l'inverse qui se produisait : tout le monde voulait sa montre lumineuse, aussi bien les militaires que les civils. Pour faire face aux commandes de l'armée, l'atelier d'US Radium avait augmenté son personnel de 1600 %. Même Radium Dial se portait mieux que jamais. Pourtant mal en point après son départ d'Ottawa, la firme avait eu du mal à remonter la pente. Elle avait d'ailleurs dû licencier ses plus fidèles serviteurs, le couple Reed, qui en était resté très amer. Mais dès l'annonce de l'entrée en guerre, ils étaient devenus plus gros qu'ils ne l'avaient jamais été. La plupart des ouvrières travaillaient la peur au ventre, mais pensaient que le salaire en valait la peine. L'effilage du pinceau à la bouche n'était plus autorisé, bien entendu. Cependant, les mesures de protection se limitaient à la blouse, à la charlotte et aux spatules. Quant à Luminous Processes, elle était en plein boom et les filles paraissaient totalement ignorer le danger : Joseph Kelly restait le roi de la manipulation de l'information.

— Les éléments radioactifs sont connus pour être nocifs depuis 1901. Nous ne pouvons pas prétendre indéfiniment que nous ne le savons pas. Il est de notre devoir d'émettre des normes de sécurité, *non négociables*, basées sur l'expérience acquise grâce à l'étude des Radium Girls, insista Swen. Nous ne devons pas être à l'origine d'un nouveau scandale.

C'était le mot à employer. Il sembla glacer l'auditoire. Swen avait trouvé le biais pour convaincre : le blâme de l'opinion publique avait plus d'influence que le bon sens. Il soupira de soulagement. Ce qu'ils préparaient était déjà potentiellement terrible pour l'ennemi, mais le peuple américain ne leur pardonnerait jamais d'avoir, de surcroit, mis en danger la vie de ses enfants.

Swen jeta un œil à l'horloge et il sentit un gros poids s'envoler de sa poitrine. À défaut d'avoir pu aider les Radium Girls, il pouvait au moins œuvrer pour l'avenir. Il esquissa un triste sourire en songeant que si les filles n'avaient pu se sauver elles-mêmes, leur combat permettrait tout de même d'épargner les futurs ouvriers de la radioactivité...

46

MAI 1956 — LABORATOIRE ARGONNE (Illinois)

Charlotte Purcell descendit du taxi juste devant les immenses grilles du périmètre de sécurité installé autour du centre de recherche. Elle se présenta ensuite à la guérite et le portier la fit entrer, non sans avoir laissé son regard s'attarder avec insistance sur la manche gauche vide de la nouvelle venue. Puis une petite voiture la prit en charge pour la mener jusqu'au laboratoire, dissimulé au cœur de ce terrain de sept kilomètres carrés situé à une quarantaine de kilomètres au sud-ouest de Chicago.

— Impressionnant, n'est-ce pas ? lança le chauffeur.

Charlotte approuva poliment. Tout cela avait effectivement dû coûter une fortune. Soixante-huit millions de dollars à ce qu'on disait... À cause ou grâce à elles. Mieux valait tard que jamais, songea Charlotte.

— Alors comme ça, vous êtes l'une de ces filles ? reprit le chauffeur, particulièrement en verve. Vous savez qu'ils veulent vous étudier sous toutes les coutures pour comprendre comment réagit le radium sur le corps humain ?

— Il paraît. Il était temps.

L'homme approuva :

MAI 1956 — LABORATOIRE ARGONNE (ILLINOIS)

— Nous sommes entrés dans une nouvelle ère, l'ère du plutonium. Il y en a partout, les voitures, les avions...

Charlotte eut un geste fataliste. Elle avait lu récemment dans la presse que l'Association des Consommateurs avait affirmé : « Dans un futur prévisible, des millions de travailleurs seront affectés par des radiations ionisantes. Pas seulement les employés pour la bombe atomique, mais toute la planète. » La course aux armes nucléaires avait commencé quelques années après la fin de la Seconde Guerre Mondiale, entraînant la multiplication des tests atomiques à travers le monde. Charlotte en frémissait : elle vivait depuis des années avec les effets du radium dans son corps et tremblait de terreur à l'idée que les retombées de ces essais fassent de chacun une victime potentielle.

Le malaise dans l'opinion publique était devenu tel que la Commission à l'Énergie Atomique des États-Unis avait créé un comité pour étudier les risques des tests sur le long terme, en particulier les effets du strontium-90, l'un des principaux produits de la fission nucléaire. Proche du calcium, le strontium-90 se fixait en priorité dans la masse osseuse, comme le radium. Le tout nouveau comité avait donc eu l'idée d'examiner les peintres du radium afin d'observer, année après année, la progression de leur maladie. Si on découvrait l'impact du radium à long terme, on pourrait évaluer le seuil de radioactivité sûre pour l'être humain. Avec une durée de demi-vie[2] de 1 600 ans, les scientifiques avaient de quoi faire. Cette étude, envisagée pour aider les futures générations du monde entier, était désormais considérée comme essentielle pour la sécurité du pays.

Peu après, Charlotte avait vu une annonce dans le journal indiquant : « Nous recherchons des travailleurs du radium des années vingt », mais elle n'y avait pas prêté attention. Quelques mois plus tard, elle avait reçu un courrier l'invitant à se rendre au Laboratoire National Argonne pour y subir des examens. Bien sûr, les archives de Radium Dial, comme celles d'US Radium, avaient disparu. Mais des détectives privés employés pour

---

[2] La demi-vie est le temps mis par une substance pour perdre la moitié de son activité. Dans le domaine de la radioactivité, c'est le temps au bout duquel la moitié des noyaux radioactifs d'une source se sont désintégrés.

l'occasion avaient découvert quelques registres et surtout, des clichés des pique-niques d'US Radium ou des photos de groupe prises sur les marches de Radium Dial. C'est ainsi qu'ils avaient retrouvé Charlotte. Elle n'avait pas beaucoup hésité avant de se décider à y participer. Si sa contribution pouvait freiner la folie des hommes, alors sa vie n'aurait pas été vaine.

— Vous êtes arrivée, madame ! dit le chauffeur en pilant devant un bâtiment bas.

Charlotte le remercia d'un sourire et passa les lourdes portes. À l'intérieur, tout était silencieux. On l'invita à se rendre au sous-sol pour l'examen. Le Laboratoire National Argonne était enterré sous des voutes en plomb, elles-mêmes couvertes de près d'un mètre de béton.

Un peu impressionnée, Charlotte descendit les marches de marbre blanc puis s'avança dans un couloir sombre parsemé de faibles néons. Malgré ses précautions, ses talons claquaient sur les dalles noires polies à l'extrême. Les portes se suivaient, mais aucune ne portait la mention « Salle d'examen ». L'une d'elles, entrouverte, attira son attention. Elle ne résista pas à la curiosité et la poussa.

La pièce aux murs luminescents avait ses parois couvertes de feuilles de radioscopie. On y voyait des tumeurs plus effarantes les unes que les autres. Mâchoires, bras, jambes, hanches, il y avait de tout. Charlotte se détacha de cette contemplation morbide et remarqua un étonnant rayonnage au fond de la salle. Des rangées de bocaux étaient alignées, où baignaient dans la lumière irréelle des morceaux de chairs et d'os nageant dans du formaldéhyde. Sous certains, une étiquette précisait « Dr Martland — New Jersey ». Charlotte réprima un haut-le-cœur et plaqua sa main sur sa bouche. Malgré le dégoût que lui inspirait cette vision, une étrange intuition la maintenait là, devant ces bocaux transparents dont la lumière diaphane semblait irradier le hideux contenu. Elle les parcourut lentement du regard et soudain son cœur fit un bond dans sa poitrine. Dans un récipient un peu plus grand que les autres, un bras flottait, cauchemardesque. À son coude, une grosseur de la taille d'une balle de tennis déformait la courbure harmonieuse du membre. Charlotte crut que son cœur allait s'arrêter. C'était son bras, ça ne pouvait être que son bras : la tumeur au centre, le poignet

MAI 1956 — LABORATOIRE ARGONNE (ILLINOIS)

très fin, et la peau légèrement marquée au niveau du quatrième doigt, à l'emplacement de l'alliance... Machinalement, elle fit rouler la sienne sur son annulaire droit. Émue et fascinée, elle nota combien l'épiderme était resté jeune et délicat.

Un claquement de porte la fit sursauter.

— Que faites-vous ici ? demanda un homme en blouse blanche.

Son nez fort et ses épais sourcils arqués lui donnaient un air sévère. Sur sa poitrine, un badge indiquait « Commission des États-Unis pour l'énergie nucléaire ». Charlotte demeura sans voix puis parvint à articuler en montrant du doigt le bocal :

— C'est... c'est mon bras...

Ce fut au tour du scientifique de rester muet. Son regard se déplaça du visage de Charlotte à la manche gauche vide de son imperméable, et ses sourcils se relâchèrent, libérant tout à coup une expression de sympathie.

— Pardonnez-moi, balbutia Charlotte, je me suis perdue...

Elle fut tirée d'embarras par l'intrusion d'un homme en blouse blanche.

— Docteur Seaborg, par ici, je vous prie. Nous vous attendons...

Glenn Seaborg sembla vouloir dire quelque chose, et Charlotte lut autant d'effarement que de compassion dans ses yeux. Mais, incapable d'articuler le moindre mot, il s'éloigna vers la porte.

— Madame ? demanda le nouveau venu, vous venez pour les examens ? C'est au fond du corridor...

Charlotte s'empressa de quitter cette pièce qui avait tout d'une chambre mortuaire, et pressa le pas vers la direction indiquée. Le couloir s'élargissait brusquement pour laisser place à une salle d'attente tout aussi sombre que le reste des lieux. Une autre femme patientait là. Elles se jaugèrent dans la pénombre, avant de pousser des cris de joie.

— Charlotte !! Est-ce possible ?

Marie Rossiter se précipita vers elle, aussi vite que ses jambes malades le lui permettaient, et l'embrassa.

— Bon sang, ça fait longtemps !

Charlotte éclata de rire. Marie n'avait rien perdu de sa vivacité et de son franc-parler. Elle venait également pour se faire examiner.

— Il parait que nous sommes un réservoir d'informations ! s'exclama-t-elle. J'ai lu quelque part qu'un type du gouvernement disait que chacune de nous « valait son poids en or pour la science » ! C'te blague ! Parmi les plus jeunes, certaines ne veulent pas participer. Elles préfèrent ne pas savoir si elles sont infectées ou non. Elles n'ont peut-être pas tort. Elles seront rattrapées assez vite par un cancer !

Elle grimaça en bougeant ses jambes. Elles étaient gonflées de manière disproportionnée, surtout en comparaison de la finesse du reste de son corps.

— Regarde-moi ça, reprit-elle, quelle pitié ! Quatre opérations et rien n'y fait ! Moi qui aimais tant danser…

Charlotte hocha la tête. Le temps passait, mais le radium continuait ses ravages. Les Filles-Fantômes étaient de véritables bombes à retardement à l'intérieur desquelles on ne savait quand et où le poison allait exploser. Et, ironie de l'histoire, après avoir été moquées et bafouées tant d'années, elles étaient devenues un formidable trésor pour la science…

— Comment vont les autres ? demanda-t-elle.

— Pearl se porte bien. Elle coud et fait des tartes aux pommes entre deux migraines. Sa sœur est décédée alors elle s'occupe beaucoup de ses neveux.

— Tu as des nouvelles des petits Donohue ?

Marie éclata de rire :

— Les petits Donohue ont bien grandi, tu sais !

Elle s'arrêta brusquement puis continua, plus sombre :

— Enfin non… et ce n'est pas drôle. Mary-Jane est restée minuscule, de la taille d'une enfant de dix ans, à peu près. Mais elle a du caractère ! Elle a même réussi à décrocher un emploi. Bon, elle sait qu'elle ne trouvera jamais chaussure à son pied, mais elle en a pris son parti… Tommy est rentré de la guerre de Corée et s'est marié. Figure-toi qu'il travaille dans une verrerie, comme son père !

— Et Tom ?

Marie secoua la tête :

— Tom ne s'est jamais remis du décès de Catherine. C'est un peu comme si, littéralement, son cœur s'était brisé. Mais il est toujours là. Il parle peu,

MAI 1956 — LABORATOIRE ARGONNE (ILLINOIS)

sourit rarement... Il attend de la rejoindre. Il ne fera pas de vieux os...

Elle resta un moment silencieuse, puis reprit doucement :

— Olive est décédée... Dans la ville, c'est une hécatombe. Pourtant, Luminous Processes continue à tourner et des gamines s'y font régulièrement embaucher. Les folles !

La porte de la salle de consultation s'ouvrit et interrompit leur conversation. Le médecin appela Marie qui quitta son amie à regret.

Un jeune homme était sorti de la pièce. Tout en enfilant son pardessus, il ne pouvait s'empêcher de considérer Charlotte avec curiosité. Il finit par s'approcher :

— Excusez-moi, commença-t-il, mais ne seriez-vous pas Charlotte Purcell ?

— Oui, répondit celle-ci, intriguée.

— Je vous ai vue dans les journaux, au moment du procès de Radium Dial...

Évidemment, songea Charlotte, avec son bras en moins, il était facile de la reconnaitre.

— Et vous êtes... ?

— Art Fryer.

— Fryer... ?

Le nom lui disait quelque chose sans qu'elle parvienne à se souvenir avec précision. L'homme s'assit à ses côtés et expliqua :

— Je suis le frère de Grace Fryer, une Radium Girl d'Orange, dans le New Jersey.

— Grace Fryer ! Une des « Cinq Condamnées à mort »...

Art hocha la tête et ses yeux noisette qui brillaient d'intelligence et de sensibilité se voilèrent de tristesse.

— Et... vous étiez peintre, vous aussi ? demanda Charlotte.

Art rit doucement.

— Non, ils n'embauchaient que des femmes. Si je suis ici, c'est parce que j'étais très proche de ma sœur. Et très jeune à l'époque. Ils veulent savoir si elle a pu m'infecter. Il parait qu'il y a eu des cas de contamination indirecte...

— Et vous êtes... malade... ?

— Apparemment non, répondit-il avec un sourire rassurant. Mais je n'ai pas eu de compte-rendu précis. De toute façon, on m'a dit qu'ils ne les communiquent pas...

— Pour changer !

Ils restèrent quelques secondes silencieux, puis Art reprit :

— Je me demandais... J'ai lu dans les journaux que Radium Dial n'avait pas d'assurance, juste un dépôt de garantie. Alors... avez-vous pu toucher quelque chose après le procès ?

Charlotte eut un sourire amer :

— Presque rien, pas même de quoi couvrir les frais médicaux que j'avais subis. Al, mon mari, était furieux. Tom Donohue a tout de même reçu une indemnité pour son épouse, bien qu'elle soit décédée. Cela lui a évité de finir à la rue, il croulait sous les dettes. Marie Rossiter, que vous venez de croiser, n'a rien touché du tout. Pearl Payne pas grand-chose. Les sœurs Glacinski et Helen Munch, qui faisaient partie de la bande, ont arrêté les poursuites. Pour ce qu'il y avait à gagner ! Ce qu'elles voulaient, c'était surtout le jugement et la reconnaissance. La décision de la Cour Suprême les leur avait donnés...

— Je vois. Il y avait donc pire qu'US Radium...

Charlotte esquissa un geste fataliste :

— Espérons que les études qu'ils vont mener sur nous éviteront de reproduire ce massacre.

— Et vous ? reprit Art. Hormis votre bras, vous vous portez bien ?

Charlotte eut un petit rire triste :

— Je commence à perdre mes dents et j'ai une jambe plus courte que l'autre. Il paraît que je développe une ostéoporose. Ma colonne vertébrale se tasse. Peut-être finirai-je avec un corset de fer, comme votre sœur...

Un silence plana, empli de la mémoire de Grace. Art réprima un sanglot. Sa sœur restait l'héroïne de sa vie, disparue trop tôt.

Il observa Charlotte, son profil déterminé, son apparence si fragile et la force qui s'en dégageait. Oui, elle était de la trempe de Grace, comme Catherine, Pearl ou Marie. Toute cette souffrance qui n'en finissait pas ne parvenait pas à étouffer la joie de connaître la vie et le bonheur d'être sur cette terre.

MAI 1956 — LABORATOIRE ARGONNE (ILLINOIS)

Elle lui sourit et il lui pressa doucement la main gauche.
— Bonne chance, murmura-t-il avant de disparaitre.

47

SEPTEMBRE 1969 — NEW YORK
(New Jersey)

Rufus Fordyce grimpa lentement les quelques marches qui menaient à l'entrée de la belle demeure que Joseph A. Kelly possédait dans le quartier de Manhattan à New York. C'était là que l'ancien patron de Radium Dial, puis de Luminous Processes, avait choisi de finir tranquillement ses jours. Son fidèle bras droit admira la façade de briques ornée régulièrement de médaillons sculptés à l'effigie de quelques dieux mythologiques, puis il frappa à l'imposante porte de la maison, non sans une certaine appréhension. La personne qui l'avait contacté au téléphone s'était montrée très évasive, insistant simplement pour qu'il vienne.

La porte s'ouvrit bientôt et une femme entre deux âges, au regard sévère et à la moue pincée apparut. Il se présenta, et aussitôt elle le fit entrer.

— Je m'appelle Margaret, expliqua-t-elle d'une voix autoritaire. J'ai été embauchée par la famille Kelly pour m'occuper de Mr Kelly et lui prodiguer les soins dont il a besoin. Je me suis permis de vous contacter parce qu'il vous réclame continuellement.

Rufus Fordyce haussa les sourcils, mais Margaret ne lui laissa pas le temps de dire un mot et l'entraina vers le cœur de la maison. Elle s'arrêta enfin devant une grande porte close. Là, elle tira sur son gilet de laine bleu pastel

SEPTEMBRE 1969 — NEW YORK (NEW JERSEY)

trop serré et s'éclaircit brièvement la gorge.

— Mr Kelly vous attend, dit-elle. Il a subi plusieurs attaques cérébrales... Oui, il a beaucoup changé. Il semble avoir perdu la mémoire. Néanmoins, il se souvient de vous... Enfin, vous vous ferez votre opinion...

Rufus Fordyce voulut protester, mais la gouvernante avait entrouvert la porte et s'éclipsait déjà vers le dédale de pièces de la grande maison. Fordyce soupira et poussa le battant. Il était venu uniquement parce que cette femme avait insisté, mais il détestait tout ce qui pouvait lui rappeler son emploi. Ces dernières années, il avait senti la pression de l'opinion publique juger de plus en plus fermement les industriels du radium. Sa belle-fille, Cynthia, avait même gâché un repas de famille en osant avancer l'idée qu'ils avaient été les bourreaux de milliers d'ouvrières. Bien entendu, son époux l'avait remise en place, mais la moue obstinée de Cynthia ne laissait pas l'ombre d'un doute sur sa position.

Fordyce se désolait que son garçon soit tombé dans les filets d'une fille pareille, dont la nouvelle lubie consistait à critiquer haut et fort l'engagement de son pays au Vietnam. Avec elle, les récriminations s'entremêlaient dans un grand fourre-tout anticapitaliste plutôt confus. Décidément, la jeune génération défendait des points de vue qui l'étonnaient. À les voir protester pour un oui ou pour un non, il en venait à se demander si, lui-même, toute sa vie, ne s'était pas contenté de suivre le mouvement que les circonstances lui imposaient. Peut-être n'avait-il fait que confier son jugement à ses supérieurs ou à l'opinion dominante, sans jamais véritablement s'interroger, et cette pensée le mettait mal à l'aise. Quoi qu'il en soit, ces dernières années, à vrai dire depuis qu'il était à la retraite, Rufus Fordyce avait fait une croix sur son passé et ne souhaitait surtout pas le remuer.

Il préférait rester sur les souvenirs glorieux de la guerre. À ce moment-là, Joseph Kelly, désormais installé à New York, était devenu le plus gros importateur de radium des États-Unis. À l'entrée du conflit, le président Roosevelt l'avait contacté pour participer au projet Manhattan. Joseph Kelly avait alors fourni la plus grande partie du radium nécessaire aux recherches. Pour cela, il avait utilisé les différentes antennes de Luminous Processes pour retraiter le radium et en extraire le polonium, un élément essentiel au fonctionnement de la bombe atomique. Le tout, ni vu ni connu des employés qui ignoraient ce qu'ils faisaient exactement. Cet engagement avait valu à Joseph Kelly de recevoir les félicitations du gouvernement américain pour sa participation à l'effort de guerre, et lui avait permis, accessoirement, de devenir millionnaire.

Rufus Fordyce s'avança dans le grand salon à la décoration passée et une odeur de poussière et de renfermé le prit à la gorge. La pièce était orientée au Nord et la lumière ne parvenait pas à percer les épais voilages qui grimpaient jusqu'au haut plafond orné de moulures décolorées. Auprès de la cheminée éteinte, il distingua une main flétrie échappée d'un imposant fauteuil à oreilles au velours gris-vert un peu défraichi. À l'annulaire, il reconnut la chevalière en or de Joseph Kelly.

— Bonjour Mr Kelly, dit-il doucement.

La main tressauta puis retomba.

— Qui ça ? demanda une voix abîmée qui parut sortir du fauteuil.

Rufus Fordyce contourna le meuble et se figea. Joseph Kelly était avachi sur son siège, et se serait visiblement effondré s'il n'avait été retenu par la grosse oreille du fauteuil. Son corps amaigri avait adopté une position incongrue. Au milieu de son visage, ses yeux brillaient avec intensité, sans parvenir à se fixer véritablement sur son interlocuteur qu'il semblait à peine distinguer.

— Rufus Fordyce, répondit l'ancien Vice-Président en s'asseyant du bout des fesses sur une bergère, sans même ôter son pardessus. Je suis heureux de vous revoir, Mr Kelly.

Le vieillard eut un rictus qui ressemblait à une ébauche de rire et qui se termina en semi-crachat. C'est alors que Fordyce comprit que Kelly était à moitié paralysé. Les attaques cérébrales avaient dû atteindre certains nerfs qui ne fonctionnaient plus.

— Fordyce ! reprit l'impotent en crachotant, avez-vous des nouvelles de Catherine Donohue ? On parle beaucoup d'elle dans les journaux…

— Oui… non… c'est-à-dire que…

— Je ne me souviens plus de cette fille, bien évidemment, mais elle semble nous en vouloir beaucoup…

SEPTEMBRE 1969 — NEW YORK (NEW JERSEY)

— Elle... elle est morte il y a longtemps, balbutia Fordyce. Il y a... trente ans...

— Oh vraiment...? Alors... elle ne nous importunera plus... Et... euh... Peg ? Peg Looney ?

— Peg ? Je ne sais pas...

— Elle est embêtante elle aussi...

Un silence pesant s'installa. Soudain, Joseph Kelly fut secoué d'un sursaut et lança :

— Reed ? Où est Reed ?

Fordyce resta interdit. Rufus Reed était décédé, et on disait son épouse malade d'un cancer du côlon.

— Qu'il est mou, ce Reed... marmonna Kelly. Mais il obéit... Alors on le garde...

Fordyce repéra une clochette sur la table basse et sonna nerveusement.

— Ah ! C'est l'heure, crachota Kelly. Rangez les pinceaux... et allez danser...

Le vieil homme commença à battre la mesure de sa main valide et se mit à chantonner un refrain incompréhensible. Fordyce fut pris d'un haut-le-cœur. Il était terrifié par tout ce qui touchait la folie de près ou de loin, et visiblement, Kelly perdait la tête.

Margaret pénétra dans la pièce à pas feutrés.

— Je... je crois que la conversation est difficile, balbutia Fordyce.

La femme soupira :

— J'avais espéré que vous pourriez peut-être établir un dialogue avec lui... Il ne se souvient que du passé... Et personne ne vient le voir, c'est d'une tristesse !

Ils furent interrompus par un cri du vieil homme :

— Charlotte Purcell ! Je veux savoir... je veux savoir !

— De qui parle-t-il, à votre avis ? interrogea Margaret. Il lance des noms, essentiellement des noms féminins, il exige qu'on lui dise ce qu'elles deviennent. Mais je ne les connais pas. Pensez-vous que ce soient... ses anciennes maîtresses ?

Fordyce eut un hoquet de surprise et laissa échapper un petit rire malgré lui avant de secouer la tête.

— Ella Cruse ? Où est Ella Cruse ? continuait Kelly. Et Marie Rossiter ? Frances et Marguerite Glacinski... ?

De sa voix grinçante et rocailleuse de malade, l'ancien président de Radium Dial se lançait dans une litanie insupportable pour Fordyce. Il enfonça son chapeau sur son crâne désormais totalement dégarni et s'enfuit sans demander son reste.

48

FÉVRIER 1978 — OTTAWA (Illinois)

Cat Looney White et son mari Jack étaient arrivés les premiers chez le médecin, et avaient décidé d'attendre le reste de la famille avant de pénétrer dans le cabinet. Il faisait froid et un petit vent glacial balayait la rue, s'infiltrant sous les écharpes et traversant les manteaux de laine. Jack serra son épouse contre lui. Il était plus ému qu'il ne voulait le laisser paraître. Il avait l'impression d'être transporté une quarantaine d'années en arrière, quand l'atmosphère réfrigérée de la morgue de l'hôpital de Peoria leur gelait le cœur tandis qu'ils veillaient le corps de Peg, la sœur de Cat.

— Qu'est-ce qu'ils font ? maugréa Cat dans un souffle de buée.

— Jean arrive, répondit Jack, tandis qu'une des sœurs Looney tournait au coin de la rue en pressant le pas. Vous êtes nombreux dans la famille, ajouta-t-il en rigolant. Il va sans doute falloir patienter !

Un coup de coude dans les côtes transforma son rire en quinte de toux. Cat lui jeta un regard taquin et accueillit sa sœur.

— Vous saviez que Luminous Processes avait fermé ses portes? interrogea la nouvelle venue en repoussant une mèche de cheveux grisonnants.

— Je l'ai entendu dire, répondit Jack.

— Ce n'est pas trop tôt ! C'était une honte que l'atelier tourne toujours. En 1976, Luminous Processes s'était vue sanctionnée d'une amende de la

Commission de Réglementation Nucléaire après une visite de contrôle. Les inspecteurs fédéraux avaient relevé dans ses différents ateliers un niveau de rayonnement 1 666 fois supérieur à la quantité autorisée. Luminous Processes avait été incapable de s'adapter, mais il avait encore fallu deux ans pour lui faire cesser son activité.

— Certains ouvriers veulent poursuivre la firme en justice, dit Cat, mais il parait que les actifs de l'entreprise ont été réorganisés dans d'autres participations. Ils ont fermé leurs bureaux de Chicago et ont quitté l'Illinois. Je ne comprends pas grand-chose à tout ça, mais j'ai lu dans la presse que cela leur permettait d'échapper à toute responsabilité financière concernant la pollution de l'environnement et les maladies industrielles.

— Exactement comme Radium Dial dans les années 30.

Des exclamations interrompirent leur conversation. Edith et Theresa arrivaient. Bientôt, les neuf frères et sœurs Looney furent réunis. Cat, frigorifiée, sonna immédiatement, et ils entrèrent tous dans le cabinet du médecin légiste. Celui-ci les reçut aussitôt. La trentaine à peine entamée et peu accoutumé encore au métier, il semblait particulièrement impressionné.

— Je n'ai pas l'habitude d'accueillir autant de monde d'un coup, s'excusa-t-il plusieurs fois en ajoutant les fauteuils de la salle d'attente.

Lorsque chacun fut installé, un silence où était concentrée toute l'expectative de la famille plana quelques instants. Ils espéraient ce moment depuis si longtemps qu'ils en avaient le cœur serré…

Peu après la création du Laboratoire Argonne, l'ensemble des études sur la radiobiologie du pays tout entier avaient été réunies sous l'égide du Centre de Radiobiologie Humaine, dont le siège était à Argonne. À ce moment-là, les recherches avaient été élargies. On ne s'intéressait plus uniquement aux vivants, mais aussi aux morts. Chacun des frères et sœurs Looney avait reçu une demande d'autorisation d'exhumer le corps de Peg. Ils n'avaient pas hésité une seule seconde. Cette autopsie, même tardive, permettrait de faire la lumière sur les causes réelles de son décès. Non qu'ils doutent un instant de la responsabilité du radium ; c'était surtout pour eux une manière de réhabiliter publiquement la mémoire de leur sœur.

Le médecin légiste alluma la petite lampe de son bureau et le globe verdâtre

FÉVRIER 1978 — OTTAWA (ILLINOIS)

éclaira la pièce assombrie par l'hiver. Il ouvrit son dossier puis s'éclaircit la gorge.

— Nous avons donc pratiqué l'autopsie du corps de Peg Looney, morte le 14 aout 1929, commença-t-il. L'ancien rapport d'autopsie indiquait un décès causé par la diphtérie. À l'époque, aucune trace de radium n'avait été trouvée...

Il leva les yeux et ôta ses lunettes dans un geste machinal.

— Ces conclusions sont erronées.

Un soupir de soulagement — ou d'évidence — jaillit de l'assemblée. Depuis quarante ans qu'ils l'affirmaient, enfin quelqu'un venait confirmer leur intuition. Le médecin esquissa un petit sourire et remit ses lunettes.

— Je vous passe les détails, mais pour résumer, nous avons noté de multiples fractures sur les côtes, et l'amincissement général des os. Ils étaient par ailleurs constellés de trous. Nous avons également constaté la nécrose des os du crâne, du pelvis et de seize os ailleurs dans le corps. Enfin, Peg Looney avait 19 500 microcuries de radium dans les os. Cela ne vous dit peut-être pas grand-chose, mais c'est l'une des quantités les plus importantes jamais trouvées dans un corps humain. C'est mille fois plus que le seuil de sécurité évalué par la recherche actuelle.

Des exclamations fusèrent. Edith et Theresa essuyèrent une larme. Cat et Jack échangèrent un long regard.

— Voilà pourquoi ils voulaient embarquer le cadavre à l'époque, murmura Jack de sa voix de basse. Voilà pourquoi ils ont tenu à écarter notre médecin pour l'autopsie...

Le légiste toussota et l'attention des Looney revint sur lui.

— Je n'ai pas tout à fait terminé. Bien sûr, vous recevrez un exemplaire du rapport détaillé de l'examen, mais il m'a semblé qu'un élément pourrait vous intéresser. Enfin... il m'a paru important que vous le sachiez...

Le silence se fit à nouveau. Machinalement, Cat chercha la main de son époux.

— Il manquait un... un os, reprit le médecin. La mâchoire de votre sœur avait disparu.

— Les salopards ! s'écria Jack. Pardonnez-moi, mais... mais je suis très en colère !

Le brave homme était devenu tout rouge. De ses grosses mains calleuses, il déboutonna sa chemise au niveau du col. Il n'était pas le seul indigné.

— C'est bien la preuve que Radium Dial savait ! affirma Cat d'une voix enrouée par l'émotion. Peg avait la mâchoire... défoncée, je n'ai pas d'autres mots... pleine de trous, de pus... Son taux de radioactivité devait être complètement dingue ! Ils l'ont éliminée parce que c'était l'indice que Peg était extrêmement contaminée...

Le médecin légiste attendit que les esprits se calment et reprit :

— Les autres corps exhumés présentent également de fortes doses de radioactivité. Et nous n'en sommes qu'au début. Les chercheurs prévoient d'examiner une centaine de dépouilles...

Jack White se pétrifia :

— Mais alors... cela veut dire que les cimetières d'Ottawa sont tous hautement radioactifs... ?

Le médecin légiste hocha la tête.

— Par sécurité, nous avons réinhumé votre sœur dans un cercueil de plomb.

— Et les sites de production, les ateliers de Radium Dial, Luminous Processes..., balbutia Cat en ouvrant des yeux effarés.

Elle prenait tout à coup la mesure du parcours du radium dans Ottawa. Pendant des années, la poudre radioactive s'était infiltrée sous les blouses et était revenue dans les maisons, où elle finissait mélangée au linge familial dans les buanderies. Et elle était tenace. Cat se souvenait avoir vu sa sœur se faire saigner les paumes pour se débarrasser du scintillement sur ses mains. Des centaines de chaussures avaient dispersé cette poussière jaune dans toute la ville... Et que penser de la ventilation de l'atelier de Luminous Processes qui, quelques jours plus tôt, évacuait encore l'atmosphère remplie de radium jusqu'à une aire de jeux pour enfants toute proche... Les chiffons couverts de peinture phosphorescente étaient brûlés dans la cour de l'usine, répandant des vapeurs toxiques dans l'air sur des kilomètres...

Quant aux locaux de Radium Dial, ils avaient été revendus à un abattoir dont les employés étaient morts les uns après les autres, sans doute

FÉVRIER 1978 — OTTAWA (ILLINOIS)

contaminés par le radium toujours présent dans ses murs. On avait d'ailleurs noté une forte augmentation des cancers du côlon dans le quartier, surtout chez les gros consommateurs de viande ! Le bâtiment avait été démoli en 1968, mais ses briques avaient été réutilisées pour construire des terrains de jeux, des locaux municipaux et des écoles un peu partout dans la ville. Le mobilier, tables, chaises, lampes... avait été récupéré ou revendu on ne sait où. Quant aux déchets restants, ils avaient été largués dans diverses décharges des environs. Le Laboratoire Argonne n'avait pas pris la peine d'avertir la ville d'Ottawa du danger que représentait l'édifice.

— Mais alors... balbutia Cat, saisie de vertige, cela veut dire que...

Le médecin légiste approuva :

— En effet, je crains que la ville entière ne soit radioactive...

49

2 SEPTEMBRE 2011 — OTTAWA (Illinois)

Len Grossman ralentit en s'engageant dans Ottawa. Il n'était jamais venu ici. Bien sûr, il avait entendu parler du fameux dossier qui avait occupé son père pendant plusieurs années, au point de le mener au bord de la dépression pour surmenage. Il y avait bien eu quelques articles concernant l'aboutissement de l'affaire des Radium Girls d'Ottawa, mais la montée du nazisme puis l'entrée en guerre des États-Unis avaient rapidement absorbé toutes les pensées. La vie avait suivi son cours et le flamboyant succès de Leonard Grossman était vite tombé dans l'oubli.

Les rues étaient peu animées. Len les parcourut en roulant au pas, errant au hasard des avenues rectilignes. Il s'imagina les bataillons d'ouvrières qui avaient travaillé ici jour après jour pour fournir des montres lumineuses qui avaient éclairé les poignets de millions d'Américains à travers tout le pays. Tout à coup, un bâtiment retint son attention. Sur sa façade s'étalait un graffiti éloquent : *Dial Luminous for death*[3]. L'endroit et ses alentours semblaient à l'abandon, comme l'antre d'un vieux fantôme dont on craignait de réveiller l'esprit malfaisant.

---

[3] Cadran Lumineux à mort

2 SEPTEMBRE 2011 — OTTAWA (ILLINOIS)

Avant de venir à Ottawa, Len avait consulté les archives du cabinet Grossman, celles des années 1937-38. Les gros dossiers au papier jauni portaient encore l'odeur des petits cigares que fumait son père. Il avait parcouru les coupures de presse, les rapports d'audience et s'était plongé dans les méandres d'une affaire hors normes. Alors seulement, il avait répondu à l'invitation qui lui avait été faite.

Len se gara sur le parking de la clinique vétérinaire de Clinton Street et rejoignit l'attroupement à l'angle de Jefferson Street. Il était un peu inquiet. Il ne se sentait pas véritablement à sa place. En réalité, il avait l'impression d'être un usurpateur. Lorsqu'elle l'aperçut, une jeune fille aux cheveux châtain et aux yeux rieurs s'élança vers lui.

— Madeline Piller, se présenta-t-elle. Vous devez être Len Grossman.

Lui laissant à peine le temps de répondre, elle enchaîna :

— Vous ressemblez à votre père. Je veux dire... d'après les photos. Nous n'attentions plus que vous...

Len sourit. La jeune fille était exactement telle qu'il l'avait imaginée, suite à leur conversation au téléphone, touchante et vive. Madeline avait découvert l'affaire des Radium Girls dans un livre du Dr Ross Mullner en 2006, alors qu'elle faisait des recherches pour un exposé en histoire. Elle avait douze ans. Jusqu'alors, l'affaire des peintres de cadrans était restée cantonnée aux articles scientifiques et aux livres de lois. Littéralement retournée par ces événements et choquée par leur ampleur, la collégienne avait décidé de consacrer toute son énergie à rendre hommage à ces femmes oubliées. Elle avait alors mis en œuvre des trésors de persévérance pour faire élever un monument en leur honneur.

Pourtant, la ville d'Ottawa avait longtemps voulu enterrer son triste passé, en dépit de l'affolement des compteurs Geiger un peu partout en ville. Lorsqu'en 1987, Carole Langer avait tourné un documentaire où elle interrogeait les survivantes, le maire avait déclaré avec grandiloquence : « Cette femme essaie de nous détruire ». Et il avait ordonné aux habitants de ne pas aller voir le film. Cela n'avait pas étonné Marie Rossiter, à qui le documentaire était dédié. Toute sa vie, la ville avait nié les faits. Des dizaines d'années plus tard, les esprits n'avaient pas changé. Mais ce documentaire avait représenté une belle revanche pour la vieille dame. Six opérations des jambes n'avaient pas suffi à la soigner. Celles-ci restaient gonflées et noircissaient. Lorsque sa jambe droite l'avait trop fait souffrir, elle avait demandé à ce qu'on l'ampute. Elle n'avait plus que la gauche, raidie par une tige de fer du genou à la cheville. Mais elle continuait à faire des pieds de nez à la mort, répandant sa joie de vivre dans la maison de retraite où elle avait fini son existence, en 1993.

Comme Charlotte Purcell, qui avait vécu jusqu'à 82 ans, ou Pearl Payne qui, décédée à 98 ans, avait battu les records, elles avaient appris à leurs petits-enfants que quoi que la vie leur réserve, ils pouvaient s'adapter. Charlotte leur en avait fait la démonstration un jour où sa petite-fille se désolait qu'elle ne puisse jouer à la corde à sauter avec elle. Charlotte avait attaché la lanière à un grillage et l'avait fait tourner avec sa main droite. Ce jour-là, elle était devenue une idole et un modèle absolu pour ses petits-enfants. À chaque difficulté qu'ils rencontraient dans la vie, ils pensaient à cette corde à sauter et, avec un peu d'acharnement, une solution s'imposait à eux...

Madeline Piller entraîna Len vers une statue en bronze représentant une jeune femme, à taille réelle. Cheveux courts et jupe flottant au vent, elle tenait des pinceaux dans une main et une tulipe dans l'autre, qu'elle tendait comme une offrande vers le spectateur.

— C'est mon père qui l'a réalisée, dit Madeline avec fierté.

— Bravo !

Madeline sourit. Après avoir convaincu la mairie d'Ottawa, elle avait réussi à mener une levée de fonds via des ventes de gâteaux, des brocantes et des tombolas pour récolter les quarante mille dollars nécessaires à la fonte de la statue. Pour elle, ce jour était un accomplissement.

— Si Marie voyait ça, elle n'en reviendrait pas ! murmura une femme à côté d'eux.

Face au regard interrogatif de Len, elle se présenta :

— Dolores, je suis la belle-fille de Marie Rossiter. Savoir qu'on voulait cacher son histoire la rendait dingue...

— Voilà une belle revanche, constata Len.

Madeline le présenta à son tour, et aussitôt une lueur d'admiration s'alluma

2 SEPTEMBRE 2011 — OTTAWA (ILLINOIS)

dans les yeux de Dolores. Pour ceux qui connaissaient l'affaire, son père était un héros. D'autres s'approchèrent, curieux de découvrir les liens de chacun avec le passé. Une blonde à l'allure timide, plus jeune, les observait depuis un moment. Elle osa enfin prendre la parole :

— Je suis la petite-fille de Chuck Hackensmith. Je... je ne suis peut-être pas très légitime ici. Ma mère a reçu une invitation à l'inauguration, mais elle n'a pas pu venir. Et moi, cela m'intriguait...

C'est alors qu'une joyeuse rouquine d'une soixantaine d'années lui sauta dans les bras.

— Je m'appelle Darlene. Je suis la nièce de Peg Looney. Elle était fiancée à votre grand-père.

La petite-fille de Chuck en eut les larmes aux yeux.

— Je crois que mon grand-père l'a beaucoup aimée. Jusqu'à sa disparition, tous les 14 aout, il s'enfermait dans son bureau. Ma grand-mère disait qu'il fallait le laisser tranquille, qu'il pleurait son amour de jeunesse...

Des remous dans la foule qui s'était assemblée les interrompirent. Le gouverneur était arrivé. Il commença son allocution en rendant hommage au combat, juridique et médical, des Filles-Fantômes, poursuivi en dépit d'une mort certaine. Le discours était émouvant et Len se sentit tout à coup envahi d'admiration pour son père. Ce combat, elles avaient pu le mener à bien grâce à lui. Le gouverneur conclut en déclarant le 2 septembre « Journée des Radium Girls » pour l'Illinois. Len sourit en songeant que cette reconnaissance avait dû faire bondir de joie Catherine, Charlotte, Marie, Pearl et les autres, mais aussi les Condamnées à Mort d'Orange, là où elles étaient.

Tandis que le gouverneur terminait son discours en remerciements divers, Len laissa ses pensées se perdre dans le ciel bleu sans nuages. Des applaudissements crépitèrent, puis il saisit des bribes de conversations autour de lui, des noms qui faisaient écho à de lointains récits... Mais son esprit était ailleurs. Il se demanda soudainement s'il avait jamais vraiment connu son père. Si, bercé par le quotidien, il avait réellement pris la mesure de sa personnalité. Et puis, comme si brusquement s'ouvraient les vannes de sa mémoire, les souvenirs commencèrent à affluer, des moments étranges où il s'était tout à coup senti grandir, dans des espaces hors du temps. Soudain, il se rappela un soir où, adolescent, il n'arrivait pas à dormir. Son père travaillait encore dans un coin du salon. Fatigué, il avait lâché ses dossiers pour bavarder. De fil en aiguille, Len l'avait interrogé sur son métier. Trudel, sa mère, était venue les rejoindre. Ils avaient ainsi discuté une bonne partie de la nuit, parlant de droits, de justice, de Bien et de Mal... Leonard était intarissable. Len avait découvert avec émotion un homme rempli de convictions, mais dévoré de doutes...

Et alors, tant d'années plus tard, au milieu de cette foule qui évoquait sa mémoire, il était fier d'imaginer son père, heureux et apaisé, au royaume des gens bien.

POSTFACE

Pendant sa période d'activité, US Radium a transformé environ mille tonnes de minerai qui ont été déversées sur le site d'Orange. Le rayonnement résultant des 1 600 tonnes de matériaux de l'usine désaffectée a abouti en 1983 à l'inscription de la zone au Superfund, le registre des sites pollués à réhabiliter. L'Agence de Protection Environnementale a exigé des successeurs d'US Radium qu'ils nettoient l'endroit, ce qu'ils ont refusé. Ils ont simplement installé une barrière de sécurité, qu'ils n'ont même pas achevée.

En 1991, la Cour Suprême du New Jersey a reconnu qu'US Radium avait eu connaissance des dangers du radium et était coupable de la pollution du site « pour l'éternité ». Les résidents ont poursuivi la firme et les choses se sont finalement réglées à l'amiable. US Radium a accepté de payer 24 millions de dollars de dommages.

Il a fallu plusieurs années, de 1997 à 2005 pour éliminer les matières contaminées des différents sites du New Jersey. D'abord l'emplacement de l'atelier de peinture et de l'usine de traitement du radium, à Orange, mais également les décharges où US Radium entreposait ses déchets, soit plus de 800 m2 de terrain sur une profondeur de 4 mètres. Les maisons — près de 750 — construites sur ces terrains ont aussi dû être décontaminées. Le tout pour un coût de 209 millions de dollars, payés par le gouvernement.

De la même manière, dans l'Illinois, l'Agence pour la Protection Environnementale a dû intervenir pour trouver des fonds afin de dépolluer Ottawa. Il fallait nettoyer les emplacements des ateliers de Radium Dial et Luminous Processes, mais aussi quatorze autres sites radioactifs, situés pour la majorité dans des zones résidentielles. Ils avaient été contaminés par le réemploi des matériaux de construction.

Luminous Processes a contribué au nettoyage seulement à hauteur de 147 500 dollars sur une facture de plusieurs millions. Comme à Orange, la radioactivité avait pénétré profondément dans le sol. L'assainissement s'est terminé en 2009. Les ouvriers de Luminous Processes ont eu beaucoup de difficulté à poursuivre la firme. Ils ont reçu 363 dollars de dédommagement.

À ce jour, les tombes des Radium Girls sont toujours radioactives.

Il existe encore quantité de montres radioactives dispersées dans tous les États-Unis.

* * *

En 1986, après trois ans de protestations de l'État pour violation de la radioprotection, un certain Joseph A. Kelly Junior a été contraint d'évacuer et nettoyer ses usines de la Radium Chemical Company de New York, Woodside et Athènes (Georgie). Entre 1980 et 1983, la Radium Chemical Company, avait été citée 114 fois par le Département du Travail de l'État pour non-respect des normes de sécurité. Les bâtiments émettaient des rayons gamma quarante fois supérieurs aux niveaux admissibles.

Joseph A. Kelly Junior était le fils de Joseph A. Kelly Senior.

* * *

Le Centre de Recherche Radiobiologique Argonne a étudié 4863 anciennes peintres de cadrans pendant plusieurs décennies. Plusieurs femmes qui travaillaient encore pour US Radium ont participé anonymement de peur de perdre leur emploi.

Moins elles avaient travaillé, plus elles vivaient longtemps, comme Pearl Payne, embauchée pendant 8 mois, décédée en 1993 à 98 ans, ou Charlotte

Purcell, employée 13 mois, morte à plus de 80 ans. La plupart du temps, leur état ne leur permettait pas d'avoir une vie normale. Ainsi, une fille de la Waterbury est restée couchée pendant cinquante ans. Généralement, elles perdaient leurs dents et leurs os s'amincissaient ou formaient des nids d'abeille, puis se fracturaient. Beaucoup étaient atteintes de cancers. À Ottawa, globalement, le taux de cancer a longtemps été nettement plus élevé qu'ailleurs. Même la vie sauvage aux alentours développait des tumeurs et les animaux de compagnie n'arrivaient pas à l'âge adulte.

De nombreux enfants de Radium Girls ont été victimes de cancers ou de faiblesses congénitales. Ainsi, Tommy Donohue est mort à trente ans de la maladie de Hodgkin, sa sœur Mary-Jane à cinquante-cinq ans d'une insuffisance cardiaque.

Les femmes examinées par le Centre de Recherche Radiobiologique Argonne n'ont jamais pu obtenir les résultats de leurs tests et n'ont reçu aucune compensation ou défraiement pour y avoir participé.

* * *

Le Radithor était bien un remède mortel.

Le milliardaire Eben Byers avait été enterré dans un cercueil de plomb. En 1965, ses restes ont été exhumés pour examen et se sont révélés très radioactifs.

Roger Macklis, cancérologue américain de l'Université de Cleveland, a analysé plusieurs bouteilles de Radithor, découvertes par hasard chez un antiquaire. Bien que vidées depuis dix ans de leur contenu, elles étaient encore dangereusement radioactives.

* * *

Les Radium Girls ont laissé un énorme héritage à la science, mais aussi à la législation. Leur supplice a mené à la création de l'Administration de la Sécurité et de la Santé au Travail, qui intervient au niveau national pour assurer des conditions de travail sécurisées. Les sociétés ont désormais l'obligation d'informer leurs employés des dangers, de garantir des mesures de protection et de fournir les résultats médicaux des examens d'entreprise.

**

En 1994, David Hahn, un boyscout de dix-sept ans, a réussi à fabriquer un réacteur nucléaire dans sa cabane de jardin. Pour y parvenir, il a notamment récupéré le radium des horloges anciennes en plongeant les cadrans et les aiguilles dans du dissolvant à peinture. Une expérience « de gamin » qui a exposé près de 40 000 personnes à des rayonnements radioactifs...

**

On a longtemps cru que la méthode d'effilage à la bouche était typiquement américaine. Marie Curie a affirmé en 1928 n'en avoir jamais entendu parler en France. On pensait qu'il en était de même dans toute l'Europe. Néanmoins, Kate Moore, autrice de l'excellent *The Radium Girls : The Dark Story of America's Shining Women* a reçu, suite à la parution de son livre, des témoignages en Grande-Bretagne. Malheureusement, elle n'a pas trouvé d'archives ou de traces de combat judiciaire sur le sujet.

**

POSTFACE

Il reste encore bien des choses à découvrir...

NOTE DE L'AUTEUR

Ainsi se clôt l'affaire des Radium Girls américaines.

Je n'ai pas assez de mots pour remercier Kate Moore pour son formidable travail de recherches dans *Radium Girls, the dark story of America's shining women*. Sans cette étude, je ne serais jamais parvenue à décrire avec autant de précision les rebondissements de cette affaire. Car si la forme narrative que j'ai choisie est celle du roman, les événements, eux, sont bien réels, même les plus ahurissants.

Comme Kate Moore, qui a mis en lumière ces événements, comme Madeline Piller, qui s'est battue pour faire installer une statue en hommage aux Radium Girls, comme Carole Langer qui, la première, les a évoquées dans un documentaire, j'espère à mon tour avoir apporté ma petite pierre au mouvement de reconnaissance de ces femmes.

J'ai souhaité, au travers de ces deux tomes, rendre hommage aux victimes du radium, mais aussi aux avocats, médecins et personnalités qui ont œuvré pour que cesse ce massacre.

Mon vœu le plus cher serait que la divulgation de cette histoire permette à chacun de s'interroger sur le monde et nos usages des nouvelles découvertes.

N'hésitez pas à me faire part de vos impressions via mon site www.annesophienedelec.fr et à vous inscrire à ma newsletter pour suivre mon actualité. Je serais ravie d'échanger avec vous !

REMERCIEMENTS

Je remercie du fond du cœur Philippe, l'homme de ma vie, pour son soutien de chaque instant, ses multiples relectures et ses conseils toujours avisés.

Toute ma gratitude à mes bêta-lectrices, Adeline, Corinne, Nathalie et Noémie pour leurs remarques et leurs encouragements, et à Élisabeth et Bernard, mes correcteurs aux yeux de lynx !

Une pensée pour les auteurs du Chat de l'Écrivain et de ABL. Même si nous ne nous connaissons qu'en virtuel, leur énergie m'a portée pendant toute l'écriture de ces deux tomes.

Je remercie encore Aurélie (@eternityphotography.org) pour cette nouvelle couverture, toujours aussi percutante et esthétique. C'est un immense plaisir de voir mes romans ainsi mis en valeur par ses soins.

DU MÊME AUTEUR

Aux Éditions Le Lézard Bleu :

ROMANS

Mademoiselle Déjazet, 2020
Pénétrez dans les coulisses du théâtre du XIXe siècle, sur les traces de Virginie Déjazet, célèbre comédienne du Boulevard du Crime...

Un masaï à Zanzibar, 2020
Suivez Vanessa, Christophe et leurs enfants, sur les pistes rouges de la savane tanzanienne et les horizons infinis des plages de Zanzibar...

Radium Girls — Tome 1 : L'Affaire des Cinq condamnées à mort, 2020
Découvrez le scandale sanitaire des ouvrières peintres de montres lumineuses dans l'Amérique de la Prohibition, et leur combat pour obtenir la reconnaissance de leur maladie...

Radium Girls — Tome 2 : Le Scandale des Filles-Fantômes, 2021
Le combat des Radium Girls se poursuit dans les années 30, autour d'une nouvelle affaire. Finiront-elles par obtenir justice, et une meilleure protection pour les employés de l'industrie ?

THÉÂTRE

Toutes les pièces de Anne-Sophie Nédélec sont disponibles au format PDF sur www.annesophienedelec.fr